AF381295

Über die Autorin

Lisa Lenardi, Jahrgang 1964, studierte Kunst und Germanistik auf Lehramt und unterrichtet acht Jahre, bevor sie ein erneutes Studium im Bereich Praxisorientiertes Management begann. Danach wechselte sie in den Vertrieb und kurz darauf ins Management. Nach vielen aufopferungsvollen Jahren brach sie mit neunundvierzig zusammen und wurde förmlich aus dem Leben gerissen. Keine Therapie schlug nachhaltig an. Erst als sie begann, ihre seelischen Schmerzen, Gedanken und Gefühle in Worte zu fassen, gelang es ihr, dem Leben zu vertrauen. Sie schrieb sich Zeile für Zeile ins Leben zurück. Bis heute sind bereits acht Werke ihrer Feder entsprungen, und weitere werden folgen.

Lisa Lenardi

Cocktail Mafia

...ein Cocktail-Krimi

1

2014

Hamburg in der Morgendämmerung. Ein Hauch von Frost hing über der Stadt, doch die seichten Wellen der Elbe schoben ihn unaufhörlich davon. Einige Menschen eilten den Landungsbrücken entgegen. Mit hochgezogenen Schultern versuchten sie der Kälte zu entfliehen, und selbst die dicken Mützen und Schals schienen ihrer Aufgabe heute nicht gerecht zu werden. Nur eine schlanke Gestalt mit schwarzem Wollhut blieb auf der Brücke stehen und trotzte der Kälte. Den grauen Schal fest um den Hals geschlungen, schweiften Carusos Blicke hinüber zum Hamburger Hafen. Tausende Lichter erleuchteten das geschäftige Treiben, doch unter Hamburg war eine andere Welt schon lange erwacht.

Ein beißender Geruch beherrschte den Raum und nur der Lichtkegel einer kleinen Lampe ließ den Schrecken erahnen, der sich hier unten abspielte.
Inmitten des großen Raumes stand eine metallene Bahre. Ein hauchdünnes Tuch bedeckte den schmalen Körper. Bewegungen wurden sichtbar, ein zarter Anflug von Leben. Und dennoch verhüllte das Leinen die eigentliche Tragik des Geschehens.
An den kargen Steinwänden hatten sich Kondenstropfen gebildet, die sich nach und nach zu kleinen Bächen vereinigten und schnell zu Boden flossen.

Von Weitem vernahm man ein metallisches Geräusch, fast wie das Rasseln von Ketten, das sich nach und nach im gesamten Raum verteilte. Doch plötzlich wurde es still und nur ein dumpfer Ton stieg die hohen Wände empor. Was war das? Es klang wie das Auftreten schweren Schuhwerks auf steinernem Boden. Leises Plätschern drang an ihr Ohr, und nur das Pochen ihres Herzens begleitete diese außergewöhnliche Sinfonie der Geräusche.

Mehr und mehr konnte man die Silhouette ihres zierlichen Körpers erahnen. Der Faltenwurf des weißen Stoffes veränderte sich ständig. Ihre Bewegungen wurden unruhiger und ihre schlanke Hand tastete sich ängstlich ins Freie.

Es knackte. Sie zuckte zusammen und die zarten Finger zogen sich unter das schützende Tuch zurück. Ihr Puls war augenblicklich in die Höhe geschnellt, und der Patientenmonitor schlug Alarm. Angst machte sich breit. Nicht noch eine Infusion. Nein, du musst bei klarem Verstand bleiben, gegen das Gift in den Adern ankämpfen, dich wehren, diesen Wahnsinn überleben.

„Bleib liegen!"

Eiskalte Hände drückten ihre Schultern zurück aufs Laken. Die Töne des Monitors wurden immer schneller, und erst als die Hände sich von ihren schmalen Schultern lösten, erloschen auch die lauten Warnsignale. Doch dann hörte sie Schritte, weichere Schritte. Warme Hände berührten ihren bandagierten Kopf, und sie zuckte zusammen.

„Keine Angst. Ich bin … Aa!"

Er hielt sich den linken Rippenbogen und schwieg.

„Keine Namen! Mach deine Arbeit, sonst nichts!"

Als er sich wieder zur Patientin beugte, streifte sein warmer Atem ihr zartes Gesicht und Hoffnung keimte in ihr auf, dass es wenigstens eine menschliche Seele in diesem verdammten Spiel gab. Nach und nach wich der Druck auf ihrem Gesicht einer angenehmen Kühle. Ihre Schmerzen schienen milde gestimmt und sie genoss einen tiefen Atemzug. Sie hatte die Hoffnung nie aufgegeben, dass diese Tortur der letzten Monate irgendwann enden würde, und heute schien es endlich so weit zu sein. Was aber, wenn nicht? Nein, daran durfte sie nicht denken.

„Alles ist hervorragend verheilt", erklärte ihr eine warme Stimme. Sie freute sich und versuchte ein erstes Lächeln. Aber die Haut an den Mundwinkeln spannte noch sehr und die freundliche Mimik erstarrte.

„Ich befreie Sie zunächst von den Geräten und dann von Ihren Augenverbänden. Bitte lassen Sie die Lider noch geschlossen und öffnen sie erst, wenn ich es Ihnen sage."

„Ja", hauchte sie und er sah das Pochen ihrer Halsschlagader. Vorsichtig löste er die Verklebungen. Sie zuckte kurz, nahm die Schmerzen aber gerne hin, Hauptsache dieser Wahnsinn würde endlich ein Ende nehmen. Ihr leichtes Stöhnen unterbrach die Prozedur für Sekunden. Doch dann war sie endlich befreit. Ein leichter Luftzug kühlte ihre Lider und sie begann zu zittern.

Er legte seine Hand auf ihre Wange. „Es ist so weit. Öffnen Sie vorsichtig Ihre Augen."
Ihr Herz raste und sie wagte kaum zu atmen.
„Nun mach schon. Schließlich habe ich eine Menge Geld in dich investiert!"
Nein, dachte sie. Diese Stimme. Hass und Wut trieben ihr Tränen in die Augen, und wie von selbst öffneten sich ihre Lider. Suchend wanderten ihre Blicke durch den Raum. Wo war der Mensch, dessen sanfte Stimme ihr in den letzten Wochen immer wieder Mut zugesprochen hatte? Da. Endlich erblickte sie ihn. Er stand, mit dem Rücken zu ihr, an einem kleinen Metalltisch. Ungeduldig und noch mit verschwommenem Blick, wartete sie darauf, dass er sich umdrehte. Jetzt. Er hatte eine Flasche und ein quadratisches Mulltuch in der Hand, kam auf sie zu und lächelte. Was für ein freundliches Gesicht, dachte sie. Seine dunkelblauen Augen wurden von strubbeligen blonden Haaren gekrönt, und sie begann zu schmunzeln. „Hör auf zu grinsen, blöde Gans! Oder willst du wieder unters Messer, hm?"
Die Patientin zuckte zusammen. Da war sie wieder, die Realität. Trotz ihres verschwommenen Blickes erkannte sie diese harten Gesichtszüge sofort. Dieses Bild hatte sich unverwechselbar in ihre Seele gebrannt. Sie versuchte sich zu erheben, doch die Gurte an ihren Armen zogen sie erbarmungslos nach unten. „Binde sie los! Ich will das ganze Werk sehen. Dalli, dalli! Wofür bezahle ich dich?"

Er beugte sich über seine Patientin und löste vorsichtig die Fesseln, die eng um ihre Handgelenke geschlungen waren. Als sein Kopf den ihren fast berührte, hauchte sie leise: „Danke. Für alles."
„Was tuschelst du da?"
Ein gequältes Lächeln war ihre einzige Antwort, denn ihre Gedanken gingen sofort auf Reisen. Je mehr sie über ihr vergangenes Leben und die derzeitige Situation nachdachte, umso deutlicher wurde ihr klar, dass sie in einer Sackgasse gelandet war, gefangen in einem Körper, den sie hasste, in einem Beruf, den sie verabscheute und in einem Kerker, aus dem es scheinbar kein Entrinnen gab.
Die sanfte Stimme des Arztes verscheuchte ihre trüben Gedanken, und sie folgte seiner freundlichen Aufforderung, sich langsam zu erheben. Als ihr nackter Fuß den schwarzen Steinboden berührte, zuckte sie zusammen. Kälte? Das war alles? Sie erschrak. Mit allem hatte sie gerechnet, Stechen, Taubheitsgefühl, Schmerz. Aber das Einzige, was wellenartig bis zu ihrem Herzen schlug, war eisige Kälte. Dann brach sie zusammen.
Der kalte Steinboden kühlte ihren Rücken und ein leichtes Klopfen auf ihre Wangen holte sie gänzlich in die Realität zurück.
„Junge Frau. Hallo! Können Sie mich hören?"
Das Erste, was sie sah, waren seine Strubbelhaare, und sie verspürte ein Gefühl der Erleichterung. Doch dann blickte sie sich ängstlich um. Waren sie allein? Ja. Ihre Blicke wanderten an ihrem Körper hinunter

und erkundeten Zentimeter für Zentimeter das, was von ihrem Äußeren übrig geblieben war.

Er schwieg, verfolgte ihre Blicke und versuchte zu lächeln. Doch es gelang ihm nicht. Er erinnerte sich immer wieder an die wunderschöne Frau, die sie einmal gewesen war, und erschrak. Er sprang auf und drehte sich zur Wand.

„Was haben Sie, Doc? Ist irgendetwas mit meinem Gesicht? So reden Sie doch!"

Er wischte eine Träne von der Wange, drehte sich um und reichte ihr die Hand. „Mit Ihnen ist alles gut."

„Okay, dann will ich mir das Werk bitte ansehen." Sie griff zu und zog sich langsam nach oben. Er reichte ihr einen Handspiegel und sie blickte hinein. Ihr zarter Körper war so schnell zu Boden geglitten, dass er ihn nicht mehr halten konnte, und nun lag sie in einem Meer von kleinen Spiegelscherben.

„Meine Liebe! Was haben Sie denn, meine Liebe?"

Er kniete vor ihr, klopfte ihr sanft aufs Gesicht und wartete auf eine Reaktion. Zaghaft öffnete sie die Augen und eine warme Träne tropfte auf den kalten Steinboden.

„Das bin ich nicht. Das darf nicht sein. Ich bin nicht sie. Ich bin nicht dieses Monster!"

Sie sah ihn flehend an, doch er senkte den Blick und schwieg. Sanft schob sie ihre Hand unter sein Kinn, hob seinen Kopf und erschrak.

„Aber Doc?"

Lange hatte sie in seine traurigen Augen gesehen, nahm den Zipfel ihres weißen Leinenhemdes und tupfte ihm die Tränen vom Gesicht. Er versuchte zu lächeln und zog sie sanft nach oben. Doch diese eisige Kälte ließ sie sofort wieder erstarren. Sie rieb ihre rechte Fußsohle am Schienbein und lächelte. Und plötzlich war da ein Gefühl der Wärme, tief in ihr, das sie nicht beschreiben konnte. Es war einfach nur da.

Als sie seine Hand nahm, zuckte er zusammen. Angst sprachen seine Augen. Angst, seine zitternden Hände. Einfach nur Angst. Sie versuchte, seinen Körper zu umfassen, um ihn zu trösten, aber es gelang ihr nicht. Er stand, zur Säule erstarrt, vor ihr, die Arme fest an den Körper gepresst.

Also versuchte sie es mit Worten. „Doc, ich weiß, dass es nicht Ihre Schuld ist. Ich spüre es, glauben Sie mir. Sie sind ein guter Mensch."

Seine Augen wurden wach und er blickte auf die zierliche Gestalt, die ihn immer noch fragend ansah. Konnte er ihr wirklich vertrauen?

„Doc, ich weiß, dass Sie das hier …" Sie zeigte mit beiden Händen erst auf ihr Gesicht und dann auf ihren ganzen Körper. „… nicht freiwillig angerichtet haben."

Er nickte.

„Dieses Monster hat Sie in der Hand, richtig?"

Wieder stummes Nicken.

„Ich wusste es!"

Er wandte sich ab und schwieg.

„Doc, vertrauen Sie mir. Wir sitzen im selben Boot."

Er räusperte sich, versuchte seine Kontenance wiederzugewinnen, ging wortlos zu seinem Schreibtisch, blickte ängstlich zur Kamera an der Decke und zog ein leeres Rezept an sich. Sie sah ihm ungläubig hinterher und wartete ab. Als er wieder vor ihr stand, waren seine Gesichtszüge versteinert und kalt.

„Wir werden Sie heute im Laufe des Tages entlassen und haben Ihnen bereits eine Suite im Hotel so eingerichtet, dass Sie alle notwendigen Dinge und Bequemlichkeiten zur endgültigen Genesung vorfinden werden. Hier noch ein Rezept für ein Schmerzmittel und die Heilsalbe, die Sie bitte mehrmals täglich auf die Gesichtshaut auftragen."

Er war wie umgewandelt, kühl und distanziert. Verwirrt blickte sie auf das kleine Blatt Papier in ihrer Hand. Wo war der warmherzige Mensch geblieben? Plötzlich griff er das Rezept und drehte es um. Sie starrte auf die Zeilen.

„Nein. Dieses Monster!"

2

Hamburg 2019.
Als der Wagen in die Bramfelder Chaussee einbog, begann ihr Herz schneller zu schlagen. Erinnerungen drängten sich in den Vordergrund. Erinnerungen an den schrecklichsten Tag in ihrem Leben. Erinnerungen an ihn, an den einzigen Menschen, den sie je geliebt hatte.
„Gnädige Frau? Wir sind am Ohlsdorfer Friedhof."
Clara erwachte aus ihren Tagträumen. „Danke, Carl. Sie können fahren."
„Aber, ich warte gern."
„Fahren Sie, Carl. Ich komme zurecht."
Sie öffnete die Tür des Bentleys und stieg aus. Ein Windstoß fuhr ihr unter den geöffneten Mantel, und sie hatte Mühe, ihre Beine zu bedecken. Clara blickte zitternd auf das Eingangstor.
Sie wusste nicht, wie lange sie schon stehen geblieben war, aber Ihr erstarrter Blick hing immer noch auf dem breiten Sandweg. Sie sog die kalte Luft tief in sich ein, drückte ihren Mantelkragen fester um den Hals und ging. Schritt für Schritt näherte sie sich dem Grab, an dem sie so lange nicht gestanden hatte. Fünf Jahre waren vergangen, fünf lange Jahre. Ihre wasserblauen Augen starrten ins Leere und Ihre Gedanken wanderten in die Vergangenheit. Wie verliebt und glücklich wir waren, dachte sie, und ein Lächeln schmückte ihr schönes Gesicht.

Sie starrte auf das monströse Grab und noch immer begriff sie nicht, was damals wirklich geschehen war. Ihr Herz begann zu rasen, und sie hatte das Gefühl, als lege er ein letztes Mal seine warme Hand auf ihre Schulter. Ängstlich drehte sie sich um und blickte auf ein Meer von Grabsteinen. Nein. Sie war allein.

Noch immer hatte sie die dreizehn roten Rosen in der Hand und noch immer war sie nicht in der Lage, diese aufs Grab zu legen. Starr ruhte ihr Blick auf der weißen Madonna, doch in Gedanken sah sie immer wieder das gewaltige Blumenmeer, das den kleinen Hügel damals bedeckte.

Ein Kälteschauer durchbrach ihre Gedanken und sie blickte auf das Grabmal aus weißem Marmor. Sie selbst hatte die Madonna mit Kind, nach dem Vorbild Michelangelos, damals in Auftrag gegeben, aber bisher nur Fotos gesehen. Beim Anblick der pompösen Grabstätte bekam sie weiche Knie und sank auf die kalte Erde. Ihr Blick wanderte hoch zur Madonna. Der Faltenwurf ihres Gewandes war so real, dass Clara augenblicklich den Drang verspürte, ihn zu berühren. Doch als sie den kalten Marmor ertastete, zuckte sie unwillkürlich zusammen. Plötzlich war alles wieder präsent. Der Anruf des Arztes, ihr Zusammenbruch und der lange Gang bis zum Kühlraum des Krankenhauses. Eine Schwester hatte sie damals gestützt und trotzdem war sie erneut zusammengebrochen, als der Arzt das Leichentuch hob. Das Einzige, was sie immer noch vor Augen hatte, war sein weißes Gesicht.

„Nein!"

Heiße Tränen liefen ihr über die kalten Wangen und
ihre Hände krallten sich in die eiskalte Erde. Clara erschrak, sprang auf, klopfte sich den Sand von den
Händen und sah entsetzt auf ihre Fingernägel.
„Du dummes Schaf! Das bringt ihn auch nicht zurück!"
Ihre Blicke wanderten zu den traurigen Augen der
Statur und zum ersten Mal auf die kurze Inschrift darunter:

In Liebe

Claas Collins

** 12. 07. 1980*
+11. 04. 2014

Sie ließ die Rosen auf das Grab gleiten und ging.
An der kleinen verwitterten Bank, vor der Kapelle,
blickte sie noch einmal zurück, und ihre Augen füllten sich erneut mit Tränen. Sie erinnerte sich an ihren
Streit. Wortfetzen drängten an ihr Ohr, doch sie erinnerte sich nicht genau an seine letzten Worte. Warum
hatte sie ihn einfach ziehen lassen? Warum stieg er zu
Alma ins Auto? Er wusste doch, wie labil sie war. Ihre
Hände begannen zu zittern, sie griff nach der mor-
schen Banklehne, atmete tief durch und besann sich
auf ihren Plan. „Reiße dich zusammen! Er ist tot und
für alles andere ist es zu spät!"
Clara war froh, als sie den Bentley sah. Carl saß Zeitung lesend hinter dem Steuer und wartete. Seine

schmale Lesebrille war ihm tief auf die Nase gerutscht. Und trotzdem hatte er sie entdeckt, blickte kurz auf, stieg aus und hielt ihr die Tür auf.

„Carl, wie schön, dass Sie geblieben sind."

„Aber natürlich, gnädige Frau."

Erleichtert stieg sie ein.

Als der Wagen sich ihrem Zuhause näherte, gingen ihre Gedanken wieder auf Reisen. Sie fror und erinnerte sich an den heißen Sommer des letzten Jahres und die Spaziergänge zum Altonaer Balkon. Während der Bauarbeiten an der Villa hatte sie sich oft dorthin zurückgezogen. Sie genoss den Ausblick und erfreute sich an den vielen bunten Tupfen, die den ruhigen Wasserspiegel der Elbe belebten. Denn erst bei näherem Hinsehen erkannte man, dass es die farbenfrohen Segel vorbeigleitender Boote waren. Clara liebte diese malerische Kulisse und wünschte, es wäre wieder Sommer.

Carls Bremsen zerriss ihre Tagträume. Sie blickte auf und beobachtete das schmiedeeiserne Tor, wie es sich langsam nach innen öffnete. Quaderförmige weiße Pfeiler standen, wie riesige Wächter, auf beiden Seiten des Tores und die sich anschließenden Zaunfelder reckten ihre eisernen Spitzen hochnäsig gen Himmel. Der Bentley fuhr an und ihr Blick fiel, wie so oft, auf die drei großen Ziffern am linken Pfeiler: 1 8 6.

Im letzten Frühjahr erst, hatte sie dieses Anwesen vor dem Verfall gerettet und bis heute war viel Geld in die Restauration und Renovierung der Brandt'schen Säulenvilla geflossen, aber sie hatte nicht einen Euro davon bereut.

Carl lenkte den Wagen die Straße hinauf und lächelte über das Lenkrad. Clara blickte erstaunt in den kleinen Rückspiegel und fragte nach: „Worüber amüsieren Sie sich, Carl?"

„Ich freue mich, gnädige Frau. Dieses Altstadtpflaster, das Sie ausgesucht haben, ist hervorragend und schont außerdem die Stoßdämpfer des Wagens."

Clara lächelte. Carl und die Autos, dachte sie.

Der Bentley stand. Noch bevor ihr Chauffeur aussteigen konnte, riss sie die Tür auf, sprang aus dem Auto und ging mit schnellen Schritten auf den Eingang zu. Exotische Nadelgehölze säumten den Weg und träumten in winterlicher Starre. Doch Clara eilte nur an ihnen vorbei, den nächsten Termin im Kopf und den übernächsten bereits im Rücken.

Gloria empfing sie an der Tür. „Frau Clara! Ich habe Essen schon fertig. Gibt heute frischen Salat und Hähnchenbrust. Okay?"

Doch die gnädige Frau nickte nur flüchtig, schob ihre Haushälterin beiseite und eilte durch die Empfangshalle Richtung Treppe. Zügig zog sie sich am goldenen Geländer nach oben und entschwand. Gloria sah ihr mit offenem Mund hinterher und ihr Blick blieb, wie so oft, an der riesigen Decke haften. Sie liebte die filigranen Stuckarbeiten. Schwärmend stand sie unter einem Himmel von Engeln und Wolken, goldverzierten Harfen und kleinen Trompeten. Sie konnte sich nicht sattsehen an dieser Schönheit. Niemals.

Clara öffnete die breite Schiebetür zu ihrem Privatbüro, zog ihren Mantel aus und ließ ihn im Vorbeigehen auf das weiße Ledersofa gleiten.

Die Mittagssonne hatte sich durch die Februarwolken gequält und die Fronten der weißen Designermöbel glänzten im eintretenden Licht. Sie lächelte. Doch als sie sich hinter ihrem Schreibtisch niederließ, wurde ihr Gesichtsausdruck hart und ernst. Das zarte Lächeln wich einer kühlen Arroganz. Zügig öffnete sie ihren Laptop und las die Mails. Bereits die erste Nachricht versetzte ihr Blut in Wallung. Clara atmete schwer und ihre schwarzen Augenbrauen zogen sich zusammen. Sie riss den Hörer an sich und drückte die Sechs.

Sekunden später zerschellte das Telefon an den grauen Schieferplatten der Wand. Clara hielt den Atem an und zog ihr Handy aus der Handtasche.

„Gloria, ich bin heute für niemanden mehr zu sprechen und schick mir das Essen im Speiseaufzug hoch … Nein, für niemanden!"

Ein leises Summen verriet, dass ihr Abendessen eingetroffen war. Kopfschüttelnd lief sie an den Überresten des Telefons vorbei und ärgerte sich über ihren Wutausbruch. Sie öffnete den Schacht, entnahm das Tablett und setzte es auf den Beistelltisch, ohne es eines Blickes zu würdigen. Der Geruch des Bratens stieg ihr in die Nase. Angewidert drehte sie sich weg. Ich brauche dringend Ablenkung, dachte sie, und lief vor den bodentiefen Fenstern auf und ab. Ihre Blicke wanderten nach draußen. Der kleine Park, am Rande des Anwesens, lag in weiter Ferne, doch sie konnte alle Details genau erkennen. Die Gärtner hatten ausgezeichnete Arbeit geleistet. Sie liebte die streng geschnittenen Formen der einzelnen Gehölze und erinnerte sich mit Grauen an den Wildwuchs, den sie hier vorgefunden hatte.

Clara saß gelangweilt hinter ihrem Schreibtisch und blätterte im Adressbuch. Plötzlich stoppte sie, zog ihr Handy an sich und wählte die Zehn.

„Amando, zwanzig Uhr bei mir … Ja, wie immer."

Gloria hatte längst den Heimweg angetreten, als eine weiße Limousine am Rande der Elbchaussee hielt. Das Anwesen hinter dem Eingangstor der Nummer 186 lag in tiefer Dunkelheit. Clara hatte die Außenbeleuchtung ausgeschaltet und die kleine Pforte geöffnet, sodass Amando unbemerkt auf das Grundstück gelangte. Sie stand am Fenster ihres Boudoirs, ihre Silhouette kaum erkennbar. Und doch sah er sie, umrisshaft, einem Engel gleich. Sehnsüchtig lief er auf die weiße Marmortreppe zu und hörte bereits von Weitem das Summen des Türöffners.

Die schwere weiße Holztür stand offen und das Pochen in seinen Lenden wurde mit jedem Schritt heftiger. Was sie heute wohl trug, dachte er?

„Da bist du ja. Du hast mich warten lassen." Ihre Stimme klang sanfter als sonst. Also heute nicht auf die harte Art, dachte Amando und ließ bereits im Gehen sein graues Sakko fallen. Vor ihm stand ein Traum in Rot. Sie strich sich mit langen Seidenhandschuhen über ihre schwarzen Haare. Es knisterte.

„Clara, wie schön du bist."

„Sei still!"

Aha, also doch die härtere Gangart, dachte er.

„Komm dichter, aber berühre mich nicht."

Die feuerrote Corsage endete in einem knappen Rüschenrock. Ihre wohlgeformten, langen Beine steckten in roten High Heels. Seine Blicke wanderten nach oben und verharrten in ihrem Dekolleté.

„Du quälst mich, Clara." Amandos Pulsfrequenz war nach oben geschnellt, und ihr Atem streifte seine feuchten Lippen. Langsam berührte sie die rote Samtschleife an ihrem Dekolleté und zog sie auf.

„Ich will dich", flüsterte er.

„Später, Amando. Viel später."

Dann drehte sie sich um und gewährte ihm einen Blick auf das knappe Röckchen. Die Zartheit ihres gebräunten Pos steigerte seine Lust ins Unendliche und erst jetzt sah er, dass sie kein Höschen trug. Sie drehte sich wieder um und blickte in Amandos Augen. Seine Erregung war nicht zu übersehen. Er griff nach ihren Brüsten. Doch sie trat zurück und lachte laut auf.

„Bitte, Clara."

Sie lächelte amüsiert und sagte: „Zieh dich aus!"

Zitternd versuchte er, die Knöpfe seines weißen Hemdes zu öffnen. Vergebens. Also riss er es auf.

„Warte, Tiger! Jetzt ich."

Quälerisch langsam öffnete sie einen Haken nach dem anderen, bis ihre Corsage den ganzen Blick auf ihre wohlgeformten festen Brüste freigab.

„Jetzt du, Amando!"

Seine Hand wanderte zum Gürtel.

„Langsam!", herrschte sie ihn an und genoss das Muskelspiel seiner Brust, als er die Gürtelschnalle löste. Ein Prachtexemplar, dachte sie, und heute gehört er mir, mir allein.

Langsam ließ er eine Hand unter den Hosenbund gleiten und öffnete den ersten Knopf.

Clara ging einen Schritt auf ihn zu. „Soll ich helfen?"

Verwirrt blickte er auf. „Ja. Bitte."

Nur Millimeter trennten beide Körper, aber ihm kam es vor, als stünde sie am anderen Ende des Raumes. Er sah ihre Hand, die sich langsam seiner Hose näherte, und hielt den Atem an.

Die nächsten Minuten waren eine Endlosschleife von Gefühlswallungen, ein Auf und Ab, wie er es noch nie mit einer anderen Frau erlebt hatte. Es war außergewöhnlich, dass sich eine Kundin zurücknahm und auch er auf seine Kosten kam. Bei ihr konnte er für einen Abend vergessen, dass er ein Callboy war.

3

Claras pechschwarze Haare glänzten und der creme-farbene Hosenanzug, den sie heute trug, schimmerte fast golden, als sie unter dem Kronleuchter hindurch-ging. Gloria wartete bereits mit einem reich gedeck-ten Frühstückstisch.

„Tulpen im Februar. Das macht Hoffnung auf einen baldigen Frühling", säuselte Clara gut gelaunt.

Ihre Haushälterin kam ihr lachend entgegen. „Schön, dass Frau Clara wieder besser geht und sich freut. Dann freut sich auch Gloria."

Die halblangen, braunen Haare der Haushälterin schienen heute noch keinen Kamm gesehen zu ha-ben, und Clara fragte nach: „Was ist mit deinen Haa-ren passiert?"

Gloria stellte das Tablett ab und versuchte mit beiden Händen die widerspenstige Wolle glatt zu wischen, doch es gelang ihr nicht. Sie verdrehte die Augen. „Habe versucht und versucht, machen, was wollen."

Clara schüttelte den Kopf und griff zum Telefon. „Peer? Clara hier. Hast du heute noch einen Termin? Es ist ein Notfall. Übrigens, hast du schon meine Ein-ladung erhalten? … Ja, genau … und, kommst du? … Schön. Wann sollen wir heute im Salon sein? Um 11 Uhr. Wunderbar. Danke, Peer. Bis dann."

Nachdem sie das Telefon abgelegt hatte, musterte sie noch einmal ihre Haushälterin, die sich an der Tischkante festhielt und sie wie gebannt anstarrte. Clara ignorierte das und sprach weiter: „So, meine Liebe. Nach dem Frühstück ziehst du dich um und dann übergebe ich dich in professionelle Hände."
Gloria schwankte. Ihre braunen Pupillen wurden weit. „Ich gehen soll zu Friseur von Frau Clara?"
„Nun schau nicht so. Bring mir meinen Cappuccino. Hopp. Hopp."
Das Klappern des Geschirrs drang bis an den Frühstückstisch, und es war nur eine Frage der Zeit, wann die erste Tasse zu Boden fallen würde. Clara blickte auf ihre Armbanduhr. Gleich zehn. Entschlossen stand sie auf und ging zur Küche hinüber.
Bereits einige Minuten später saßen sie im vorgeheizten Bentley. Gloria strich sich immer wieder den blauen Rock glatt und Clara war froh, bald am Ziel zu sein. Dass ein Friseurtermin ihre Haushälterin so aus der Bahn werfen würde, hatte sie nicht erwartet. Na ja, aber es war nicht irgendein Friseur, dachte sie, und musste schmunzeln.
Endlich. Es war geschafft, und als Gloria ausstieg, schien sie sich vollends beruhigt zu haben. Clara warf sich erleichtert in die weichen Ledersitze und rief Carl zu: „Weiter zum Fähranleger Teufelsbrück."
Der Bentley fuhr an und Claras Gedanken blieben kurzzeitig bei Peer hängen. Wie wird er Gloria wohl stylen? Ein Lächeln huschte über die rosafarbenen Lippen und ihre Blicke wanderten hinüber zum Elbanleger. Noch war alles ruhig.

„Carl, fahren Sie bitte weiter zur Weißen Kajüte."
Ein kurzes Tippen an seine Mütze zeigte ihr, dass er verstanden hatte. Sie liebte seine Geste und lächelte in den kleinen Rückspiegel.
Zehn Jahre waren es her, dass sie das kleine Bistro neben dem Fähranleger Teufelsbrück übernommen hatte. Die warnenden Rufe von Freunden und Familie hörte sie noch heute. Aber sie hatte sich durchgebissen, allen Warnungen zum Trotz. Heute umfasste ihr Imperium bereits drei Restaurants in Elbnähe und drei weitere Hotels und Restaurants in Hamburg.
„Gnädige Frau."
Der Bentley stand und Carl hielt bereits die Tür auf.
„Danke, Carl. Warten Sie nicht auf mich. Ich rufe Sie an, und holen Sie bitte Gloria vom Friseur ab."

Der schmale Steg, hinunter zum schwimmenden Restaurant, war menschenleer, und als sie das Ponton erreichte, begann es zu schwanken. Clara lugte rechts in das alte Hausboot, in dem der Küchentrakt untergebracht war, und klopfte an die offene Tür. „Moin, Hanssen. Liegen heute Bestellungen vor?"
„Moin, moin, Frau Collins. Ja, heute Abend, ein sechzigster, 20 Personen."
Er hatte nur kurz aufgesehen und den Seelachs weiter filetiert. Trotzdem spürte er ihre ernsten Blicke.
„Bin gleich bei Ihnen. Kaffee, Frau Collins?" Hanssen hatte nur das Geräusch ihrer Pumps auf den Planken wahrgenommen und wusste, dass er wieder allein war. Erleichtert reinigte er seine Hände, lief hinüber ins Restaurant, schenkte zwei Tassen Kaffee ein und

ging zu ihrem Lieblingsplatz, hinten links, neben dem Tresen. „So, da bin ich."

Es waren einige Minuten vergangen. Dann hielt er die Stille nicht mehr aus und sagte geknickt: „Ich weiß, für die Küche bin ich nicht mehr zuständig. Aber es fehlt mir. Ich bin mit Leib und Seele Koch, kein Restaurantchef. Ich bin Ihnen dankbar für die Chance, aber …"

„Okay. Verstanden. Aber als Koch sind Sie hier unterfordert. Nächste Chance, Hanssen …"

Ihr Kopf zeigte mit einer kurzen Bewegung Richtung Anlegesteg der Fähre.

„Ich habe das Restaurant gekauft."

Hanssens Augen weiteten sich und sein Blick verharrte auf ihren Lippen.

„Ich brauche da einen kreativen Koch, der den Laden auf Touren bringt. Trauen Sie sich das zu?"

Er kratzte seine weißen Bartstoppeln.

„Was ist, Hanssen?"

„Ich weiß nicht."

„Wie, Sie wissen nicht?"

Er sprang auf, streckte ihr seine große Hand entgegen und rief: „Ja, ja, Frau Collins. Ich weiß gar nicht, was ich sagen soll."

„Sie haben Ja gesagt, mehr wollte ich nicht hören. Also, Hanssen. Sie haben eine Woche. Dann will ich Ihr Konzept auf meinem Schreibtisch."

Sie stand bereits in der Tür und drehte sich noch einmal zu ihm um. „Im Übrigen, Geld spielt keine Rolle."

Es waren nur wenige Meter bis zu ihrem Neuerwerb, aber der Wind kam in so wuchtigen Böen über die Elbe, dass sie sich den Mantelkragen noch fester um den Hals drückte. Schnellen Schrittes ging sie zum Fähranleger hinüber. Auf der langgestreckten Brücke fegte der Wind noch heftiger und die kleine Handtasche, die sie über der Schulter trug, wurde fast davongetragen. Beherzt griff sie zu. Die sechzig Meter bis zur Treppe des Restaurants kamen ihr heute vor wie hundert, doch sie schob ihren zierlichen Körper beherzt gegen den Wind.

Endlich stand sie davor. Das zweistöckige, lange Gebäude glich einem Flussfahrtschiff. Sie lächelte, ging an der Treppe vorbei und hielt sich rechts am Geländer fest. Trotz des starken Windes verharrte sie einen Moment auf der Brücke und blickte stolz auf ihren Neuerwerb. Alles richtig gemacht, dachte sie, drehte sich um und bestieg die erste Stufe.

Der Ausblick war fantastisch. Ihre Augen wanderten weit über das Wasser, hinüber zu den unzähligen Kränen des Hamburger Hafens. Alles richtig gemacht, dachte sie erneut. Glückwunsch, Clara.

Auf dem gegenüberliegenden Gewerbegebiet Rüschhalbinsel war es ruhig und im Kanal lagen kaum Boote. Auch bei Airbus war heute kein reges Treiben zu beobachten und vielleicht würde es bald noch viel ruhiger werden. Clara hatte gerade gelesen, dass Airbus Toulouse die Produktion des A380 einstellen will. Das wäre ein gutes Gelände für uns, dachte sie und spitzte ihre rosa geschminkten Lippen.

Das Restaurant wurde vom eintretenden Sonnenlicht förmlich durchflutet. Nur vereinzelt vorbeiziehende Schleierwolken unterbrachen die ersten wärmenden Strahlen. Clara setzte sich an einen der kleinen Holztische, mit Blick über die Elbe und beobachtete das herannahende Fährschiff. Ihre blauen Pupillen hüpften vor Vergnügen. Auf dem schmalen, weißen Tischtuch standen kleine Gläser mit rosa Teelichtern und die gut platzierten Rotweingläser nebst Besteck und Servietten boten einen akkuraten Anblick. Clara hob eines der Gläser gegen das Licht. Gut poliert. Der Restaurantleiter hat seine Leute im Griff.

Ihr Blick wanderte hinüber zur Bar. Kaffeeautomat und Bierzapfanlage nahmen den größten Platz ein. Neugierig geworden, stand sie auf. Doch außer Standardspirituosen und einer hervorragenden Weinauswahl sah sie nichts, was an eine klassische Bar erinnern würde. Das musste sich ändern. Sie ging in die Knie und öffnete einige Türen.

„Was machen Sie da?"

Ein dunkelhaariger Mann, in schwarzem Anzug, beugte sich zu ihr hinunter.

„Das Konzept der Bar werden wir definitiv ändern", sagte Clara, während sie sich erhob. Dann strich sie die schwarzen Haare glatt, lächelte und reichte ihm die Hand: „Guten Tag, Herr Friedrichsen."

„Frau?" Er wartete.

„Clara Collins. Auf gute Zusammenarbeit. Sie dürfen meine Hand jetzt loslassen, Herr Friedrichsen."

„Herzlich willkommen, Frau Collins."

Er hatte seine Contenance wiedergefunden und räusperte sich. „Entschuldigung, gnädige Frau."

„Lassen Sie das, Friedrichsen! Es reicht, wenn mein Fahrer mich so anspricht. Frau Collins, aber nicht gnädige Frau. Denn gnädig bin ich selten."

Er dienerte kurz. „Selbstverständlich, Frau Collins."

Claras flüchtiges Lächeln wirkte beruhigend auf ihn und sein starrer Gesichtsausdruck wich einer entspannten Höflichkeit. Sie musterte ihn. Ein schöner Mann. Irgendwann werde ich ihn mir gönnen.

„Sie haben den Laden in Schuss. Sind Sie gewillt, für mich zu arbeiten, Herr Friedrichsen?"

„Es ist mir eine Freude, gnä …, Entschuldigung, Frau Collins."

Clara verkniff sich ein Grinsen. „Gut. Dann legen wir los. Rufen Sie bitte das Personal zusammen."

„Sehr wohl. Hier oben?"

„Gern", antwortete sie und scheuchte ihn mit einer kurzen Handbewegung davon.

Clara hatte wieder am kleinen Tisch Platz genommen und wartete. Ihre Blicke schweiften über die Elbe und sie beobachtete die Wellen, die gegen das nahende Fährschiff peitschten. Die kräftigen Motoren trieben das schwere Blech gnadenlos der Brücke entgegen und auch der immer stärker werdende Wind kam dagegen nicht an.

Geräusche drangen an ihr Ohr und sie drehte sich zur Bar. Nach und nach füllte sich der Raum mit gut gekleideten Kellnern und Köchen. Sie erhob sich langsam und ließ das Bild auf sich wirken. Das Alter der meisten schätzte sie zwischen fünfundzwanzig und

vierzig. Perfekte Mischung. Jung und erfahren. Langsam ging sie auf die Mannschaft zu. „Guten Tag oder wie man in Hamburg sagt, moin zusammen."
Einige lächelten.
„Also, wagen wir den Neustart. Ich werde mit jedem von Ihnen in den nächsten Tagen Einzelgespräche führen und alle bekommen von mir eine Chance in diesem Team und in diesem Haus weiterzuarbeiten. Oder möchte jemand bereits gehen, hm?" Sie schaute in die Runde und das Einzige, was sie erblickte, war ein gemeinschaftliches Kopfschütteln.
„Gut. Das Restaurant bleibt bis zum Zehnten geschlossen. Bis dahin entwickeln wir unsere neue Ausrichtung. Jede Idee ist willkommen. Wir sehen uns morgen um 10 Uhr, hier. Für heute dürfen Sie gehen."

4

Dichter Nebel lag über der Elbe und nur die Masten der Rickmer Rickmers durchstachen das undurchsichtige Weiß. Ein kleines Ruderboot wiegte unsichtbar auf den seichten Wellen und nur vage vernahm man die Geräusche der Nacht.

Sie zog ihr rechtes Strumpfband nach oben und lehnte sich an das Geländer. Es war feucht. Die fallenden Nebelschwaden hatten bereits alles benetzt. Wortlos zog sie ein Taschentuch aus ihrem Dekolleté, trocknete sich die Hände und genoss den verschleierten Blick über die Elbe.

Torkelnd kamen zwei junge Männer auf sie zu. „Moin, moin, du süße Bordsteinschwalbe. Mein Freund hat heute Geburtstag. Wie wärs mit einem lütten Geschenk?"

Der Große kam ihr bedrohlich nah. Samanta regte sich nicht, starrte weiter aufs Wasser und schwieg. Ihre Gedanken kreisten um die letzte Schlägerei und die Anzeige wegen schwerer Körperverletzung. Ja, sie wusste sich zu wehren. Ein Lächeln huschte über ihr Gesicht. Zwei besoffene Typen, die sich kaum noch auf den Beinen halten können, wie lächerlich, dachte sie. Doch auf einmal wechselten sie die Straßenseite und Samanta sah ihnen kopfschüttelnd hinterher.

Die Nebelwand war teilweise aufgerissen und sie konnte das kleine Ruderboot erkennen, das unbemannt auf den Wellen dahin schaukelte. Doch wo waren die Ruder? Sie schloss den letzten Knopf ihres schwarzen Mantels und lief dem kleinen Boot entgegen, das sich bereits der Landungsbrücke zwei genähert hatte.

„Samanta!"

Sie erstarrte, besann sich, holte tief Luft, drehte sich um und schrie der Stimme entgegen: „Verfolgst du mich? Habe ich nirgends Ruhe vor dir? Lass mich! Verschwinde!" Sie rannte zur Straße, riss den Arm hoch, stoppte ein herannahendes Taxi und verschwand im dichten Nebel.

Ella polierte gerade eines der vielen Champagnergläser, als Samanta in die Bar gestürzt kam.

„Setzt dich, Deern. Trink einen Sekt aufs Haus und komm runter."

Samanta lehnte sich an den Tresen und schwieg. Doch egal in welcher Verfassung sie war, Ella vermochte ihr immer ein Lächeln ins Gesicht zu zaubern. Also nippte sie brav am Sekt, den Ella bereits auf einer schwarzen Serviette vor ihr platziert hatte, und schwieg das Glas an.

„Schon gut, Deern. Ich kann mir denken, wer dir über die Leber gelaufen ist."

Samanta nickte und trank den Rest in einem Zug. Sie knöpfte ihren schwarzen Mantel auf, ließ ihn über die gut gebräunten Schultern gleiten und warf ihn auf den Barhocker neben sich. „So, Ella, jetzt hätte ich gern meinen Lieblingscocktail, das war eine verdammt lange Nacht."

Ella zwinkerte ihr zu: „Bist eben eine ausgezeichnete Mietschwalbe, Deern."

Samanta lachte, denn sie liebte Ellas eigen kreierten Begriff. Immerhin hörte es sich netter an als Bordsteinschwalbe oder gar Nutte.

Die Barchefin hatte bereits eine schwarze Serviette auf den Tresen platziert und ein großes *Collinsglas* aus dem Regal gezogen. Sie füllte es bis zum Rand mit Eiswürfeln und reihte diverse Flaschen vor Samanta auf.

„Lass das. Du musst für mich keine Show abziehen", sagte sie lachend.

Doch Ella ignorierte ihren Einwurf, füllte den *Boston Shaker* mit zwei Schippen Crushed Ice, zog gekonnt die Flaschen vom Tresen und ließ Passoa und Gin kopfüber hineinlaufen. Es folgten Maracuja- und Zitronensaft, bevor sie endgültig das Mixingglas darüberstülpte. Ella begann kräftig zu shaken und ihre Brüste hatten Mühe, nicht aus der knappen Korsage zu hüpfen. Samanta war amüsiert und erstaunt zugleich. Welche Freude hat diese Frau an ihrem Job? Bewundernswert dachte sie.

Inzwischen hatte Ella die Eiswürfel aus dem Collinsglas entfernt, den Inhalt des Boston Shakers darin entleert und einen Dash Orange Bitter hinzugegeben. Quer über dem Glas lag ein Holzstab mit einer aufgespießten halben Passionsfrucht, in der ein, in Rum getränkter, Würfelzucker steckte. Zwinkernd zog sie das Feuerzeug hervor.

Samanta wich zurück. „Wow!"
„So, Deern, jetzt ist er perfekt."

Die Bar war schon lange geschlossen und die Hintertür verriegelt, als Ellas Handy sich mit „Auf der Reeperbahn" meldete.
„Was wollt ihr? … Wieso? … Weiß ich doch nicht. Tai, du nervst. Komm morgen … Nein! Ihr habt doch euer Geld für diesen Monat! … Nein! Morgen!"
Als Ella den Hörer wutentbrannt in die Ecke des Tresens knallte, war ihr klar, dass sie in der Sache nicht das letzte Wort haben würde. Aber einen Versuch war es immer wieder wert.
Es donnerte an der Tür. Aha, dachte sie. Er hat sich also nicht abwimmeln lassen. Ich muss ihm öffnen, sonst kann ich gleich den Tischler rufen.
„Ist ja gut, Tai, ich komme schon", rief sie ihm entgegen. Doch bis zur Tür kam sie nicht. Schüsse hallten durch die Nacht und die schwere Eichentür der Bar wurde aufgetreten. Ella stürzte zu Boden und schlug mit dem Kopf hart auf die Fliesen.
„Was bildest du dir eigentlich ein, du dämliche Puffmutter?"
Ella sah erschrocken auf und merkte, wie das warme Blut über die Stirn rann. Sie berührte die Wunde an ihrem Haaransatz, sah auf und erblickte erst jetzt die große Gestalt hinter Tai. Doch der kleine Asiat hatte sich bereits über sie gebeugt und nahm ihr die Sicht. Er grinste. „Na, Ella, immer noch so vorlaut? Übrigens darf ich vorstellen, das ist der Neue, Mai. Er ist Mai, ich bin Tai!" Sein schallendes Lachen dröhnte in

ihren Ohren und steigerte sich zu einem quietschenden Kreischen. Ella wandte sich angewidert ab und sah, wie der Große ihr die Hand reichte. Sie griff zu und ließ sich nach oben ziehen. Verwundert blickte sie ihn an, denn so viel Höflichkeit war sie von der Bande nicht gewohnt. Seine dunkelbraunen Augen hatten etwas Beruhigendes, auch wenn sie der tätowierte Lidstrich irritierte. Er musste wenigstens 1,90 m groß sein, denn Ella war, mit High Heels, immerhin 1,85 m, und sie konnte direkt in die warmen Augen sehen. Er roch nach Zedernholz und Moschus und hatte seine pechschwarzen Haare rechts gescheitelt, nach hinten gekämmt. Ella war überwältigt von seinem gepflegten Äußeren und seinen Manieren.
„Ist alles in Ordnung?", fragte der Schönling.
Ihr Gedankenkino wurde unterbrochen und Wut stieg in ihr auf. Schnaubend drehte sie sich zu Tai und schrie: „Was wollt ihr?"
Doch der grinste nur. Heute sah der Asiat noch schlampiger aus als sonst, zerschlissene Jeans, durchgeschwitztes Hemd und abgewetzte Lederjacke. Zu allem Übel begann er auch noch laut zu lachen und sagte grinsend: „Es gibt ein neues Konzept."
Ellas Blicke wanderten abwechselnd zu Mai und Tai.
„Was für ein Konzept, Tai? Was ist mit unserem Vertrag? Wir haben eine feste Abmachung."
Er schwieg, blickte zu Mai und ließ sie zappeln.
„Setzen wir uns", sagte der Schönling ruhig.
Tais Hände ballten sich zu Fäusten. Er sprang auf.
„Was soll der Scheiß, Mai! Die Nutte musst du nicht mit Samthandschuhen anfassen!"

Doch Mai hob sofort die Hand und stoppte ihn. „Ich mache das auf meine Art, verstanden?"
Tai nickte finster und setzte sich an den Tresen. „Okay, Puffmutter, dann mach mir einen Mai Tai, los! Nein, mach uns zwei! Einen für Mai und einen für Tai." Wieder grinste er breit und Ella sah auf seine gelben Zähne. Sie schaute angewidert weg und schwankte zum Tresen. Immer noch lief Blut aus der Platzwunde und ihr feuerrotes langes Haar wurde mehr und mehr getränkt. Mai reichte ihr ein Taschentuch. Verwundert sah sie auf und nahm es an.
Nachdem Ella zwei Mai Tai auf den Tresen gestellt hatte, verschränkte sie die Arme vor der Brust und wartete.
„Was glotzt du so?", brüllte Tai, sprang mit einem Satz über den Tresen und riss sie an den Haaren nach unten. Ella schrie auf. Mai packte Tais Arm und brüllte: „Hör auf! Damit erreichst du gar nichts." Dann drückte er ihn wieder auf den verchromten Barhocker, zog sein Glas zu sich und sog am Trinkhalm. Doch Tai ließ seinen Partner nicht aus den Augen und tippte unaufhörlich seinen schwarzen Fingernagel ans Cocktailglas. Mai trank genüsslich weiter, sah kurz auf und sagte zu Ella: „Hm. Hervorragend. Dein Mai Tai ist ein echter Genuss."
„Was soll das, Mai? Sag der Schlampe endlich, was Caruso will, sonst mach' ich es!"
Der Neue stand langsam auf, flüsterte Tai etwas zu, und zog ihn in die entgegengesetzte Ecke der Bar. Ella rätselte, worüber die Ganoven fachsimpelten, zog ihre Wasserflasche vom Schrank und wartete ab.

Tai hatte sich wutschnaubend auf einen Stuhl fallen lassen, saß breitbeinig da und vergewaltigte sein Handy. Mai hingegen kam auf sie zu und lächelte. „So, jetzt zu uns, beziehungsweise zu unserem Vertrag. Also, Ella. Ab sofort wirst du auch diese Cocktails auf deiner Karte haben und diese Mischen über uns beziehen. Hier ist die Liste." Er zog einen A5-Zettel aus der Innentasche seiner schwarzen Lederjacke und schob ihn über den Tresen. Ellas Busen hob sich, sie hielt die Luft an und ließ sie laut ausströmen. Ihre Gedanken überschlugen sich und ihr wurde übel, wenn sie an diese verdammte Abhängigkeit dachte. Tai war aufgesprungen, stand vor dem Tresen und amüsierte sich. „Die Schlampe ist sprachlos!"
Ellas Busen hob sich erneut und ihre schwarze Seidenkorsage schien fast zu platzen. Das silberne Kreuz, das an einer langen Kette tief ins Dekolleté gerutscht war, verschwand zwischen ihren prallen Brüsten. Es war das einzige Schmuckstück, das sie seit dem Tod ihres Vaters, immer trug. Ella war nicht entgangen, dass Mais Augen genau dorthin gewandert waren. Sie zog die Kette etwas höher und beugte sich provokant zu ihm. „Wie schmeckt der Mai Tai?"
Mai erschrak. „Sehr gut. Sagte ich doch!"
Ihr Zeigefinger tippte mehrfach auf die Liste. „Aha. Der steht nämlich auch drauf. Genau wie *Golden Colada, Long Island Ice Tea, Sex on the Beach, Margarita, Hurricane* und viele mehr." Sie sah seine fragenden Blicke und sprach weiter: „Ich stehe seit zehn Jahren hinter der Bar, habe tausende Cocktails geschüttelt,

gerührt und selbst entwickelt. Was meinst du, Mai, warum ihr mit mir so einen mega Umsatz macht?"
Er zuckte mit den Schultern.
„Weil viele Gäste nur wegen meiner Cocktails kommen. Denn die sind Qualität gewohnt. Die trinken doch nicht so eine Fertigmixe!"
Tai sprang auf, packte ihre rote Mähne und schlug ihren Kopf auf den Tresen. „Das war keine Bitte, du Puffmutter! Capisci?"
Sie begann zu weinen, doch Tai drückte ihr Gesicht noch fester auf die verchromte Platte. „Heul nur, du vorlaute Puffmutter?"
Mai hatte diesmal nicht eingegriffen, ganz im Gegenteil. Er beugte sich nah an ihr Gesicht und flüsterte: „Haben wir uns jetzt verstanden, Ella?"
Sie versuchte zu nicken, und Tai gab ihren Kopf wieder frei. Ella atmete schwer und überlegte sich ihre nächsten Worte sehr genau. „Alles klar, Jungs, aber das hier ist kein Puff, ergo bin ich auch keine Puffmutter. Das ist mein Haus und ich vermiete nur die Zimmer an die Deern. Das ist meine Bar, in der ich seit zehn Jahren maloche. Gut, ich nehme eure Fertigcocktails auf die Karte, bringt mir das Zeug. Aber eines sag' ich euch heute schon, meine Umsätze werden drastisch in den Keller stürzen und damit auch euer Anteil."
Mai strich sich über seinen Dreitagebart und überlegte. „Okay, wenn deine Cocktails wirklich so begehrt sind, lass uns doch einen Test machen."
Tai glotzte seinen Partner stirnrunzelnd an und kratzte sich die tätowierte Glatze.

„Was für einen Test?", fragte Ella.

„Ganz einfach. Mach mit deinen Stammkunden eine Blindverkostung. Dann werden wir sehen, ob unsere Fertigcocktails wirklich so schlecht sind, wie du glaubst."

Mais Blicke waren auf Ella gerichtet, und sie spürte, dass er sie nicht aus den Augen ließ. Eigentlich eine gute Idee, dachte sie. Aber wenn die Fertigmixe doch gut war? Egal, was sie jetzt sagen würde, sie hatte ohnehin keine Wahl. „Okay, gute Idee. Wann?"

Mai erhob sich vom Barhocker und blickte zu Tai. Doch der zuckte nur mit den Schultern. Also sagte er entschieden: „Du hast drei Tage Zeit. Wir melden uns."

5

„Bist du dir sicher? Diese Ratte! Mit wem? … Zeugen? … sind die glaubwürdig? … Okay, dann wie immer. Wir sehen uns morgen, gleiche Uhrzeit. Du weißt, wo."

Das spärlich beleuchtete Treppenhaus war eisig und eng. Stufe für Stufe stieg eine schwarze Gestalt hinauf in den Rumpf des Kolosses, und nur der Lichtstrahl einer kleinen Taschenlampe beleuchtete den schmalen Aufstieg.
Es war geschafft. Ein schwarzer Lederhandschuh tastete suchend über die Wand. Hier rechts musste es sein. Da. Es wurde hell. Quietschend öffnete sich die schwere Stahltür, und ein kleiner Lichtkegel fiel auf den riesigen Reichsadler. Caruso winkte ihm zu und lief weiter.
„Moin, Boss." Vincent hielt die Hand stramm an seinen Hut und lächelte. Doch die schwarze Gestalt schenkte ihm keine Beachtung und lief weiter ins Zentrum des Geschehens. Vincent tippelte hinterher und wagte einen zweiten Versuch. „Boss, ich habe hinten eine zweite Verankerung angebracht. Das hält ewig, Boss."
Carusos Augen fixierten das neue Spielzeug, ein gigantisches Gestell aus Stahl und Stein. Es nahm fast den gesamten Raum ein. An den Seiten des eisernen

Ungetüms hielten unzählige Gewichte die Seile auf Spannung. Die Stahlstangen hatten die Männer in der Rückwand verankert. Caruso blickte nach oben, umkreiste den Folterstuhl und streichelte ihn voller Bewunderung. Erst dann blickte der Boss auf die zerschundene Gestalt, deren Kopf schwer auf der blutigen Brust hing. Nur die Seile hielten seinen Körper aufrecht.

Vincent zog sein Messer aus dem Schaft und hielt es ihm unters Kinn. „Kopf hoch, du Verräter! Der Boss ist da!"

Caruso wanderte vor dem Gefangenen auf und ab und blickte auf dessen nackte Füße, die mit schweren Eisenringen auf dem Boden verankert waren. Blut lief aus der klaffenden Kopfwunde über der linken Schläfe und seine welligen Haare hatte der Schweiß dunkler gefärbt. Er stöhnte.

„Vincent, wieso ist das hier so dunkel? Mach das Licht an! Ich will dem Verräter in die Augen sehen."
Er rannte los. Ein lautes Knacken. Es wurde hell. Caruso trat näher an den Geschundenen heran. „Sieh mich an! Du sollst mich ansehen!"

Die Gestalt hob vage den Kopf. Seine Augen zugeschwollen und dunkelblau, konnte er die Person nicht einmal erahnen, die vor ihm stand.

„Wir haben dich in die Familie aufgenommen, wie einen Freund, einen Kameraden. Und wie dankst du uns das? Antworte!"
Er schwieg.

„Hast du den Kodex des Schweigens gebrochen, hm? Sprich!"

Doch seine einzige Antwort war ein leises Stöhnen.

„Hast du? Antworte!"

Kraftlos ließ er den Kopf wieder fallen und tauchte ab, in die nächste Ohnmacht.

„Antworte!"

Die eiserne Spitze des Messers durchstach sein Hemd. Doch nichts geschah. Kein Zucken. Kein Stöhnen. Nichts mehr. Caruso drehte sich zu Vincent und schrie ihn an: „Der ist ja halb tot!"

Doch plötzlich begann der Leib des Mannes zu zucken, als wenn Wellen von Stromstößen in seinen Körper einschlugen. Vincent zog die Mundwinkel nach unten und tätschelte die Krempe seines Hutes.

„Boss, ich glaube, der macht's nicht mehr lange."

Caruso trat näher an den Gefolterten heran, zog die Lederhandschuhe aus und legte die Hand auf seine Stirn. „Der glüht ja! Vincent, habe ich dir gesagt, dass du ihn halb tot prügeln sollst? Wozu hast du eigentlich deinen Schädel, hm? Wahrscheinlich nur für diesen dämlichen Hut!"

Vincent nahm den Hut ab, strich seine blonden Locken hinter die Ohren und stotterte: „Aber, Boss. Ich sollte doch …"

„Hol Tai und geh mir aus den Augen! Raus!"

Er setzte seinen Hut wieder auf, zog ihn tief ins Gesicht, senkte den Kopf und verließ den Raum.

Tais Schuhspitze tippte unaufhörlich auf den Steinboden. Er wartete. Doch Caruso betrachtete immer noch den Gefolterten und schwieg.

„Okay, Boss, was sollen wir mit ihm machen?"

Caruso blickte auf und zog sich die schwarzen Lederhandschuhe wieder über die schmalen Hände. „Löse die Fesseln und wickle ihn warm ein. Decken sind im Nebenraum. Dann rufst du den dämlichen Doc an, du weißt schon, wen. Er soll ihn untersuchen. Und ihr päppelt ihn auf."
Tai kratzte sich die tätowierte Glatze. „Im Ernst?"
Caruso drehte sich blitzartig um und hielt ihm die Spitze des Klappmessers unters Kinn. „Verstehst du plötzlich kein Deutsch mehr, du unterbelichtetes Reiskorn?"
Tai zuckte zusammen und röchelte: „Doch. Doch. Alles klar, Boss. Alles klar."
„Oder wünschst du, unser neues Spielzeug selbst auszuprobieren, hm?"
Tai stöhnte: „Nein, Boss."
Caruso hob die Klinge des Messers noch höher und sah ihm tief in die dunklen Augen. „Wenn der Doc sein Go gibt, bringt ihr ihn ins ›Taff‹, verstanden?"
Caruso war verdächtig nah an ihn herangetreten und sah kleine Schweißperlen auf Tais Stirn. „Du pisst dir ja gleich in die Hosen, du kleines asiatisches Schweinchen. Die Nutten sollen sich um ihn kümmern. Verstanden?"
Tai wagte nicht zu nicken.
„In zwei Wochen muss er wieder fit sein! Ich brauche jeden Mann! Du weißt, worum es geht." Caruso ging noch dichter an ihn heran und flüsterte: „Lies es von meinen Lippen! Das ist deine letzte Chance. Versau es nicht. Sonst …"

Tai hatte verstanden. Die Schweißperlen auf seiner Stirn feierten gerade Hochzeit und rollten munter über sein Gesicht. Caruso grinste und ließ die Klinge langsam sinken. Die Lektion sollte genügen. Er sah ihn amüsiert an.

„Alles klar, Boss." Tai ging zügig zum Folterstuhl und begann, die Fesseln des Opfers zu lösen. Seine Hände zitterten.

Caruso zog grinsend den schweren Reißverschluss der Lederjacke bis unters Kinn, setzte den schwarzen Wollhut auf und verließ den Raum.

Der Alte Elbpark zeigte sich heute in einem hässlich grauen Gewand. Den wenigen Schneeflocken der letzten Nacht war es nicht geglückt, diesen trostlosen Anblick zu überdecken, denn die Temperaturen waren bereits auf fünf Grad angestiegen.

Caruso stampfte über matschige Wege den Landungsbrücken entgegen, zog das Handy aus der schwarzen Jacke und drückte die Eins.

„Er ist save … ja, sonst hätte er gesungen … wir können ihn also einsetzen … Nein … Vincent hat ihn zusammengeschlagen wie einen räudigen Köter …Ja, ich weiß, aber das kann ich jetzt auch nicht mehr ändern. Glaube mir, die haben ihre Lektion gelernt …Ja, ins Taff. Der Doc soll ihn aber erst verarzten …Ja, natürlich, unser Doc …Ja, geht klar. Wenn er wieder vorzeigbar ist, soll er mit Tai die Runden drehen. Dann werden wir sehen, was wir mit ihm anfangen. Ja, sehe ich auch so. Oder willst du ihn haben?" Caruso lachte laut auf. „Übrigens, das Schiff kommt erst

in zwei Wochen. Der Lauenburger will mehr Kohle sehen und der Alte dreht auch gerade am Rad. Na ja, du kennst ihn ja. Reicht die Ware noch bis dahin? … Okay …Ja, mit Vincent und Tai sind es drei. Aber demnächst haben wir noch seine drei Spezialisten an Bord. Die können wir gut gebrauchen."
Caruso hatte die Landungsbrücken erreicht, klopfte sich den Matsch von den Stiefeln, lief auf die Taxen zu und telefonierte immer noch. „Hm … Ja … was? Ich schnaufe doch nicht. …Ja, ich bin zu Fuß unterwegs, aber ich schnaufe doch nicht. Das musst du gerade sagen. Wer versetzt mich denn ständig beim Tennis, hm? … ja, ja. Okay, du hörst von mir."
Der dunkelhäutige Taxifahrer hielt ungeduldig die Beifahrertür auf, doch Caruso ging an ihm vorbei, öffnete eine der hinteren Türen und stieg ein.
„Zum Museumshafen."

6

„So, Hanssen, dann überraschen Sie mich."
Clara lehnte sich erwartungsvoll an die gepolsterte Stuhllehne und nippte an ihrem Riesling. Der frisch ernannte Chefkoch verbeugte sich und ging wieder in seine Küche. Herr Friedrichsen hatte es sich nicht nehmen lassen, die neue Chefin persönlich zu bedienen und servierte als Erstes eine Vorspeisen-Variation. Clara musterte ihn. Wie er wohl in Casual Chic aussah? Irgendwann werde ich ihn zu einem dienstlichen Abendessen einladen. Sie schmunzelte. Der Restaurantleiter räusperte sich. „Frau Collins. Entschuldigen Sie. Es ist angerichtet."
„Oh, Herr Friedrichsen, sorry, ich war wohl kurz abwesend. Das sieht vorzüglich aus." Sie zog die neue Karte vom Tisch und überblickte parallel die Speisen auf ihrem Teller. „Dann ist das der Lachs mit Gurke und Ingwer-Paste." Sie schob die Gabel langsam in den Mund und genoss die leichte Schärfe. „Hm, sehr fein. Holen Sie Hanssen her, wenn er abkömmlich ist."
Als die Männer auf sie zukamen, hatte sie gerade den letzten Löffel Erdnuss-Avocado-Muss im Mund und ließ es auf der Zunge schmelzen. „Hanssen, Sie sind ein Gott. In der Kajüte waren Sie völlig unterfordert."
Der Chefkoch verbeugte sich. „Danke, Frau Collins."

Mit einem Lächeln und einem kurzen Wink der linken Hand scheuchte sie ihn davon. Friedrichsen blieb stehen und fragte nach ihrem Getränkewunsch. Sie schmunzelte und dachte, mir würden da so einige Wünsche einfallen. Der Restaurantleiter wartete und verzog keine Miene, bis sie ihn erlöste. „Ich bleibe beim Riesling und stillem Wasser. Danke, Herr Friedrichsen."

Aus der Ferne konnte man das leise Schellen der Küchenglocke vernehmen. Der Restaurantleiter flitzte und stand augenblicklich wieder vor ihr. „Getrüffelte Lende vom Iberico an lauwarmen Rosenkohlsalat und Parmesanchips"

Claras Augen wanderten über den Teller. Die Optik ist ausgezeichnet, dachte sie. Ich hoffe, es schmeckt auch so. Langsam zog sie das Steakmesser durchs Fleisch. Wie wunderbar marmoriert es war. Ihr lief förmlich das Wasser im Mund zusammen. Sie konnte nicht verstehen, warum man auf so eine Köstlichkeit verzichten sollte. Der ganze vegetarische Wahn nervte sie. Fleisch stand bei ihr ganz oben auf dem Speisezettel, und sie schob sich genüsslich den ersten Happen in den Mund.

„Friedrichsen, setzen Sie sich."

Seine Stirn legte sich in Falten.

„Setzen Sie sich, bitte!" Sie schnitt ein Stück des Fleisches ab, zog eine saubere Gabel vom Tischtuch und reichte sie ihm. „Bitte, kosten Sie."

Er starrte sie an, griff schließlich zu, stach in das abgeschnittene Stück und führte es zum Mund. Er

schloss beim Kauen die Augen. Was für lange Wimpern er hat, dachte sie, und wartete ungeduldig darauf, dass er sich äußern würde, aber er sagte nichts und sah sie nur an.
"Und, kann das auf die Karte, Friedrichsen?"
Er räusperte sich. „Nein, Frau Collins …"
Sie hatte ihre Augen bedrohlich zusammengekniffen. Darum fügte er schnell hinzu: „… es muss."
Sein Lächeln zeigte zwei Reihen strahlend weißer Zähne, und sie war angetan von seinem stilvollen Humor. Sie lehnte sich zurück und wies auf den schmutzigen Teller. Sein Lachen versiegte. Flugs griff er zu und schritt davon. Von Weitem hörte sie die Schwenktür und freute sich auf die Variationen des Desserts.
Friedrichsen schritt zackig auf sie zu und verzog keine Miene mehr. „Schokoladenvariationen an warmen Früchten des Südens mit einer Gewürzschaumhaube. Guten Appetit, Frau Collins."
Wortlos reichte sie ihm die zweite Gabel und wies ihn an, sich zu setzen. Er gehorchte und wartete höflich ab, bis sie den ersten Bissen in den Mund schob. Dann wagte auch er, von der süßen Verführung zu kosten.
„Na, Herr Friedrichsen, muss das auch unbedingt auf die Karte?", fragte sie spitzfindig.
Er ließ sie warten und genoss den Schmelz auf der Zunge. Du willst spielen, dachte er. Bitte. „Nein."
Clara hatte verstanden. Na, warte, das bleibt nicht ungestraft. Sie lehnte sich lächelnd zurück und genoss die Sekunden, ehe sie ihm einen Dämpfer verpassen würde.

Er holte gerade Luft, um seinen Satz zu beenden. Zu spät.

„Herr Friedrichsen, gehen Sie bitte zu Hanssen in die Küche und teilen Sie ihm Ihre Entscheidung mit."

Ihr Schachzug versetzte ihm den Todesstoß. Seine Nasenspitze wurde schneeweiß und die Lippen begannen sich langsam zu öffnen.

„Was ist, Friedrichsen, hopp, hopp."

Seine Augen verdunkelten sich, er stand wortlos auf, nahm den Dessertteller und verließ die Bühne, die er sich selbst geschaffen hatte. Clara sah ihm nach und blickte amüsiert über die Elbe.

Friedrichsen kam zurück, Hanssen im Schlepptau, mit verlegenem Gesichtsausdruck. Sie setzte sich kerzengerade hin und legte eine ernste Miene auf.

„Na, Hanssen, was gibt es?"

Nach einer kurzen Verbeugung fragte er: „Entschuldigung, aber Herr Friedrichsen sagt, dass es die Schokoladenvariationen nicht auf die Karte geschafft haben?"

Clara verkniff sich ein Lächeln, amüsierte sich jedoch köstlich. Sie mochte Hanssen aufrichtig, aber wollte den Restaurantleiter noch einige Sekunden quälen. „So, sagt er das?"

Friedrichsen knetete seine Hände.

„Er sagt also, dass diese hervorragenden Dessert-Variationen nichts auf der neuen Karte zu suchen haben? Hm. Das ist sehr schade, interessiert mich aber nicht. Und wissen Sie, warum?"

Kopfschütteln.

„Das ist mein Restaurant und auf diese Karte kommt …“ Ihre Handfläche knallte auf den Tisch. „… was mir schmeckt.“

Die Männer zuckten zusammen und Hanssen begann zu strahlen. Auch Clara lächelte wieder und sprach weiter: „Alles, was ich hier und heute verköstigen durfte, ist das Beste, was ich seit Langem gegessen habe. Hanssen, Sie haben mich nicht enttäuscht.“

Dann wandte sie sich an Friedrichsen: „Und Sie, Herr Friedrichsen, üben sich besser in Distanz, oder haben Sie tatsächlich geglaubt, dass Sie mit mir Spielchen spielen können?“

Er räusperte sich kurz, verbeugte sich und sagte leise: „Nein, natürlich nicht, Frau Collins.“

„Gut. In diesem Fall sind wir uns einig.“ Dann wandte sie sich noch einmal an Hanssen. „Ich habe noch eine Bitte an meinen neuen Küchenchef. Hanssen, backen Sie mir doch bitte für morgen Ihren wunderbaren Marillenkuchen. Ich lasse ihn dann von Carl gegen vierzehn Uhr abholen.“

„Aber gern. Und, ich freue mich sehr, dass Ihnen alles geschmeckt hat.“

Sie lächelte und scheuchte ihn mit einer leichten Handbewegung und einem gütlichen Lächeln zurück in seine Küche. Friedrichsen stand immer noch ernst und kerzengerade vor ihr.

„Setzen Sie sich, bitte. Wir haben noch einiges zu besprechen.“

Er zog den Stuhl heran und ließ sich nieder. Clara öffnete ihren Aktenkoffer, zog eine Mappe hervor und legte sie auf den Tisch.

„Kündigen Sie bitte allen Getränkelieferanten. Hier sind die neuen Verträge, die ich bereits ausgehandelt habe. Alle Bestellungen im laufenden Betrieb tätigen Sie. Alle neuen Anforderungen sprechen Sie mit mir ab, verstanden?"

„Ja, Frau Collins."

Sie lächelte. „Nun werden Sie mal wieder locker, Friedrichsen. Nur weil Sie dieses Spiel verloren haben, müssen Sie den Kopf nicht in den Sand stecken."

Er versuchte ein zartes Lächeln.

„Na bitte, und jetzt zur Bar. In allen meinen Restaurants und Hotels sind klassische Bars integriert. Das ist keine Bar." Sie zeigte hinter sich und zog eine Zeichnung aus Ihrer Mappe. „Hier, so stelle ich mir das vor. Schätzen Sie die Machbarkeit ein. Also wären durch den Umbau die regulären Abläufe im Restaurant gestört oder sollten wir besser einen anderen Platz für den Ausbau nutzen und so weiter."

Er nickte kurz und schaute angespannt auf die Pläne. „Wenn wir die Nische im Vorraum nutzen würden, haben wir einen besseren Zugang zum Getränkeraum und können auch bei größeren Arrangements die Gäste gleich an der Bar mit einem Aperitif begrüßen. Außerdem ist der Vorraum bisher nur für die Garderobe genutzt worden und wir könnten sie besser im Restaurant integrieren. So haben sowohl wir als auch die Gäste die Garderobe im Blick. Draußen sind schon einige Kleidungsstücke vertauscht oder gestohlen wurden. Auch wenn wir Schilder angebracht haben, dass wir für die Garderobe nicht haften, so ist es doch immer unangenehm."

Clara hatte sich seine Vorschläge in Ruhe angehört und war beeindruckt. Er hatte wirklich ein Auge fürs Detail. Ein klasse Mann, dachte sie. Den musst du unbedingt halten. Also ruderte sie etwas zurück. „Friedrichsen, ich bin beeindruckt. Bis ins Detail durchdacht. Nehmen Sie gern meinen Stift und zeichnen bitte hier ein, wie Sie sich das vorstellen." Sie hielt ihm den Bleistift hin, zog ihn aber gleich wieder an sich. „Nein, das besprechen wir gemeinsam mit dem Architekten. Morgen bei mir in der Villa, fünfzehn Uhr."

Er starrte sie an.

„Was ist? Ach so, hier ist die Adresse." Sie zog ein Blatt aus der Mappe und notierte. Elbchaussee 186.

Der Restaurantleiter saß immer noch schweigend vor ihr, zog den Zettel an sich und fragte: „Soll ich noch weitere Unterlagen mitbringen, Frau Collins?"

Sie kniff die Augen zusammen. „Weitere?"

Er stand wortlos auf, um kurz darauf mit einer Mappe zurückzukehren. „Ich habe mir bereits Notizen dazu gemacht." Er legte die Unterlagen auf den Tisch, lächelte und wartete ab. Clara schaute ihn fragend an. „Und? Soll ich raten, was sich darin verbirgt oder höre ich noch mehr von Ihnen?"

Er zog nervös einige Papiere aus der Mappe. „Ich habe bereits mehrere Variationen für eine klassische Bar gezeichnet, auch Ideen für den Umbau des Restaurants, unter der Berücksichtigung der baulichen Möglichkeiten. Aber der Vorbesitzer wollte keine Veränderung und schon gar keine Investitionen."

Clara schmunzelte. „Sehr gut. Bringen Sie das mit."

7

Über eine Woche war vergangen, aber Ella hatte nichts mehr von Mai und Tai gehört. Die Blindverkostung war sicher nur Hinhalte-Taktik. Aber sie wollte sie. Jetzt erst recht. Nachdenklich polierte sie die Cocktailschale. Morgen stehen die ohnehin vor der Tür. Schließlich war die nächste Rate fällig.
Die Bar war noch geschlossen, aber Samanta leistete ihr bereits Gesellschaft. Schweigsam saß sie auf einem der schwarzen Barhocker und sah Ella beim Polieren der Gläser zu. Die Barfrau spürte schon lange Samantas innere Zerrissenheit, ihren Widerwillen, ihre tiefe Traurigkeit und doch saß sie Abend für Abend auf diesem Hocker, bevor sie in die Nacht verschwand und sich unzähligen Freiern hingab. Irgendetwas oder irgendwer hatte dieser jungen Frau den eigenen Willen genommen, und irgendwann würde sie es herausfinden. Ella legte ihre Hand auf den Tresen. „Na, Deern, noch ein Sektchen vorneweg?"
Samanta nickte stumm und strich sich eine schwarze Haarsträhne hinters Ohr. Ella sah in traurige Mandelaugen, die Samanta heute goldgrün geschminkt hatte, passend zu ihrem dunkelgrünen, knappen Kleid. Ihr halblanges, schwarzes Haar glänzte und umrahmte das schmale Gesicht. Der ausgefranste Pony gab ihr eine freche Note, das konnte auch ihre schlechte Laune nicht verhindern.

Doch heute schien sie noch verschlossener als sonst.
Das erste Mal sah Ella Todessehnsucht in ihrem Blick

und erschrak. Schnell griff sie ihre Hand. Samanta sah auf, aber ihr Blick war leer.

Ella hatte ihre kleine Mietschwalbe schon lange ins Herz geschlossen und schwor sich, noch besser auf sie aufzupassen. Sie reichte ihr das gut gefüllte Sektglas, goss sich auch ein und stieß mit ihr an. Die Gläser klangen und erst jetzt schien Samanta wieder im Hier zu sein. Sie lächelte sogar und fragte: „Du trinkst Sekt während der Arbeitszeit? Und deine Regeln?"

„Na und, Deern, Regeln sind zum Brechen da. Prost!"

Drei Stunden später war Ellas Laden bereits gut gefüllt. Die Freier gaben sich die Klinke in die Hand und sie rührte und schüttelte ihre Cocktails.

„Hey, Ella, mach mir noch einen *Whiskey Sour* und für die Zuckerschnute einen *Brandy Alexander*!"

„Kommt sofort, Joe!" Sie zog ein *Old Fashioned Glas* vom Regal, füllte es mit Eiswürfeln, stellte es ab und erschrak. „Lissy, schon da? Hier, Deern, dann du."

Das Lächeln der Brünetten verwandelte sich augenblicklich in schüchterne Angst.

„Was ist, Lissy? Da steh´n die Buddeln! Los geht's."

Zaghaft nahm die Brünette eine Whiskyflasche aus dem Regal und stellte sie hinter das Glas. Sie presste die braun geschminkten Lippen aufeinander und ihr Blick wanderte suchend über die Regale.

„Deern, nu aber! Hast du nicht mal die Zutaten für 'n Whiskey Sour behalten?"

Schnaubend stieß sie ihre Hüfte gegen Lissy. „Zapf vier Bier für Tisch sieben."

Der Aufprall hatte ihr feuerrotes Haar in Wallung gebracht und ihre Brüste schaukelten immer noch. Wütend riss sie den irischen Whiskey vom Tisch und platzierte ihn wieder im Regal hinter sich. „Hier, Deern, der wärs gewesen." Die Flasche rutschte über den Tresen.

„Bourbon Whiskey", las Lissy vom Etikett ab.

Ella verdrehte die Augen, riss ihr die Flasche aus der Hand und ließ 6 CL in den *Boston Shaker* laufen. Es folgten Zitronensaft, Zuckersirup und ein Eiweiß, das sie präzise vom Eidotter getrennt hatte. Sie stülpte das *Mixingglas* darüber und begann zu shaken. Mehr und mehr erhöhte sie die Taktfrequenz, und ihre Brüste folgten. Heute hatte sie ihre fraulichen Rundungen in eine bordeauxfarbene Corsage gezwängt und die goldenen Schließen hatten Mühe, alles an seinem angestammten Platz zu halten.

Gekonnt trennte sie Shakerbecher und Glas, ließ vier Eiswürfel hineinfallen, vereinigte beide wieder und begann erneut zu shaken. Die Eiswürfel hatten das Old Fashioned Glas vorgekühlt und landeten im Müll. Mit einem kurzen Handkantenschlag löste sie Mixingglas und Shaker, setzte gekonnt den *Strainer* auf den Shakerbecher und seihte den Inhalt ab. Lissy hatte jeden Arbeitsschritt ihrer Chefin verfolgt und starrte noch immer, mit leicht geöffnetem Mund, auf jede ihrer Bewegungen. Ella rieb gerade den Streifen einer Zitronenschale um den Rand des Glases und ließ diesen dann hineingleiten. Ihre Pupillen wanderten für den Bruchteil einer Sekunde zu Lissy, ohne dass sie ihren Kopf bewegte. Natürlich war ihr nicht entgangen, dass die Kleine jeden ihrer Handgriffe verfolgt hatte, aber sie ließ es sich nicht anmerken. Lächelnd stellte sie das Old Fashioned Glas auf die schwarze Serviette und zog eine Cocktailschale aus der Vitrine.

„Darf ich?" Lissy war näher an Ella herangerückt und ihre Mandelaugen hofften auf eine positive Antwort.

„Klar, Deern." Ella schob ihr das Glas entgegen, verschränkte ihre Arme unter der Brust und lehnte sich wartend ans Holzregal.

„Also, der Brandy Alexander wird in einer Cocktailschale, ohne Eis, serviert. Darum kühlt man das Glas vorher."

Amüsiert verfolgte Ella jede Bewegung, und der Mittelfinger ihrer rechten Hand tippte rhythmisch auf ihren Oberarm. Sie hatte Lissys Zittern nicht übersehen, was das Handling mit den einzelnen Zutaten erschwerte, aber sie lenkte nicht ein. Nach und nach füllte sich der Shakerbecher mit Eiswürfeln, Brandy und Creme de Cacao. Lissy griff nach dem Mixingglas, als Ella sich kurz räusperte. Erschrocken sah sie auf. Röte war ihr ins Gesicht gestiegen und trotz ihrer brünetten Haut nicht zu übersehen. „Oh, Sahne!" Das Lächeln ihrer Chefin beruhigte sie. Die fehlende Zutat floss in den Shaker und ein Arbeitsschritt folgte dem anderen, alles zu Ellas Zufriedenheit. Leicht, und ihrer Sache wieder sicher, platzierte sie die Cocktailschale auf der Serviette. „Bitte sehr. Zum Wohl!"

Ella lachte auf. „Na, Deern, dann fehlt nur noch das." Die Neue starrte auf die kleine Muskatreibe, die ihr Ella auf die Arbeitsplatte gelegt hatte und errötete.

„Oh, ja." Zitternd nahm sie die Muskatnuss aus der Gewürzschublade und rieb sie leicht über den fertigen Cocktail. „Sorry. Jetzt ist der *Brandy Alexander* aber fertig."

Ella lachte erneut, klopfte ihr tröstend auf die schmalen Schultern und wies kopfnickend auf den Bierzapfhahn. „Na, das kannst` de ja schon. Dann mach mal gleich vier fertig, sonst fallen mir die Jungs da drüben vom Hocker."

„Hey, Ella, wir sitzen aufm Trockendock!"

„Nu macht mal kein Terz, Herbert! Euer Bier kommt doch gleich!" Sie zog den Hamburger Kümmel aus dem Gefrierer, ging zu den Männern hinüber und schenkte nach. „Der Köm geht aufs Haus."

Die Männer brüllten im Chor: „Danke, Ella!"

Sie lachte und rief im Gehen: *„Da nich füa!"*

Dann zuckte sie zusammen. Mai stand im Türrahmen, allein. Neugierig schritt sie auf ihn zu. Er sah gut aus, noch viel besser als das erste Mal. Seine muskulösen Beine steckten in schwarzen Designerjeans und den grauen Kurzmantel hatte er aufgeknöpft. Doch diese Wunden hatte er das letzte Mal nicht. Sie ging auf ihn zu und betrachtete seine linke Schläfe. Ein Geruch von Moschus strömte ihr entgegen. Wie animalisch, dachte sie.

„Ella, alles okay?"

„Äh, ja, natürlich. Willst du was trinken?" Sie gab ihm ein Handzeichen und er folgte ihr zum Tresen. Nach einigen Schritten spürte sie eine eigenartige Wärme im Rücken und hatte den Drang sich umzudrehen. Und richtig, sie wurde seiner schönen Augen gewahr. Er erschrak und seine dunkelbraunen Pupillen hüpften hin und her. Der hat mir auf den Hintern gestiert, dachte sie und zwinkerte ihm zu. „Einen Cocktail?"

„Danke, nein. Ein Bier ist mir lieber." Er hob lächelnd die Hand. "Nichts gegen deine Cocktails."

Ella schmunzelte und ging zum Zapfhahn. Wieso ist der heute so charmant, dachte sie, zapfte das Bier und schob es über den Tresen.

„Danke. Lass uns zum Geschäftlichen kommen. Wo können wir in Ruhe reden?"

Ella nickte Richtung Büro, griff ihre Wasserflasche, begrüßte Susi und ging voraus. Sie schloss die Tür, wies auf einen der vier Stühle und wartete ab. Als sie sich gegenübersaßen, bemerkte sie wieder den auffälligen Lidstrich und war irritiert.

Er nippte genüsslich an seinem Bier, stellte das Glas ab und fragte: „Warum vermietest du deine Zimmer eigentlich nur an Prostituierte, Ella?"

Sie presste ihre rot geschminkten Lippen aufeinander und schaute ihn mit weit aufgerissenen Augen an. Er grinste vergnügt, weil er sie scheinbar in Verlegenheit gebracht hatte. Doch das täuschte. Ella fragte grinsend: „Du willst doch nicht etwa im Puff einziehen?" Sein Lächeln erstarrte. Aha, dachte sie, der ist ja doch nicht so hart, wie er tut.

Mai beugte sich über den Tisch. „Du bist mutig, Ella. Ich sage dir jetzt was, aber nur einmal. Schenk unsere Cocktailmischungen aus. Du hast sowieso keine Chance. Lass deine Cocktails auch auf der Bar-Karte. Dann werden wir sehen."

Ella sah ihn verdutzt an. Was war das für ein Vorschlag? Die Fertigmixe werden ihre Gäste nur einmal kosten und dann nie wieder. In diesem Fall hätte sie innerhalb kurzer Zeit das Lager voller Ausschuss. Den Schund würde sie doch nie wieder loswerden.

Mai hatte sie schweigend beobachtet und bemerkt, dass sie auf dem Thema herum dachte. Er wartete ab, führte das Glas Bier ein weiteres Mal zum Mund und trank. „Und?", fragte er nach.

„Was, und? Das ist ja wohl der unsinnigste Plan, den ich je gehört habe. Ich sag' dir, in bummelig zwei Monaten steht mein Lager voll mit eurer Cocktailmixe, weil ich den Schund nicht verkauft kriege."

Mai sprang auf, schlug die Faust auf den Tisch und schrie: „Das war keine Bitte!"

8

Hamburg um Mitternacht. Samanta hatte sich weggeschlichen und saß am Steuer ihres roten Cabrios. Sie versuchte, einzelne Szenen aus dem Erlebten zusammenzufügen, aber es gelang nicht. Er hatte sie auf eine ungewöhnliche Art angesprochen, nicht wie sie es von ihren Freiern gewohnt war, aber dennoch hart und bestimmt. In seiner Stimme lag etwas Animalisches. Sie fühlte sich zu ihm hingezogen, aber er hielt sie auf Abstand.

Langsam lenkte sie das Auto über die leere Köhlbrandbrücke. Tagsüber war hier ein Mega-Stau, aber um diese Uhrzeit konnte man sich Zeit lassen. Sie blickte in den Rückspiegel. Es herrschte eine ungewöhnliche Leere auf der Straße. Freudige Erregung stieg in ihr auf. Das wollte sie schon immer machen, trat vorsichtig auf die Bremse und wartete ungeduldig, bis der Wagen stand. Dieser Ausblick war magisch. Ihre Augen wanderten weit hinüber zum Containerhafen. Tausende Lampen hatten den Burchardkai in ein goldgelbes Licht gehüllt. Diese sinnliche Wärme wirkte fast surreal in dieser kalten Februarnacht und sie träumte sich wieder in seine Arme.

„Nein!" Sie riss die Hände hoch. Ein wütender Lkw-Fahrer stand auf der Hupe.

„Nu mach dir mal nicht ins Hemd, Digga!"

Sie startete den Wagen und fuhr weiter, sehr langsam, jetzt erst recht.

Am vereinbarten Treffpunkt war es still und menschenleer. Samanta stieg aus und drehte sich nach allen Seiten um. Es knackte. Sie riss die Autotür auf, schlüpfte ins Cabriolet und verriegelte die Türen. Schauer liefen ihr über den Rücken und sie murmelte: „Waltershof bei Nacht und dann noch stockdunkel."

Dreißig Minuten waren bereits vergangen und ihr Zeigefinger klopfte ungeduldig aufs Lenkrad. Sie war es leid, untätig herumzusitzen und malte sich einige Szenarien aus, um ruhiger zu werden. Sicher war er aufgehalten worden oder er hatte einen Unfall. Nein, bitte nicht das. Traurig legte sie ihr Kinn auf die Brust. Die Sonnenseite ihres Lebens war zum Greifen nah, oder war das nur ein Traum?

Ihr Blick wanderte zur Uhr. Entschlossen steckte sie den Schlüssel ins Zündschloss und startete den Wagen. Plötzlich blendete sie ein greller Scheinwerfer. „Idiot!"

Der Wagen fuhr auf sie zu. Sie blickte ängstlich auf die Türsicherung. Aber dicht vor der Kühlerhaube erkannte sie ihn und rief: „Komm rein. Draußen ist es saukalt!"

Er schloss sein Auto, wickelte den blauen Schal mehrfach um seinen Hals und stieg bei ihr ein. „Danke, dass du gewartet hast. Ich konnte nicht eher, sonst wäre ich in Erklärungsnot geraten. Aus diesem Grund muss ich auch mit dem Telefonieren vorsich-

tig sein, verstehst du das?" Er blickte mit einem Lächeln auf ihre Lippen. Sollte er sie küssen? Nach dieser Nacht wäre das nicht außergewöhnlich. Trotzdem fühlte er sich unwohl dabei.
Ihr Herz raste, sie versuchte, sich zu beruhigen und sagte: „Hab ich mir gedacht. Erzähl. Worum geht's?"
Er räusperte sich, öffnete den Reißverschluss seiner Wolljacke und zog eine schmale Mappe heraus. „Es geht um die nächste Ladung, übermorgen um zweiundzwanzig Uhr, mit der >Ever Glade<, zehn Zwanzig-Fuß-Container." Er schlug sich eine Hand auf den Schenkel. „Jetzt haben wir sie am Haken!"
Sie strich eine schwarze Haarsträhne aus dem Gesicht, schaute ihn ungläubig an und lachte auf. „Aha, glaubst du? Der Haken ist nicht einmal in Sicht. Weißt du auch, wie die Papiere deklariert sind, sonst nützt euch das gar nichts?"
Er kratzte sich das Kinn und fragte verwundert: „Warum weißt du so etwas?"
Sie räusperte sich. „Lange Geschichte." Wieder fiel ihr eine Haarsträhne ins Gesicht, die sie erneut hinters Ohr strich. Er hatte sie beobachtet und musste schmunzeln. Doch sie war gedanklich immer noch bei der Mappe auf seinen Knien und fragte nach: „Also, welche Waren stehen auf den Papieren?"
Er grinste breit. „Das weiß ich nicht."
Ihre Stirn zog sich in Falten. „Und warum feixt du dann so?"
Er lächelte: „Ich habe eine Kopie der Dokumente."

Ihre grünen Pupillen weiteten sich. „Du bist ein Teufelskerl! Woher hast du die?" Doch dann riss sie die Hände hoch. „Nein, sag`s mir besser nicht."
Er schmunzelte, zog einige Blätter hervor und streckte sie ihr entgegen. Zögernd nahm sie an. Ein flüchtiger Blick genügte. „Du hast recht. Die Container haben tatsächlich dasselbe Endziel. Als legitimierter Inhaber der Waren ist wieder TLP, Lauenburg, Industriestraße 8, eingetragen. Der Transporteur ist ebenfalls derselbe: Backer Maschinenbau, Amsterdam, Asterweg 15. Die Wiederholung kann kein Zufall sein." Ihre Augen glitten suchend über das *Konnossement*. „Hubwagen, Sackkarren, Transportwagen und Stapler Ersatzteile. Hm. Dafür ist die Versicherung aber bannig niedrig. Damit planen die durchzukommen?"
Er winkte ab. „Da fragt niemand mehr nach, wenn die Ware in Hamburg angekommen ist. Die Verantwortung liegt nicht bei der Reederei und nach der Aufhebung des Freihafens am ersten Januar 2013 hat sich die Situation für Schmuggler deutlich verbessert." Er hatte ihren fragenden Blick gleich bemerkt und erklärte weiter: „Für Gemeinschaftswaren entfällt die Nachweis- und Aufzeichnungspflicht. Für Unternehmen oder auch Unternehmensbereiche mit Gemeinschaftswaren stellt die Aufhebung der Freizone eine Vereinfachung dar. Das ist hier der Fall. Die Waren wurden vollständig im EU-Zollgebiet hergestellt und auch weiterverarbeitet oder gehandelt."
Sie tippte grinsend auf die Papiere. „Wenn diese Teile wirklich in den Containern wären."

Beide begannen zu lachen und er dachte, schlagfertig ist sie. Jetzt musste er Samanta nur noch von seinem Plan überzeugen, aber wie? Wenn sie nur nicht so misstrauisch wäre, würde er sich trauen, einen Schritt weiterzugehen. Aber das war noch zu früh. Langsam zog er weitere Papiere hervor und beobachtete ihre Reaktion. Dann wagte er den nächsten Schritt. „Hier. Das ist wirklich in den Containern.“

Als sie zögerte, legte er das Blatt auf ihren Schoß. Sie blickte überrascht nach unten, sog die kühle Luft in sich ein, las und gab ihm das Dokument zurück. Seine dunkelbraunen Augen blickten sie fragend an. Ihr wurde heiß. Reiß dich zusammen, dachte sie, holte tief Luft und fragte: „Wie kann ich helfen?“

Er rieb sich das Kinn.

„Nun sag schon.“ Samanta legte ihre zierliche Hand auf sein Knie.

„Na ja, vielleicht hast du unter deinen Freiern einen, der auf dem Containerhafen arbeitet.“

Sie starrte ins Dunkel und scannte gedanklich die Liste ihrer Kunden. „Ja, zwei. Einer arbeitet in Bereich Leercontainer und einer fährt einen Van Carrier.“

Er zog die Augenbrauen hoch. „Einen was?“

Sie begann zu lachen und boxte ihm an den Arm. „Für den Fall, dass ihr die Bande im Hafen hochnehmen wollt, weißt du aber bannig wenig bis nix.“

Er grinste und legte seine Hand auf ihre, die immer noch auf seinem Knie ruhte. „Erklär's mir, bitte.“

Ihr Herz begann zu hüpfen und die Erinnerungen der letzten Nacht holten sie wieder ein. Nein, konzentriere dich. Er ist der Einzige, der dich aus dieser Situation befreien kann. Also erklärte sie: „Ein Van Carrier ist ein Portalhubwagen, und das ist nix anderes als ein Transportfahrzeug für Container. Er besteht aus einem Rahmengestell und einer dazwischen hängenden Hubvorrichtung. Der Van Carrier fährt über einen Container, der auf dem Boden oder einem Lkw steht, die Hubvorrichtung bewegt sich nach unten. Das Containergeschirr verriegelt sich mit den vier Eckbeschlägen des Containers und hebt diesen an."
Seine Lippen waren leicht geöffnet und er starrte immer noch auf ihren Mund, obwohl Samanta ihre Ausführungen schon lange beendet hatte. Sie räusperte sich und sagte grinsend: „Mach den Mund zu."
Er strich über seinen Dreitagebart. „Ähm, sorry, aber woher weißt du das alles. Du bist ja ein wandelndes Lexikon."
Sie zuckte kurz mit den Schultern. „Aus einem früheren Leben, ist lange her."

Zwei Stunden später saß sie im Schneidersitz auf ihrem weißen Ledersofa und hing ihren Gedanken nach. Das nächtliche Gespräch hatte sie aufgewühlt. Schwer ließ sie den Kopf auf die stützenden Hände fallen und stöhnte. Sie fand keine Ruhe. Ihre Gedanken kreisten nur um das eine Thema. Sie musste hier raus, ihre innere Leere endlich hinter sich lassen. Wenn sie diese Chance jetzt nicht nutzen würde,

blieb ihr nur noch der Sprung in die Elbe. Und darüber hatte sie schon oft nachgedacht. Aber sie liebte
das Leben, und seitdem sie ihn getroffen hatte, hielt
sie erst recht daran fest. Sicher gab es andere Wege,
dieses traurige Leben zu ändern. Viele Male hatte sie
es versucht und war immer wieder gescheitert. Doch
dieses Mal könnte es gelingen.

„Du musst ihm helfen", flüsterte sie. „Du musst dich
endlich aus dieser Aussichtslosigkeit befreien. Für
immer."

Sie riss die Arme hoch. „Frei! Frei! Endlich wieder
frei!" Sie war aufgesprungen, hüpfte fröhlich auf dem
kleinen Sofa, und ihr Herz hüpfte mit.

Bunte Bilder zogen an ihr vorüber, Bilder von der
Sonnenseite des Lebens. Ja. Ihr Dasein würde wieder
lebenswert sein.

„Darauf würde ich gern mit ihm anstoßen", flüsterte
sie und sah seine wunderschönen braunen Augen
vor sich. Noch nie hatte sie so dunkelbraune Augen
gesehen. Samanta stand auf und blickte verträumt
durch die große Fensterfront ihres Appartements
über die Elbe.

Die letzten Eisblumen an den Scheiben waren verblasst und sie legte einen Finger darauf. Plötzlich
überkamen sie Zweifel. War es für ihn nur ein Spiel?
Bin ich nur Mittel zum Zweck?

„Egal. Träumen ist erlaubt." Sie drehte sich um und
lief auf die kleine Kugelbar zu. Doch darin standen
nur noch angefangener Kirschlikör und schaler Rotwein. Sie verschloss den Deckel, während ihr Blick
durch den Raum schweifte.

„Der Whiskey." Sie erschrak. Nein. Nicht diese Flasche. „Doch. Genau die und genau heute." Sie hatte diesen Whiskey seit ihrem sechsundzwanzigsten Geburtstag gehütet. Sechsundzwanzig, damals war alles wunderbar, das Leben noch himmlisch leicht. Doch damals wusste sie nichts zu schätzen, alles war selbstverständlich und sie hatte von einem Tag auf den anderen alles verloren. Tränen quollen aus ihren Augen und sie sank auf den Flokati.

9

„Ich habe es bereits getan."

Sein Gegenüber drehte sich blitzartig um und schrie: „Bist du wahnsinnig? Das war nicht besprochen!" Er atmete schwer und seine hohe Stirn war augenblicklich mit feinen Schweißperlen übersät.

„Paul, reg dich nicht so auf. Ich hab' die Kleine im Griff und irgendwie mag ich sie, sehr sogar." Er dachte an die Nacht mit ihr, den besten Sex, den er je hatte, wenn man das von käuflicher Liebe sagen durfte. Immer noch sah er ihr wunderschönes Gesicht vor sich und erschrak. Wenn sein Chef das wüsste, würde er an die Decke springen.

Paul atmete sehr langsam ein und aus, wurde aber immer unruhiger. Das ist doch alles Quatsch mit dem Atem-Yoga, dachte er. Genauso ein Humbug wie Trennkost. Das hat auch nicht gewirkt. Er tätschelte unbewusst seinen kleinen Bauch.

Der andere hatte ihn inzwischen nicht aus den Augen gelassen und versuchte zu verstehen, was Paul da veranstaltete. Doch seine Beobachtungen ergaben keinen Sinn. „Was machst du da?"

Paul winkte ab, ging hinüber zur Bar, griff den *Nomad* und zwei Whiskeygläser. „Du willst doch sicher auch einen, oder?"

Das heftige Nicken seines Gastes zeigte ihm deutlich an, dass er den richtigen Nerv getroffen hatte. Sie tranken beide gern Whisky und diesen besonders. Er kehrte an den Tisch zurück, goss ein und ließ sich auf einem der kleinen Vintage-Sessel nieder. Paul genoss das Design der Fünfzigerjahre und richtete in der Vergangenheit seinen gesamten Wohnbereich danach ein. Insbesondere die bunten Sessel mit den kleinen Holzbeinen hatten es ihm angetan. Sogar in der Diele standen zwei, außerdem ein dreieckiger Couchtisch mit hellblauer Platte und abgerundeten Ecken. Paul prostete seinem Gast zu und trank. Er hatte die Beine übereinandergeschlagen und wippte unaufhörlich mit dem linken Fuß. „So, bevor du mir genau erzählst, was die Kleine weiß und was du mit ihr besprochen hast, mach' ich dir jetzt eine allerletzte Ansage." Er prostete ihm noch einmal zu, nippte an seinem Glas und beugte sich zu ihm. „Also, mein Freund. Was dir deine Alleingänge bisher gebracht haben, sehe ich heute noch auf deinem Rücken! Hast du den Brandanschlag auf dich vergessen?" Er nahm noch einen Schluck. „Ja, ja. Roll nur mit den Augen, wenn wir damals nicht so schnell vor Ort gewesen wären, hättest du mehr als diese eine Narbe, mein Freund."

Sein Gegenüber senkte den Kopf, nippte vom Nomad und zog es vor, zu schweigen. Doch Paul redete weiter auf ihn ein: „So kann dir niemand helfen! Und sollte in deren Reihen noch einmal nur der kleinste Zweifel aufkommen, dass du nicht integer bist, war's das. Oder glaubst du, die verschwenden nur einen Gedanken an dich?" Seine Hand schlug mit so einer

Wucht auf die Tischplatte, dass ihre abgestellten Gläser hochsprangen. „Sag was!"
Der junge Mann sprang auf und lief vor dem kleinen Tisch hin und her. Er erinnerte sich an die letzten Einsätze und natürlich auch an den Brandanschlag. Paul hatte recht. Er musste vorsichtiger agieren. „Ja, ich werde wachsamer sein", sagte er. Dann setzte er sich in Erwartung der nächsten Standpauke.
Pauls Zeigefinger klopfte aufgeregt auf die Tischplatte und er ließ den jungen Mann nicht aus den Augen. Er atmete tief ein, zog ein Taschentuch aus der Hosentasche und tupfte den Schweiß von seiner Stirn. „Es werden in Deutschland mehr als vierzehntausend Menschen vermisst. Jeden Tag gehen weitere zweihundert bis dreihundert Vermisstenmeldungen ein. Und viele von ihnen werden nie wieder zurückkehren, da sie einem Mord zum Opfer gefallen sind. Wir arbeiten gerade an einer Statistik, wie viele Morde davon auf das Konto der Mafia gehen. Möchtest du irgendwann dazugehören?"
Sein Gast schaute ihn mit weit aufgerissenen Augen an und blies die Luft laut aus. Das Glas in seiner Hand vibrierte. Natürlich wusste er, dass sein Leben in Gefahr ist und er jeglichen Kontakt mit Menschen aus seinem privaten Umfeld meiden musste. Selbst der Besuch heute war gewagt.
Paul holte tief Luft und schrie ihn an: „Wenn du jetzt nicht auf mich hörst, landest du in Kürze mit Betonfüßen auf dem Grund der Elbe! Haben wir uns jetzt endlich verstanden?"

Sein Gegenüber war zusammengezuckt und murmelte: „Geht klar, Paul. Hast ja recht."
Der schien sich beruhigt zu haben, hob die Whiskyflasche und zwinkerte ihm zu. „Na, noch einen Schluck zum Herunterkommen?"
Der junge Mann lachte auf: „Dann brauchst du aber zwei."
Paul öffnete grinsend die Flasche und goss ein.

Als die Männer sich trennten, übertönte das Glockengeläut der St. Petrikirche ihre herzliche Verabschiedung, aber beide wussten auch so, was der andere gesagt hatte. Paul klopfte seinem jungen Freund zum Abschied auf die Schulter und entließ ihn in die Nacht.
Als er endlich auf der B5 war und einige Autos an ihm vorbeizogen, fühlte er sich nicht mehr so einsam. Er ließ das Gespräch noch einmal Revue passieren, und plötzlich überkam ihn eine erdrückende Angst. Paul hatte recht. Wenn er sich jetzt nicht an die Regeln hielt, war sein Vertrauensvorsprung, den er mittlerweile bei den Mitgliedern des Genovese Clans hatte, endgültig verpufft. Der kleinste Zweifel an seiner Loyalität würde ihm das Leben kosten. Er spürte kühlen Schweiß im Nacken und fror. Bisher war er sehr unbefangen an das Projekt herangegangen, aber jetzt hatte er Angst, und das war nicht gut. Angst schützt, macht aber auch unruhig und nervös, und das durfte ihm niemand anmerken. Schließlich hatte er die erste harte Prüfung bestanden und spürte heute noch die eisernen Fußfesseln an den Gelenken.

Er fuhr langsamer als sonst, nicht nur, weil sein schrottreifer Audi 100 über 120 km/h zu stöhnen begann, nein, auch wegen der wirren Gedanken, die ihn vom Fahren ablenkten. Tot, ermordet von den Handlangern der Mafia. Nein! Er konnte sich wahrlich ein menschenwürdigeres Ableben vorstellen, aber noch nicht mit fünfunddreißig. Er wischte sich den Schweiß von der Stirn und blickte auf die leere Straße. Durch die Lichthupe eines Lkw wurde er in die Realität zurückgeholt und erkannte, dass er bereits auf der Standspur fuhr. Dankend hob er die Hand, gab Gas und stellte das Radio lauter, um die trüben Gedanken zu verscheuchen.

„Wo warst du, Penner?" Tai trat von einem Fuß auf den anderen und warf ihm wütend den Stummel seiner glühenden Zigarette vor die Füße.
Mai riss die Hände hoch. „Ist ja gut. Hab' mir wohl was eingefangen, bin auf dem Sofa eingeschlafen."
„Eingefangen? Du fängst dir gleich von mir was ein, du Penner! Caruso ist stinksauer! Kannst froh sein, dass die *Schute* noch nicht beladen ist. Und das nächste Mal, geh an dein scheiß Handy. Ich steh' mir hier die Beine in Bauch und schmök eine nach der anderen, nur weil du nicht an deine Telefonzelle gehst!"
Mai starrte ihn fragend an. Wie, die Schute war noch nicht beladen? Er blickte auf seine Uhr und rechnete. Das Schiff musste bereits vor Stunden eingelaufen sein. Was war schiefgelaufen?

„Starr nicht auf deinen Wecker, du Penner! Setzt dich in deine alte Karre und fahr wieder auf dein Sofa! Mann, ich weiß wirklich nicht, was Caruso an dir findet? Vielleicht deine charmante Art, wie du die Nutten umsäuselst." Er winkte ab, ging wutstampfend zu seinem Auto, drehte sich noch einmal um und brüllte: „Treff morgen, viertel vor zehn, hier!"
Mai saß schon einige Minuten in seinem alten Audi und dachte immer noch über das Gehörte nach. Wieso glaubt Tai, dass Caruso was an mir findet? Er war dem Boss noch nie begegnet oder doch? Keine Ahnung. Vielleicht war Caruso ein Gast in Ellas Bar und hatte ihn beobachtet? Er steckte den Schlüssel ins Zündschloss und dachte wieder an das Schiff aus Amsterdam. Wieso war die Schute noch nicht beladen? Waren sie aufgeflogen? Er musste dringend mit seinem Kontaktmann sprechen. Aber nicht jetzt. Er startete den Wagen. Nichts. Noch einmal. „Nein! Jetzt lass mich nicht hängen, bitte!" Er schlug die Hände aufs Lenkrad und probierte es ein drittes und viertes Mal. Vergeblich. Er wusste schon lange, dass sein altes Gepferd in den Ruhestand gehörte. Also rief er den Pannendienst.
Fünfzehn Minuten später sah er das gelbe Auto auf sich zufahren. Ein großer, breitschultriger Mann in dicker Wattejacke quälte sich aus dem Pkw und kam grinsend auf ihn zu. „Moin. Das ist ja zappenduster hier. Komm gleich!" Er drehte sich um, ging zurück zum Servicewagen und richtete einen Strahler in auf den maroden Audi. Dann kam er wieder auf ihn zu.

„So, nu kann ich was sehen. Oha …“ Er blieb abrupt stehen und grinste. „Das ist nicht dein Ernst, Digga.“ Er umrundete das Auto. „Audi 100 Avant, 2,5 TDI. Wow! Baujahr einundneunzig?“
Mai nickte und zog zügig die Zulassung aus seiner Brieftasche.
„Zeig her, Digga. Hm, hm, hm.“ Er blickte gespannt auf die kleine Klappkarte und grinste. „Genau den hatte mein Opa. Durchschnittsverbrauch 7,2 Liter, 115 PS und von 0 auf 100 km/h brauchte der nur 11,6 Sekunden.“
Nach einer Stunde Geschwafel und Geschraube war der Audi wieder fahrtüchtig. Ahnung hatte der Typ. Das musste Mai ihm neidlos zugestehen. Wenn er dabei nicht so viel geredet hätte, läge er allerdings seit einer Stunde auf seinem Sofa.

Er fuhr langsamer als sonst. Nicht nur, um den alten Wagen zu schützen. Sondern auch, um über einige Dinge noch einmal nachzudenken. Die Versandpapiere waren echt. Auf seinen Kontaktmann ließ er nichts kommen. Trotzdem schien das Schiff den Hafen in Amsterdam nicht verlassen zu haben. Vielleicht würden sie durch Samantas Hilfe bald mehr wissen. Der Fahrer des Van-Carriers ist alleinerziehender Vater und braucht immer Geld, ist aber besonders gefährdet. Falls alles auffliegt, wäre sein kleiner Sohn in Gefahr. Nein, das konnte er nicht riskieren. Es musste einen anderen Weg geben.
Er stellte die Musik leiser und blickte auf die Uhr. Drei. Na, Prima. Viel Schlaf bekam er heute nicht

mehr, aber bis Altona waren es nur noch fünf Kilometer und die Straßen waren frei. Seine Gedanken schweiften wieder ab. Wenn das Schiff tatsächlich nicht im Hamburger Containerhafen angekommen war, würde Caruso ihn doch nicht zum Treffpunkt schicken? Oder war das nur ein Trick, hatten die Tai verarscht? Nein. Tai ist schon sehr lange in der Familie. Das hätten die eher mit Vincent, dem Hut, gemacht. Aber wo war das Schiff? Er schlug aufs Lenkrad. Shit. Aus dem Auto konnte er jetzt nicht anrufen. Hier war er nicht sicher. Irgendwo klebte immer eine Wanze. Na ja, wenigstens konnte niemand in seinen Kopf hineinsehen. Er schmunzelte und im selben Augenblick knurrte sein Magen. Wieder schlug er aufs Lenkrad. „Shit, hätte ich nur Pauls Angebot angenommen und wenigstens `ne halbe Pizza gegessen."

Er fuhr bereits auf der Ludwig-Erhard-Straße, als ihm eine Idee kam. Die Aral Tankstelle in der Königstraße hatte auch nachts immer eine heiße Wurst. Auf den knappen Kilometer Umweg kam es jetzt auch nicht mehr an.

Mit zwei Würsten und einem Brötchen im Bauch stieg er zufrieden ins Auto und freute sich nur noch auf sein Bett. Er bog in der Antonistraße ein und musste glücklicherweise keinen Parkplatz suchen. Den in St. Pauli zu finden, würde einem Lottogewinn gleichkommen. Er fuhr den Audi unter den Carport und drehte den Zündschlüssel. Der Motor verstummte und seine Blicke wanderten zur blauen

Haustür. Das kleine Haus war nett eingerichtet. Jedoch hatte er immer noch Probleme mit seiner neuen Identität und musste sich erst an den Gedanken gewöhnen, dass seine Mutter bereits verstorben war und ihm angeblich dieses Reihenhaus hinterlassen hatte, wenn man sich an so eine Tatsache überhaupt gewöhnen wollte. Er liebte seine Mutter über allen Maßen und es schmerzte ihn sehr, dass er sie sechs Monate nicht in die Arme nehmen konnte.

Er stieg aus, schloss den Wagen und ging Richtung Hauseingang. Im Vorbeigehen streichelte er die Kühlerhaube, zog den Wohnungsschlüssel aus der Jeans und zuckte zusammen.

„Du?"

10

Es war noch ruhig in der Sankt Pauli Hafenstraße, und Ella zuckte zusammen, als es an der Tür donnerte. Sie schaute zur Uhr. Punkt zwölf. „Holt euren Mittagstisch bei Ali nebenan!" Aber aus Angst um ihre Tür, die der Tischler gerade repariert hatte, öffnete sie. „Tai! Wer hat dich so zugerichtet? Komm rein."

Er stand japsend vor ihr. „Ich nicht … hier … helfen …" Immer wieder zeigte er neben sich.

Ella trat aus der Tür und schrie auf. „Mai. Um Gottes willen." Sie beugte sich über den Schwerverletzten, doch Tai stand immer noch japsend neben ihr. Ella schob ihre Hand hinter Mais Schulter, vermochte ihn aber nicht allein anzuheben. Wütend blickte sie zu Tai. „Los! Hilf mir!"

Der Verletzte hing zwischen den beiden und versuchte mit letzter Kraft, seine Füße auf den Boden zu drücken. Vergeblich. Ella und Tai schleppten den fast ohnmächtigen Körper in die Bar. Vorsichtig ließen sie ihn auf den Boden gleiten. Sein Gesicht war geschwollen und blutverschmiert, sein hellblaues Hemd zerrissen und sein Brustkorb schimmerte in allen Farben.

Als Ella sich vom ersten Schock erholt hatte, schrie sie
Tai an: „Wieso kommst du zu mir mit diesem Elend?
Erst schlagt ihr euch und dann lädst du ihn hier ab?“
Tai lief rot an und stellte sich auf die Zehenspitzen.
Trotzdem war Ella mindestens einen halben Kopf
größer als er.
„Man, du Schlampe, wir haben uns nicht geprügelt!
Das ist nicht mein Blut! Das ist seins! Wir waren ver-
abredet und der Typ kam nicht, also bin ich zu ihm
nach Hause, capisci? Er lag unter dem Carport.“
Ellas Augenbrauen berührten sich und die Falten
zwischen ihren Augen wurden zu tiefen Fur-
chen. „Wie? Und wieso bringst du ihn hier her?“
Tai überlegte kurz. Natürlich ging es Ella nichts an,
dass er bei Caruso schon auf der Abschussliste stand.
Er konnte sich keinen Fehler mehr erlauben. Also
schrie er sie in alter Manie an: „Der wohnt doch
gleich um die Ecke. Zick nicht rum! Mach!“
Ella schnaubte und stemmte ihre blutverschmierten
Hände in die Hüften. „Wir sind eine Bar, kein Krankenhaus! Ich hab’ hier ein Geschäft zu führen!“
Susi und Tanja waren inzwischen eingetroffen und
starrten auf den blutverschmierten Körper. Als Tai
die Mädels sah, lachte er laut auf. „Hast doch genü-
gend Bordsteinschwalben rumlaufen. Zieh denen
weiße Kittel an, und fertig sind die geilen Krankenschwestern.“ Er tätschelte seinen Schritt und grinste
breit.
Beim Anblick der vergilbten Zahnreihe wurde Ella
übel. Sie drehte sich ab und ging auf die Mädels zu.

„Deern, seid so nett, bringt ihn in die Elf und kümmert euch drum. Den Rest klären wir nachher." Sie rieb Daumen und Zeigefinger ihrer rechten Hand aneinander. Die Mädels verstanden. Doch als sich Tanja über den Verletzten beugte, um ihn anzuheben, erstarrte sie. Ihr Blick blieb an der großen Platzwunde hängen, aus der immer noch Blut sickerte. Sie begann zu würgen, riss ihre Hand vor den Mund und rannte raus. Tai sah ihr grinsend hinterher und sagte lachend: „Die ist wohl noch in der Ausbildung? So, Ella. Und jetzt mach mir einen *Negroni*. Kannst schon mal üben."

Die Barchefin hatte die Hoffnung, dass Tai dann gehen würde und zauberte ihm den gewünschten Cocktail. „Hier, aber das ist keine Herausforderung. Da musst du schon mit anderen Cocktails um die Ecke kommen. Gin, Campari und roten Wermut zusammenkippen hat nix mit Können zu tun. So und jetzt muss ich mich um Mai kümmern. Habt ihr eigentlich schon eine Ahnung, wer ihn so zugerichtet hat? Ein anderer Clan vielleicht?"

Tai blieb überraschend ruhig, nippte an seinem *Negroni* und zuckte mit den Achseln. Seine langen Fingernägel waren, bis auf einen der linken Hand, ungepflegt. Schwarzer Lack auf dem kleinen Nagel? Wie abstoßend, dachte Ella und schwieg.

Susi kam mit wedelnden Armen in die Bar gerannt. „Ella, der fantasiert und flüstert wirres Zeug."

Tai sprang auf, doch Ella hielt ihn am Arm fest. „Stopp! Trink du deinen Cocktail. Wir sind die geilen Krankenschwestern!"

Er setzte sich wieder und schwieg. Ella war erstaunt und watschelte mit ihren schwarzen Turnschuhen davon. Der Arzt hatte ihr gesundes Schuhwerk empfohlen, wenigstens außerhalb des Barbetriebes, aber sie kam sich vor wie eine Ente und sehnte sich nach ihren High Heels.

Der lädierte Körper lag auf einer dunklen Decke. Ella starrte ihn an und erschrak ein weiteres Mal. Wer hatte ihn nur so zugerichtet? Sie ging näher ans Bett heran, konnte aber die Worte nicht verstehen, die er stoßweise von sich gab. Also zogen sie ihn aus und Ella begann ihn vorsichtig zu waschen. Danach ging sie in die Bar zurück und Susi versorgte notdürftig seine Wunden. Plötzlich stand Tai in der Tür, packte die zierliche Person am Arm, drückte sie gegen die Wand und kam ihrem Gesicht so nah, dass sie das Zucken der kleinen Narbe an seinem rechten Mundwinkel sehen konnte.

„Hör zu, du kleine Nutte. Holst du die Bullen, bist du tot. Informierst du einen Arzt, bist du tot. Hast du verstanden, du süße Bordsteinschwalbe?“

Susi liefen Tränen über die Wangen und sie nickte stumm. Doch dann hatte sie eine Idee und stammelte: „Ich habe einen Stammgast, einen Arzt. Der schuldet mir noch was. Der schweigt wie ein Grab. Ehrlich.“

Tai war einverstanden und Susi griff zum Telefon. Der Arzt versprach, in dreißig Minuten in der Bar zu sein, und Tai ging wieder zurück zu Ella.

„So. Jetzt will ich einen *Mafias Kiss*!“

Ella verdrehte die Augen und schüttelte gelangweilt den Kopf. Dann flossen Whiskey, Amaretto, Limejuice, Caramel Sirup und Apfelsaft in den Shaker.
„Hey. Das ist falsch!", brüllte er.
Wütend knallte sie das Glas auf den Tresen. „Ich mache ihn so. Trink ihn oder lass es."
Tai verließ wutstampfend die Bar und Ella atmete auf.

Mai begann wieder zu fantasieren, doch das Einzige, was Susi verstand, war der Buchstabe S. Alles andere war verschwommenes Genuschel. Wieder flüsterte er: „Sa … warum?"
Susi nahm seine Hand. Hoffentlich würde der Arzt bald eintreffen. Endlich läutete ihr Telefon. „Ja, ich lass' dich hinten rein."
Ella nickte ihr zu und setzte sich auf die Bettkante. Der Arzt stürzte in den Raum. „Wo ist der Patient?"
Ella sprang auf. Er musterte den Kranken, knöpfte den dunkelblauen Wollmantel auf und seine graublauen Pupillen taxierten die sichtbaren Wunden.
„Das, oben am Kopf, muss ich nähen, die kleineren Wunden an der Augenbraue und der Lippe kann ich tapen. Das wird für den Heilungsprozess ausreichen." Er öffnete seinen Koffer und bat alle, den Raum zu verlassen. Ella blieb jedoch demonstrativ stehen und meinte: „Schließlich geht es doch auch um die Psyche des Patienten. Wenigstens ein bekanntes Gesicht sollte bei ihm bleiben."
Der Weißhaarige lächelte und war einverstanden. Stunden waren vergangen, aber Mai stöhnte immer

noch. Der Arzt hatte, außer den äußeren Wunden, einen Rippenbruch, einige Rippenprellungen und eine schwere Gehirnerschütterung diagnostiziert. Zusätzlich war der Patient stark unterkühlt und fieberte. Keiner wusste, wie lange er wirklich im Freien gelegen hatte. Aber das alles war nicht so bedenklich wie sein Geisteszustand. Der Arzt hatte eine Einstichstelle am hinteren Haaransatz entdeckt. Darum riet er dringend, ins Krankenhaus zu fahren, um sein Blut einer genauen Analyse zu unterziehen. Ella fragte ihn, ob er das nicht übernehmen könne. Nach langem Bitten willigte er ein. Allerdings musste sie versprechen, dass niemand von dieser Aktion erfahren dürfe, denn das hier war nur ein Gefallen und keinesfalls ein offizieller Besuch. Ella verstand und reichte ihm die Hand.

Die Uhr war bereits auf acht vorgerückt und die Bar gut gefüllt. Tanja hatte sich mit einem Freier in ihr Zimmer zurückgezogen und Susi zapfte ein Bier nach dem anderen. Ella war froh, dass die junge Frau sich so gut eingearbeitet hatte. Sie wollte schon länger etwas kürzertreten, aber gutes Personal war schwer zu finden. Lächelnd sah sie zu ihr hinüber. Doch dann brüllte ein Stammgast: „Ella, wir sitzen auf dem Trockendock." Er schwenkte sein leeres Glas. Schnell zog sie eine weitere Flasche Helbing Kümmel aus dem Gefrierfach und war erstaunt, dass es die letzte war. „Susi, geh bitte ins Lager und hol noch Helbing."
Ella hatte den Stammgast beruhigt und stand wieder hinter der Theke, als Susi achselzuckend zurückkam. „Nix mehr da, Chefin."

Ellas Blick verdunkelte sich und sie zog das Gefrierfach noch einmal auf. Das war ihr ein Rätsel. Sie schüttelte die rote Mähne und sagte nur: „Dann gibt's heute anderen Köm. Wenn die Buddel leer ist, ist sie leer. Ich geh' mal zum Kranken." Sie ließ das Geschirrtuch auf dem Tresen liegen und ging.

Er lag immer noch so da, wie sie ihn vor einer Stunde verlassen hatte, und das machte ihr Angst. Vorsichtig berührte sie seinen Arm und er drehte sofort seinen Kopf. Ella war erleichtert und lächelte ihn an. „Hier, du musst trinken." Vorsichtig führte sie das Glas an seine Lippen und dachte, wer hat dich nur so zugerichtet? Wenn es nicht deine eigenen Leute waren, wer dann? Die Bullen? Nein, die hätten dich mitgenommen. Ella stellte das Glas auf den Tisch. Er hatte wieder nicht getrunken. Sie blieb an seinem Bett sitzen und schaute ihn an. Plötzlich begann er zu fantasieren: „Ella, nicht mehr …"

Sie beugte sich zu ihm. „Was nicht mehr, Mai? Was meinst du?"

Er stöhnte auf und fasste sich auf die Rippen. Ella nahm die Tropfen, die der Arzt dagelassen hatte, und versetzte damit das restliche Wasser. Dann hob sie vorsichtig seinen Kopf und legte den Glasrand an seine Unterlippe. „Hier, du musst trinken, Mai. Das wird gleich helfen." Er reagierte nicht und Ella flüsterte ein zweites Mal: „Trink. Das ist ein Schmerzmittel."

Er trank, schloss die Lider und fiel nach hinten. So wird das nichts, dachte Ella. Er muss ins Krankenhaus. Hoffentlich hatte der Arzt recht, und es war wirklich nur eine Gehirnerschütterung. Sie dachte an Egon, einen ehemaligen Stammgast, bei dem nach einer Schlägerei auch nur eine Gehirnerschütterung diagnostiziert wurde. Später kamen Gehirnblutungen dazu, und nun ist Egon tot.

„Nicht Sa …“

Ella holte sich einen Stift und schrieb die Wortfetzen auf, die Mai von sich gab. Vielleicht könnte sie so dahinterkommen, wer Mai so zugerichtet hatte.

Susi kam in den Raum gestürzt und reichte ihr aufgeregt das Telefon. Ella schleuderte ihre rote Mähne nach hinten und griff zu. „Ja … ach, Herr Doktor …Ja … oh. Dann hatten Sie recht. Wie wird das behandelt? … Hm … Ach so, also viel trinken und abwarten … Okay, danke.“

Susi begriff nicht und starrte Ella an, die immer noch schweigend auf dem Rand des Bettes saß.

„Ella, was ist?“

Sie stand auf und stemmte ihre Hände in die Hüften.

„Stell dir vor, Deern, die haben ihm eine Droge gespritzt, irgendein Opiat.“

11

Paul hatte seit zwei Tagen versucht, seinen jungen Kollegen zu erreichen, vergebens. Das GPS-Signal war erloschen. Doch das Bewegungsprofil bis gestern zeigte ihm, dass er im Haus angekommen war. Jetzt machte er sich ernsthaft Vorwürfe. Er hätte den jungen Kollegen weiterhin nicht einsetzen dürfen. Dieses Projekt war eines der gefährlichsten seit Jahren. Doch ohne ihn konnte er die Aktion am Hamburger Containerhafen und in Lauenburg abblasen. Er war der Schlüssel zum Erfolg. Untertauchen war seine Spezialität, meistens, wenn die Eisdecke zu dünn wurde. Paul war sich dessen bewusst. Verdammt. Aber keiner war bisher so dicht an die Geschäfte des Genovese Clans herangekommen, keiner kannte sich in der Szene so gut aus wie er. Paul ließ sich schnaufend in den kleinen Schalensessel fallen und knetete seine Hände. Nein, er durfte nicht eingreifen. Das hatten sie so vereinbart. Heute hielt er seinen Spruch nicht für mehr lustig. Was, wenn er wirklich schon mit Betonfüßen auf dem Grund der Elbe lag. Er schlug seine Faust vor die Stirn. „Nein! Mach dich jetzt nicht verrückt! Er lebt!" Aber wenn das schiefgehen würde, könnte er seine Karriere beim LKA in den Wind schreiben, von seinen Pensionsansprüchen ganz zu schweigen. Schweiß stand auf seiner Stirn und er zog zitternd ein Tempo aus der Hosentasche.

Doch egal, wie oft er es auf seine Stirn drückte, der Schweiß war schneller. Sein Puls raste und ein Schweißausbruch folgte dem nächsten. Wütend knüllte er das Taschentuch zusammen und warf es vor den Kamin.

Paul saß bereits einige Minuten vor der Glasscheibe und starrte gedankenversunken auf die Holzscheite, die er gestern aufgestapelt hatte. Er schreckte hoch. Die alte Standuhr schlug siebenmal. Sein Magen knurrte und erst jetzt war ihm bewusst, dass er seit heute Morgen nichts mehr gegessen hatte. Er entschied sich, auswärts zu speisen. Jede Ablenkung war jetzt willkommen. Außerdem war er lange nicht bei Marion gewesen und ihre Bratkartoffeln sind die besten. Er sprang auf, ging in den Flur, riss die Jacke vom Haken und verließ das Haus.

Das Gasthaus war gut gefüllt, und das an einem Donnerstagabend. Marion hatte ihn trotzdem gesehen und hob einen Arm zum Gruß. Paul freute sich und lief auf sie zu. Die Umarmung war herzlich, wie immer, und sie sagte: „Moin, Paul. Du warst ja eine Ewigkeit nicht hier. Willst du essen oder nur deine Post abholen?"

Er hatte sie bei dem lauten Geräuschpegel nicht verstanden und legte seine rechte Hand hinter die Ohrmuschel. „Was hast du gesagt?"

Sie zapfte das Bier fertig, stellte es aufs Tablett und umrundete den Tresen. „Komm mit!"

Paul lief ihr verwundert nach, erst durch das Billardzimmer, dann durchs Treppenhaus, und er wusste bis jetzt nicht, wohin sie ihn bringen würde. Dann sah er die rote Tür ihres Büros und war beruhigt. Marion zog einen Brief vom Schreibtisch. „Der ist heute für dich abgegeben worden."

Er betrachtete das weiße Kuvert in seiner Hand und drehte es hin und her. Sein Herz begann freudig zu klopfen. Er kaute nachdenklich auf seiner Unterlippe.

„Paul, was ist? Erwartest du schlechte Nachrichten?"

Er schüttelte den Kopf, steckte den Brief in die Innentasche seiner Jacke und verließ wortlos den Raum. Vor dem Lokal blickte er sich um, verließ den beleuchteten Eingang und öffnete das Kuvert. Seine Hände zitterten. Endlich hatte er den kleinen Zettel herausgezerrt und las:

12-5-2-5.

Sein Herz hüpfte vor Freude und er flüsterte: „Lebe."

Jetzt wird es doch noch ein schöner Abend, dachte er, ging in die Gaststube und rief Marion entgegen: „Ein großes Bauernfrühstück und ein großes Bier!"

Die alte Wanduhr zeigte bereits elf, und die meisten Gäste waren auf dem Heimweg. Marion begann, die Stühle hochzustellen. Paul zwinkerte ihr zu und wusste, dass sie nur auf die Verliebten am Ecktisch wartete. Dann würde sie sich garantiert noch zu ihm setzen. Ungeduldig sah er zu ihnen hinüber. Wie verliebt er ihre Hand hielt. Da konnte man schon neidisch werden. Paul trank sein Bier und beschloss, Marion zu helfen.

Als er sich den ersten Stuhl griff, blickte sie auf und zwinkerte ihm zu. Nach und nach näherten sie sich

dem Tisch des verliebten Paares. Sie schienen zu verstehen, verabschiedeten sich und verließen das Lokal. Die Wirtin schloss hinter ihnen ab und holte zwei frische Gezapfte. „So, Feierabend."
Trotz des Trubels sah sie immer noch verdammt entspannt aus, dachte Paul. Wie macht sie das nur? Sie sind beide im gleichen Alter, aber er kam sich manchmal vor wie siebzig und nicht wie fünfundfünfzig. Er hob sein Glas und stieß mit ihr an. Eine Frage brannte ihm dennoch auf der Seele. „Marion, wer hat dir diesen Brief gegeben?"
Sie stellte das Glas ab und wischte den Schaum von der Oberlippe. „Ein ganz junges Ding, wunderhübsch, aber ziemlich nuttig geschminkt. Die sah aus, als wäre sie in einen Tuschkasten gefallen, und mit dem Fummel hätte sie glatt auf der Reeperbahn arbeiten können."
Paul grinste und legte seine Hand auf ihre. „Danke, Marion." Seine Blicke wanderten zu ihren kleinen Ohrläppchen, an denen heute breite, goldene Creolen baumelten. Sie war dezent geschminkt, nur ein zarter Lidstrich und ein rosa Lipgloss unterstrichen das schöne Gesicht. Ihre dicken, blonden Haare hatte sie heute zu einem seitlichen Knoten gebunden. Sie sieht aus wie eine Schwedin, dachte Paul und lächelte.
„Hallo!"
Er zuckte zusammen.
„Auf welchem U-Boot warst du denn gerade?"
Er winkte nur ab und fragte: „Entschuldige, was hast du gesagt?"

Ihre Augenbrauen zogen sich zusammen und über ihrer Nase bildeten sich zwei kleine Sorgenfalten.

„Okay, noch einmal von vorn. Hier ist vor zwei Wochen so ein Kerl aufgetaucht und hat mir einen Vertrag unter die Nase gehalten. Ich solle jetzt alle Getränke über ihn beziehen. Die Preise waren okay, aber ich bin mit meinen Lieferanten zufrieden. Als ich ihm sagte, dass ich darüber nachdenken muss, hat er mich angesehen, wie ein wütender Gorilla.“ Sie schüttelte sich mehrfach. „Das ging mir durch Mark und Bein. Und weil du doch bei der Polizei bist, dachte ich mir …“

Er blieb ruhig und legte seine Hand auf ihre. „Gut, dass du mir das erzählst. Zeig mir den Vertrag, bitte. Dann sehen wir weiter.“

„Hab’ ich nicht. Als ich gesagt habe, dass ich Bedenkzeit brauche, hat er mir den Vertrag wieder aus der Hand gerissen. Ein unheimlicher Typ. Ich tippe auf Italiener, sprach aber perfekt Deutsch.“

Paul ahnte bereits, worum es wirklich ging, und fragte nach: „War er noch einmal hier?“

Marion schüttelte den Kopf. „Nein, aber irgendetwas stimmt seitdem mit meinem Getränkelieferanten nicht.“

Pauls Stirn legte sich in feine Falten. „Wie meinst du das?“

Sie sprang auf, ging hinter den Tresen, zog zwei Flaschen aus der Kühlung und stellte diese mit einigen Gläsern zusammen aufs Tablett. Paul sah zu, wie gekonnt sie alles an den Tisch jonglierte und genoss ihren Anblick.

„Jägermeister, der meist getrunkene Kräuterlikör hier. Trink!"

Paul griff zu und nippte vorsichtig. Was war das? Das war doch kein Jägermeister? Er nippte noch einmal, kam aber zum selben Schluss. Naserümpfend blickte er auf und verstand. Jetzt also auch Geesthacht. Das macht Sinn. Schließlich entladen die alles in Lauenburg, wenn er seinen jungen Kollegen richtig verstanden hatte. „Kannst du dich noch erinnern, welche Getränke aufgeführt waren?"

Sie nippte am Bier und starrte in Richtung Theke. „Ja, komisch, erst waren die aufgelistet, die ich regelmäßig bestelle. Ich frage mich, woher der das wusste. Dann eine unendliche Aufzählung anderer alkoholischer Getränke, von denen ich noch nie was gehört habe, meistens klassische Bargetränke, die ich hier nie brauche. Das habe ich dem Typen auch gesagt, aber der hat nur breit gegrinst." Marion nahm die Originalflasche vom Tisch, goss noch einmal ein, hob das Glas und trank es in einem Zug.

Paul machte sich Sorgen und fragte nach: „Und weiter? Hat er noch etwas gesagt?"

„Dieser Möchtegernmacho hat nur dämlich gegrinst und gemeint, dass ich die anderen Flaschen garantiert brauchen werde, wenn ich meine Karte erweitere. Hast du eine Ahnung, was der meint?"

Natürlich wusste Paul, wer wirklich dahintersteckte, aber das konnte und wollte er Marion heute nicht sagen. Sie war schon aufgeregt genug. Also antwortete er: „Sicher, ein anderer Großhändler, der sich in den

Markt drängen will. Mach dir keine Sorgen. Ich werde das überprüfen."

Marion war aufgesprungen und stand bereits am Zapfhahn. Paul bewunderte ihre Geschicklichkeit. Sie kam mit zwei frisch gezapften Bieren zurück und setzte sich. „Aber was soll das mit dem Gepanschten? Ich habe meinen Lieferanten angerufen …" Sie sprang auf. „… Nein! Ich habe ihn durchs Telefon gezogen! Und was meinst du, was der zu mir gesagt hat?"

Paul zuckte mit den Schultern.

„Das kann doch mal passieren? Ja, spinnt der! Zwei Lieferungen hintereinander? Ich fahre da morgen hin. Hamburg ist um die Ecke. Der kann sich frisch machen!"

Paul räusperte sich und suchte nach Worten, um Marion zu beruhigen. Auf keinen Fall durfte sie ihren Lieferanten unter Druck setzen. Das war viel zu gefährlich. Irgendwie musste er sie davon abbringen. Er beugte sich zu ihr, zog sie sanft an sich und küsste sie. Als sich ihre Lippen wieder lösten, sah er wie ihre blauen Pupillen hin und her hüpften. Auch er war nervös, aber glücklich darüber, dass er sich endlich getraut hatte. Außerdem schien sie abgelenkt, und er entdeckte ein kleines Zucken ihrer Oberlippe. Doch ihr Schweigen hielt weiter an. Was jetzt wohl in ihrem Kopf vorging? Doch dann zog sie ihn dichter und fragte: „Warum hörst du auf?"

12

Clara war gut gelaunt. Gloria hatte alles für den Nachmittagsempfang vorbereitet und der Marillen Kuchen stand bereits auf dem Tisch. Sie blickte unruhig zur Tür. Es wurde Zeit. Das Kribbeln in der Magengegend hatte in den letzten Minuten weiter zugenommen und sie fragte sich, ob das nur mit dem geplanten Umbau zu tun hatte. Sie freute sich auf eine weitere Bar in einem ihrer vielen Restaurants, aber auch auf den feschen Restaurantleiter, den sie zu diesem Meeting eingeladen hatte. Es kribbelte immer noch, wenn sie nur an ihn dachte, aber das blieb ihr Geheimnis.

„Frau Clara, sollen Gäste gleich an Tisch bitten oder erst in Bibliothek?"

Sie drehte sich zu ihrer Haushälterin, freute sich über ihre neue Kurzhaarfrisur und sagte lächelnd: „Bitte sie gleich hier herein, Gloria. Danke." Dann wanderten ihre Blicke wieder hinüber zum festlich gedeckten Tisch. Der Marillen Kuchen, den der frisch gekürte Chefkoch für sie gebacken hatte, duftete köstlich. Es läutete. Endlich dachte sie und eilte persönlich zur Tür. Ihre Augen leuchteten, als sie ihn sah. „Herr Friedrichsen, schön, dass Sie unserer Unterredung beiwohnen. Herzlich willkommen." Clara reichte ihm die Hand und fragte nach seinem Wohlbefinden. Er verbeugte sich dankend.

Gloria war dem Ruf der Klingel gefolgt und rief bereits von Weitem: „Darf ich Mantel abnehmen, gnädiger Herr?"

Herr Friedrichsen schmunzelte. So wurde er noch nie angesprochen, aber er hielt es für unpassend, der netten Haushälterin zu widersprechen und gab ihr bereitwillig Mantel und Schal.

Clara war vorausgegangen und er bewunderte ihr schmal geschnittenes, enges Kleid. Diese Frau hatte eine so makellose Figur, dass er Mühe hatte, seine Blicke von ihr abzuwenden.

„Setzen wir uns zunächst zu einer kleinen Kaffeetafel, Herr Friedrichsen. Herr Ansons, mein Architekt, wird sicher gleich eintreffen."

Kaum ausgesprochen, betrat der Genannte den Raum und Clara erhob sich wieder. Ebenso Herr Friedrichsen. Man reichte sich die Hände und der Architekt hob genüsslich den Kopf. Der Duft des Kuchens erfüllte den gesamten Raum. Gloria begann gerade den frisch gebrühten Kaffee einzugießen, auf den besonders Herr Ansons schwor. Natürlich musste er dies in seiner überschwänglichen Art zum Ausdruck bringen und schickte Gloria einen Handkuss über den Tisch. „Ihr Kaffee, meine Liebe! Wieder einmal göttlich!"

Clara kannte seine Schwäche für Glorias Kaffee zur Genüge, oder war es Gloria selbst, für die er insgeheim schwärmte? Ihr huschte ein kleines Lächeln übers Gesicht. Aus den Augenwinkeln beobachtete sie ihren Restaurantleiter, der nicht eine Miene verzogen hatte. Jedoch sah sie amüsiert zu, wie er das

Kuchenstück bis zum letzten Krümel in seinem
Mund verschwinden ließ.

„Schmeckt Ihnen der Kuchen, Herr Friedrichsen?"
Erwischt, dachte er und verschluckte sich. Er begann
zu husten, zog sich schnell die weiße Stoffserviette
vom Schoß und hielt sie vor den Mund. Clara versuchte ernst zu bleiben, doch insgeheim feixte sie.
Erst als die Sache ernst wurde, stand sie auf, lief in
die Küche und holte ein Glas Wasser.

„Bitte. Vielleicht hilft das."
Er griff zu und leerte das Glas langsam, Schluck für
Schluck. Es schien ihm sichtlich peinlich zu sein, auch
wenn er sich mittlerweile beruhigt hatte. Mit gesenk-
tem Blick stellte er das Glas auf den Tisch, hob seine
Kaffeetasse zum Mund, trank und antwortete end-
lich: „Danke, der Kuchen schmeckt hervorragend."
Dann zeigte er beschämt auf den leeren Teller.

„Das freut mich. Es ist mein Lieblingskuchen. Und
darum werde ich heute über die Stränge schlagen
und noch ein Stück essen. Die Herren leisten mir dabei sicher Gesellschaft, oder?"
Als nur Herr Ansons brav seinen Teller hob, griff die
Gastgeberin sich den Kuchenteller ihres Restaurantleiters und legte ein besonders großes Stück darauf.
Erst dann bediente sie ihren Architekten, der sie enttäuscht ansah. Friedrichsen schmunzelte. Sie will
schon wieder mit mir spielen, dachte er, aber heute
lasse ich mich nicht darauf ein. Er griff nach der Ku-
chengabel und stach genüsslich in das zweite Stück.
Sie hatten den Kaffeetisch längst verlassen und saßen
bei einem französischen Cognac in der Bibliothek.

Herr Ansons schwenkte das braune Gold in seinem Glas und beobachtete den Restaurantleiter bei seinen Ausführungen am Flipchart. Er musste tatenlos zusehen, wie er seinen Status bei Clara verlor. Sie hatte bisher alle seine fachlichen Anmerkungen zurückgewiesen und immer wieder dem Schnösel von Restaurantleiter recht gegeben. Wer ist hier eigentlich der Architekt? Langsam fragte er sich, warum er ihrer Einladung überhaupt gefolgt war.

„Peter. Peter! Bist du noch bei uns?" Clara tippte ihm unaufhörlich auf den Arm. Peter Ansons blickte auf, erhob sich und verließ mit der Bemerkung, dass er einen wichtigen Termin wahrnehmen muss, zügig den Raum. Claras Augen verfolgten jeden seiner Schritte, aber sie blieb sitzen. Auch Friedrichsen hatte seine Ausführungen unterbrochen und sah ihm fragend hinterher. Aber bereits einen Wimpernschlag später schwang er weiter den Taktstock.

Clara hatte längst bemerkt, dass in ihrem neuen Restaurantleiter mehr steckte als nur ein gastronomisches Genie. Genaueres herauszufinden, würde aber den heutigen Zeitrahmen sprengen, und so versuchte sie ihre Konzentration wieder auf das eben Gesagte zu lenken. Sein Engagement in der Sache war nicht zu übersehen und sie genoss es für einige Zeit, die Zügel etwas lockerer zu lassen. Wohlwollend nickte sie ihm zu und lauschte seinen Ausführungen. Friedrichsen erläuterte gerade die Möglichkeit, im Außenbereich eine kleine Sommerbar einzurichten. Logistisch wäre das, gerade in den heißen Monaten, für die

Kollegen eine enorme Erleichterung. Die zusätzlichen Kosten für einen Aufzug entfielen, da alle notwendigen Zuwege bereits bestehen. Damit hatte er einen weiteren Vorschlag des Architekten ad absurdum geführt.

Clara war aufgestanden und spürte ihre schmerzenden Fußsohlen. Sie hätte doch nicht die neuen Pumps anziehen sollen, aber sie passten so gut zu ihrem Seidenkleid in altrosa. Also zog sie den Neuerwerb einfach aus und ging einen weiteren Schritt auf ihn zu. Dieser Mann war unglaublich kreativ und rational zugleich. Beeindruckend, dachte sie. Friedrichsen starrte auf ihre Füße und räusperte sich, bevor er seiner euphorischen Rede noch einige Sätze hinzufügte.

Clara stand jetzt genau neben ihm und versuchte unter den vielen übermalten Linien die richtige zu finden. „Meinen Sie diesen Raum?", fragte sie nach. Friedrichsen nickte.

Sie kniff die Augen zusammen und sagte: „Aber da können wir nicht durch. Dort ist der Imbiss in der unteren Etage, Herr Friedrichsen."

Der Restaurantleiter wackelte mit dem Kopf. „Nein, das ist doch die obere Etage, der erste Raum, wenn man von der Treppe eintritt. Das kann man nur nicht mehr erkennen. Sehen Sie? Hier, ich meine die blauen Linien, nicht die roten."

Sie musste sich auf Zehenspitzen stellen, um den Plan genauer lesen zu können, obwohl sie mit ihren ein Meter und dreiundsiebzig nicht klein war. Aber gegen Friedrichsen und ohne High Heels, kam sie sich vor wie ein Zwerg. Er sah auf sie herab und schmunzelte. „Sie haben drei Möglichkeiten, Frau Collins. Sie können Ihre Schuhe wieder anziehen, ich löse den Plan und lege ihn auf den Tisch."

„Oder?", unterbrach sie ihn.

„Ich hebe Sie hoch. Aber das wäre wohl sehr vermessen, oder?"

Ziemlich mutig, dachte sie und überlegte, was sie antworten sollte. Normalerweise war sie schlagfertiger. Aber dieser Mann brachte sie völlig aus dem Konzept.

„Nehmen Sie den Plan ab, sonst heben Sie sich noch einen Bruch." Sie zwinkerte ihm zu und ging zurück zu ihrem Cognac, den sie bislang nicht ausgetrunken hatte.

Am Ende der Unterredung war klar, dass die konstruktiven Vorschläge des Restaurantleiters in das Konzept einfließen mussten. Peter Ansons war sicher ein guter Architekt und auch ein langjähriger Freund, aber sie bemerkte immer wieder, dass er von den Abläufen in einem Restaurant nur bedingt Ahnung hatte. Clara empfand es als große Erleichterung, dass ihr neuer Restaurantleiter diese Initiative ergriffen hatte und überlegte, gemeinsam mit ihm die Konzepte der anderen Restaurants zu überprüfen. Schade, dass er schon gegangen war, dachte sie und zog die Kristallkaraffe an sich. Langsam ließ sie den feinen Cognac in ihr Glas fließen. Gedankenversunken saß sie auf ihrem Lieblingschaiselongue. Was hatte dieser Friedrichsen nur an sich, dass sie so magisch anzog? Bisher hatte sie nach dem Tod von Claas, mit allen Männern nur gespielt, nie wirklich etwas empfunden. Bei ihm war das anders. Sollte sie wirklich wieder jemanden so nah an sich heranlassen? Verträumt blickte sie nach oben und verlor sich in den unzähligen Kristallperlen des goldenen Leuchters. War sie bereit für eine neue Liebe, und durfte sie sich überhaupt auf einen Angestellten einlassen? Nein. Sie richtete sich auf. Nein, das würde ihre Position schwächen und das konnte sie sich nicht leisten. Auf keinen Fall. Sie trank den Cognac in einem Zug, stand auf und verließ die Bibliothek.

Clara blätterte gelangweilt in ihrem Adressbuch und ihre Augen blieben immer wieder an Amandos Telefonnummer hängen. Aber so sehr sie seinen Körper auch begehrte, spürte sie doch, dass ihr der Sinn eigentlich nach etwas ganz anderem stand. Sie zog das Schreibtischfach auf und tastete nach der kleinen Hülle, die sie schon lange nicht mehr in den Händen gehalten hatte. Als ihre Fingerkuppen den weichen Samt berührten, zog sie ihre Hand zurück. Die Schrecksekunde trieb ihr Tränen in die Augen. Doch das Verlangen war größer. Sie zog den Samt an sich und streichelte die kleine Hülle. Als die erste Träne darauf tropfte, erschrak sie, öffnete die kleine Schleife und zog das Bild heraus. Ihr Herz raste. Es tat immer noch weh, nach so vielen Jahren. Warum fand sie keine Ruhe? Sie senkte den Blick und berührte sein markantes Gesicht. Wie hatte sie ihn geliebt. Claas.
„Ah!"
Sie presste ihre Hände auf die Herzseite und atmete schwer. Das Bild fiel zu Boden.

„Nein!"
Tränen fielen auf die Scherben und der Schmerz zerriss ihr fast die Brust. Sie beugte sich vornüber und drückte ihre Hände fester auf die linke Seite.
Plötzlich war der Spuk vorbei. Kein Schmerz. Keine Atemnot. Keine Enge. Nur Stille. Ihre Stirn war feucht vom kalten Schweiß, und sie zog ein Kosmetiktuch aus der Box. Erschöpft betupfte sie ihr Gesicht und legte ihre Wange auf die kühle Schreibtischplatte. Als sie den Kopf wieder hob, umspielte ein eiskaltes Lächeln ihre rosa Lippen und sie wusste, dass ihre Rache nie enden würde.
„In der Hölle sollst du schmoren. Du hast mein Leben zerstört. Ich zerstöre deins. Stück für Stück werde ich dir alles nehmen, was dir lieb und teuer ist. Alles."

13

„Er ist weg."

Susi stand völlig aufgelöst vor dem Tresen. Ella ließ vor Schreck die Cocktailschale fallen, die sie gerade polierte, rannte an der Kleinen vorbei und starrte Sekunden später auf das leere Bett. „Hm. Isso. Ich frag' mich nur, was er untenrum anhat. Seine Büx liegt da noch." Plötzlich fing sie schallend an zu lachen, und Susi war erleichtert. Dann prustete sie auch los. Ella liefen schon dicke Tränen über die Wangen, als sie rüde unterbrochen wurden.

„Na, Ihr geilen Krankenschwestern."

Ihr Lachen verstummte. Tai stand im Türrahmen und fletschte seine gelben Zähne. Ella trat einen Schritt beiseite und lachte immer noch. Tai starrte ins Leere und schien nicht zu verstehen. Kein Wunder, bei seinem Intelligenzquotienten, dachte sie.

„Ella! Wo ist Mai?"

Ihr Blick verfinsterte sich. „Wech. Isso."

Der kleine Asiat hatte seine Fäuste geballt und schnaubte: „Waaas? Caruso will ihn sehen und ihr lasst ihn einfach laufen?"

Susi duckte sich hinter ihre Chefin, die jetzt schwer atmend vor ihm stand. „Halt dein Sabbel! Ich hab' dir schon gestern gesagt, dass wir keine Krankenstation sind, und wir haben uns nur um ihn gekümmert, weil der arme Kerl mir leidgetan hat. Der muss eben erst wech sein. Ich weiß es nicht, wohin, aber seine Büx ist noch hier." Wieder konnte sie sich das Lachen nicht verkneifen und fing an zu glucksen. Susi stimmte mit ein.

„Ihr blöden Hühner! Das wird euch noch leidtun!" Tai stampfte wutschnaubend davon.

Der Barbetrieb war bereits in vollem Gange, als Samanta wankend auf den Tresen zuging und sich gerade noch daran festhalten konnte. Sie hob die Hand, um sich bemerkbar zu machen, aber bei der Fülle von Gästen hatte Ella sie nicht wahrgenommen. Aus allen Ecken wurden ihr Bestellungen zugerufen, und sie war froh, dass Lissy den Bierzapfhahn betätigte. Das konnte sie immerhin. Susi hingegen mixte die Cocktails fast so gut wie Ella und war eine echte Bereicherung für die Bar. Nur der Kontakt zu den Gästen behagte ihr bisher nicht. Sie war zu schüchtern. Ella stand gerade am Stammtisch und unterhielt sich mit einem Gast, als Samanta erneut die Hand hob. Vergebens. Dann brach sie zusammen.

Zögernd öffnete sie ihre Lider und ihre grünen Pupillen bewegten sich suchend hin und her. Das Erste, was ihr verschwommener Blick wahrnahm, waren Ellas warme Augen. Sie spürte einen kalten Windzug an sich vorüberziehen und zog unwillkürlich die Schultern nach oben.

„Ist dir kalt, Samanta, Deern?"
Sie nickte und Ella schloss die Tür, zog ihr die Decke bis zum Kinn und legte noch eine weitere darüber.
„Besser, Deern?"
Samanta nickte.

Doch Ella brannte etwas anderes auf der Seele. Warum war ihr Schützling zusammengebrochen? Was war vorgefallen? Sie wusste, dass es zu früh war, um Samanta mit diesen Fragen zu quälen, aber lange würde sie damit nicht warten können.

„Du musst trinken, hier." Ella hielt ihr das Wasserglas vor den Mund und Samanta gehorchte. Doch Schluck für Schluck wanderten ihre Gedanken zurück zur letzten Nacht. Wie lange sollte sie ihre Schulden noch abtragen? Wie lange würde ihr Körper dazu noch in der Lage sein? Seelisch war sie bereits seit Langem tot, und wenn sie Ella nicht hätte, die ihr gelegentlich Trost spendete, wäre sie längst verloren.

„Deern, du trinkst ja gar nicht. Was ist denn?"

Samantas grüne Augen blickten ins Leere und Ella wusste, dass etwas Schreckliches vorgefallen sein musste. Sie stellte das Glas auf den Tisch, setzte sich wieder auf die Bettkante, zog Samanta an sich und nahm sie in die Arme.

„Was ist denn, Deern?"

Ella vernahm ein leises Schluchzen und streichelte sanft ihren Rücken. Sie war sehr froh darüber, dass Samanta immer wieder den Weg zu ihr fand, so konnte sie bisher Schlimmeres verhindern. Aber heute schien etwas anders zu sein, ganz anders. Wieso war sie bereits hier? Eigentlich fing die Nacht doch erst an. Ella wusste schon lange, dass die junge Frau nur mit Widerwillen ihrer Arbeit nachging, anders als viele der Mädchen, die bei ihr wohnten. Samanta hingegen verachtete sich dafür, was sie täglich tat und benahm sich in den letzten Tagen irgendwie sonderbar.

Vorsichtig drückte Ella den zarten Körper von sich und schaute in ihr verweintes Gesicht. Doch in ihren Augen sah sie viel mehr: Abscheu, Furcht, Ekel, Hass und eine unendliche Leere. Sie musste herausfinden, warum sich die junge Frau so quälte.

„Samanta. Rede endlich. Was quält dich so?"

Beim letzten Wort wurden ihre Augen wach und sie fing an zu schluchzen. „Ach, Ella, wenn du wüsstest." Dann fiel sie wieder in ihre Arme, aber der Lärm aus der Bar rief Ella zurück an ihren Arbeitsplatz. Doch bevor sie den Raum verließ, nahm sie Samanta das Versprechen ab, auf keinen Fall das Haus zu verlassen.

Zurück im Gastraum erschrak sie. Tai saß an der Bar. „Was willst du?"

Sein schwarzer Fingernagel klopfte unaufhörlich auf den Tresen und er sog an seinem Trinkhalm. „Die Kleine mixt den Mai Tai genauso gut wie du. Jeder ist ersetzbar, Ella."

Es widerstrebte ihr darauf zu antworten, und sie verschwand hinter dem Tresen, um sich ihre tränenfeuchte Bluse zu trocknen. Als sie kurz aufblickte, schob ihr Tai eine Liste zu. „Hier. Die will Caruso ab sofort auf deiner Getränkeliste sehen. Zeig mal, was du kannst und mach mir einen *Al Capone*. Glotz nicht so. Mach!"

Ella schob das Blatt beiseite, klatschte ihm die schwarze Serviette auf den Tresen und zog ein *Old*

Fashioned Glas aus dem Regal. Die Auswahl an alkoholischen Getränken hinter ihr war groß und dennoch kannte sie den Standort jeder Flasche. Aber wo war der Bourbon Whisky? Sicher hatte eine der Mädels ihn falsch platziert. Da. Zügig zog sie die Flasche aus dem Regal und goss ihn in den Boston Shaker. Es folgten Aperol, Wermut, Pink Grapefruit- und Kirschsaft.
Tai sprang auf. „Was soll der Scheiß! Das kommt da nicht rein!"
„Ich weiß. Aber meine Gäste lieben ihn so."
„Aber ich nicht, du Schlampe!" Er sprang über den Tresen und stieß den Shaker zu Boden. Ella war zurückgewichen, zog ein Handtuch vom Stapel und beseitigte schweigend die Flüssigkeit. Als sie sich erhob, war er weg. Erleichtert zog sie seine Liste vom Tresen, griff nach ihrer Wasserflasche und verschwand im kleinen Raum, hinter der Theke.
„Son Spacken!" Sie stieß die Tür mit dem Fuß zu, setzte sich und überflog die Liste der Cocktails. Wutschnaubend sprang sie auf, kratzte sich ihre rote Haarmähne, riss das Wasser vom Tisch und nahm einen großen Schluck. Dann setzte sie sich endlich. Trotzdem pochte ihr Herz immer schneller. Wieder überflog sie die Liste. Diese Ganoven. Jetzt schreibt mir die Bande auch noch vor, welche Cocktails ich ausschenken soll. Nein. Niemals. Nach einigen Minuten Durchatmen und viel Wasser hatte sie sich etwas beruhigt und begann die Liste in Ruhe zu lesen: „*Al Capone, Mafias Kiss, Caruso.* Hm. Das passt zu denen."

Schnaubend warf sie sich zurück an die harte Stuhllehne. Typische Mafia-Cocktails, dachte sie, und beugte sich wieder über die Liste. „*Harvey Wallbanger*, okay, der steht bei mir ohnehin auf der Karte. *Margarita*, der auch. *Cardinale, Meyer Lansky Sour.* Hm, ich soll wohl den Ginumsatz erhöhen. Mal sehen, welche noch dazu passen würden?" Ihre Augen wanderten weiter nach unten. „Aha, *Negroni*. Sag' ich doch, Gin. Die kann ich auch alle so mixen, wenn die nur das wollen." Ella trank den Rest des Wassers und atmete schwer. „Scheiß Mafia."

Es klopfte und Ella wurde aus Ihren Gedanken gerissen. Hektisch schob sie die Liste unter das Hamburger Abendblatt und öffnete. „Du schon wieder? Wieso klopfst du? Bist doch sonst nicht so höflich, Tai!"

Er grinste breit und beim Anblick seiner Zähne stellten sich ihre Nackenhaare hoch. „Komm endlich rein." Sie schloss die Tür.

Tai fasste sich in den Schritt, zog einen Stuhl heran und ließ sich fallen. „Und, geile Cocktails dabei, was? Da fehlen noch einige auf deiner Karte."

Ella schwieg. Was hätte sie auch zu so viel Unsinn sagen können? Sie blickte zur Seitentür und zuckte zusammen. Samanta. Mit Herzrasen lief sie ins Zimmer elf, um nach ihrem Schützling zu sehen. Sie öffnete vorsichtig die Tür, lugte durch den Spalt und erschrak. Das Bett war leer. Nein, nicht schon wieder ein Ausreißer. Hatte sie sich so in Samanta getäuscht oder hatte die Kleine einfach nur Angst?

„Ella, schön, dass du mich noch einmal besuchen kommst. Ich habe mir gerade Wasser geholt."

Erleichtert drückte sie ihrem Schützling einen Kuss auf die Wange und schob sie zurück ins Bett. „Schön, dass es dir besser geht. Ich hatte nämlich bannich Angst um dich, Deern. Willst du nicht endlich mal reden? Du schleppst doch 'ne Menge Ballast mit dir herum. Irgendetwas liegt dir so schwer auf der Seele, dass du kaum Luft bekommst."

Sofort schossen ihr Tränen aus den Augen und sie drehte sich um. Ella ärgerte sich. War sie zu schnell nach vorn geprescht? Heute würde ihr Schützling nicht reden, dessen war sie sicher. Schade, sie hatte so darauf gehofft.

Samanta drehte sich wieder zu ihr und Ella sah in ein verweintes Gesicht. Dann richtete sie sich auf und flüsterte: „Du kannst mir nicht helfen, Ella. Niemand kann mir helfen. Aber, danke für dein Angebot." Dann fiel ihr Kopf auf die Brust und sie sank weinend in sich zusammen. Ihre schmalen Schultern hingen nach vorn. Ella streichelte ihren Rücken und wartete geduldig ab.

Samanta wurde ruhiger, hob den Kopf und sah sie mit verweinten Augen an. „Ella, ich habe früher ein ganz anderes Leben geführt, war unbekümmert, lebenslustig und habe keine Party ausgelassen. Aber genau das ist mir zum Verhängnis geworden, verstehst du?" Sie erwartete keine Antwort und sprach gleich weiter: „Alles ist mir zugeflogen, Abitur mit eins, Biologiestudium mit Summa cum laude. Ich

musste mich nie anstrengen und hatte eine blendende Zukunft vor mir. Aber ich konnte nie genug bekommen, habe das Leben in vollen Zügen genossen und dann ..." Sie hielt sich die Hände vors Gesicht und fing an zu schluchzen.
Ella spürte die Verzweiflung und versuchte sie in den Arm zu nehmen, aber Samanta drückte sie von sich.
Ihre grünen Augen starrten kalt in den Raum.
Ella erschrak. „Deern, was ist mit dir?"
„Ich habe es verdient, Ella. Ich habe dieses Leben verdient."
"Wie meinst du das, Deern? Kann ich dir helfen?"
„Ja, töte mich."

14

Caruso war genervt und quälte die Tasten des Handys. Der neue Kontaktmann hatte alle Papiere, reagierte aber auf keine SMS. Die Zeit lief ihnen davon.
„Wenn dieses Schwein nicht auftaucht, können wir den Deal vergessen! Ich zerdrücke ihn, wie eine Made!" Der Boss versuchte sich zu beruhigen und blickte über die Elbe. Doch als sich der Fahrer nach weiteren fünfzehn Minuten nicht gemeldet hatte, war die Zeit für einen Notfallplan gekommen.
„Ich bin's. Hier läuft gründlich etwas schief. Entweder ist der Penner nur unzuverlässig oder die Bullen haben uns eine Laus in den Pelz gesetzt … Ich weiß, ja, haben wir …Ja, wir haben ihn in der Hand … ja, den auch … hey, du kennst mich doch. Ich hab' immer alles im Griff! … Keine Ahnung … Okay, bis gleich."
Caruso zog die Lederkluft vom Stuhl, schlüpfte hinein, griff Nierengurt und Motorradhandschuhe und ging leise in den Flur. Ein Knopfdruck genügte. Das Regalbrett begann sich langsam nach oben zu bewegen. Carusos blaue Augen verfolgten unruhig den immer breiter werdenden Spalt. Es war jedes Mal ein Geduldsspiel, ehe sich die Tür ganz öffnete. Noch einmal zurückblicken. Nein. Alles war ruhig. Keiner hatte etwas bemerkt. Geräuschlos schob sich Caruso durch die Tür, nahm die Taschenlampe, die auf der

ersten Treppenstufe stand, und drückte von innen die Verriegelung. Die schmale Treppe schlängelte sich einhundert Stufen in die Tiefe. Caruso verfolgte vorsichtig den feinen Lichtstrahl, der auf den Stufen tanzte. Jetzt nur nicht stürzen. Endlich. Es war geschafft. Der Schalter knackte und mitten in dem hell erleuchteten Raum stand die Kawasaki Z650. Caruso wollte eigentlich eine andere Maschine, musste aber wegen des Gewichts auf diese ausweichen. Streichelnd glitt der Lederhandschuh über den breiten Lenker. „Na, du geiler Hengst. Endlich kann ich dich mal wieder reiten."

Schnell verschwand der Kopf im roten Motorradhelm und binnen Sekunden fuhr die Kawasaki den ausgedehnten Tunnel entlang. Der Schall des Motorengeräuschs brach sich an der steinernen Decke und hinterließ einen Schwall des Lärms. Caruso gab lächelnd Gas. Schön, dass es diesen geheimen Tunnel gibt, der erst durch die Umbaumaßnahmen entdeckt worden war. Doch das war alles nichts wert, ohne das Grundstück im Strehlowweg 56. Erst nach zwei Jahren, nachdem die alte Dame von ihren Kindern ins Heim abgeschoben wurde, war es zum Kauf freigegeben worden. Der Tunnel begann unter der Brandt'schen Villa und endete einst in einem separaten Haus, in dem Bedienstete gewohnt haben sollen. Genaueres konnte man in alten Plänen und Geschichtsbüchern nicht erlesen. Heute endete er neben diesem Eckhaus eines Reihenhauskomplexes. Als damals der Bau für eine große Doppelgarage genehmigt wurde, ging der Plan auf. Jetzt konnte man den Tunnel endlich benutzen und ihn wieder seiner eigentlichen Bestimmung übergeben. Außerdem war das kleine Endreihenhaus ideal für andere Pläne. Gott sei Dank wusste Vater nichts davon.

Angekommen. Leise schob Caruso den Riegel beiseite und öffnete das Garagentor. Hier musste man besonders vorsichtig sein. Der Nachbar war sehr neugierig. Aber heute war es still. Die meisten befanden sich zu dieser Uhrzeit in der Waagerechten. Leise schob Caruso die Kawasaki den schmalen Weg entlang und startete die Maschine erst in gewisser Entfernung. Doch kaum hatte die Kawasaki Fahrt aufgenommen, läutete das Telefon. Caruso hielt an, zog es aus der Seitentasche der Lederkluft und sah seine Nummer.

„Shit. Don ... Ja.“

„Sie haben Toni geschnappt. Bisher war er immer ein ehrenwertes Mitglied. Ich hoffe für ihn, dass er nicht gesungen hat.“

„Wo ist er jetzt?“ Caruso konnte seinen Atem hören und sah seine schmalen Augen, wie sie sich in ein dickes Faltenband verwandelten.

„Macht ihn kalt. Ich will von dieser Ratte nichts mehr hören und sehen.“

„Okay, ich setze den Neuen darauf an. Der scharrt schon ewig mit den Füßen und will Punkte machen. Er soll ihn ausknipsen und seinen Co mit.“

„Richtig. Der wartet schon lange auf eine Möglichkeit, in der Hierarchie höher zu steigen. Das ist seine Chance. Sag ihm das. Okay?“

„Okay."
Es knackte am anderen Ende der Leitung. Er hatte aufgelegt und Caruso war froh darüber. Der Alte nervte schon lange, und es war nur eine Frage der Zeit und der Organisation, bis der Thron frei wurde. Caruso war bereits weitergefahren und freute sich auf einen gepflegten Cocktail. Keiner mixte den *Mafias Kiss* so hervorragend wie sie.
Die Tür öffnete sich und Carusos Blick fiel sofort auf die riesige *Cocktailschale*. „Mein Lieblingscocktail. Was für eine Begrüßung!"
Sie ließen sich vor dem Kamin nieder. In ihren Gläsern funkelte der cognacfarbene Cocktail.
Caruso stöhnte. „Irgendetwas ist in den letzten zwei Wochen passiert? Der Don hat schon immer den Patriarchen heraushängen lassen, aber so extrem wie in letzter Zeit war es nie. Das kann er mit seinen Untergebenen machen, aber doch nicht mit mir. Wenn ich ihn sehe, kocht mein Blut. Allein unser letztes Treffen. Mamamia! Natürlich hatte er mal wieder einen seiner Maßgeschneiderten an und natürlich die italienischen, handgefertigten Lederschuhe. Seine pechschwarzen Haare glänzten vom Gel, das er sich kiloweise hinein schmiert. Hässlich. Natürlich würde ihm das niemand sagen. Und dann habe ich noch gewagt, das Wort zu ergreifen, vor ihm. Er ist ausgetickt und hat sein Whiskeyglas an die Wand geworfen."
„Aber hoffentlich nicht in der Bibliothek?"
„Doch, auf die frisch renovierte Wand. Es wird Zeit, dass sich was ändert."

Die Gastgeberin schüttelte ihre lockigen Haare und ihre dunkelbraunen Augen wurden weit. „Ruhe bewahren. Wir sind fast am Ziel. Trink! Runter damit!"
Caruso hob das Glas und prostete ihr zu: „Ja. Auf unseren Plan, Süße." Dann zog der Gast einen Umschlag aus der Jacke, warf ihn auf den Tisch und sagte: „Hier! Einer von denen ist die Ratte."
Elf Bilder lagen nebeneinander. Die Personen darauf waren bekannt. Carusos blaue Pupillen hüpften abwechselnd zu ihr und den Bildern. „Was meinst du? Wer ist es, hm?"
Sie zuckte unwillkürlich mit den Schultern und beugte sich weit über die Fotos. „Das sind alles enge Vertraute der Familie. Und die meisten hast du ins Boot geholt. Außer, die vielleicht! Die arbeiten schon lange für den Don."
Caruso schob die Bilder wie Puzzleteile abwechselnd auf eine andere Stelle des großen Tisches und fragte sich, wer ihnen in den Rücken gefallen war. Tai hatte selbst schon so viele Seelen auf dem Gewissen, dass er auf keinen Fall infrage kam. Mai arbeitete zwar erst seit einem Jahr für den Clan, aber ihn hatte der Don so oft überprüfen lassen. Nein, der war es auch nicht. Außerdem hatte er bereits zwei Mal eine Tracht Prügel bezogen und kam immer wieder wie ein räudiger Köter zu ihnen zurückgekrochen. Der war save. Caruso blickte auf und schob die beiden Fotos beiseite. „Die auf keinen Fall."
Sie nickte. „Ja. Das glaube ich auch." Dann hielt sie die Gläser hoch. „Noch einen?"

Caruso hob den Kopf, nickte und widmete sich wieder den restlichen Bildern. Unruhig hüpften die blauen Pupillen von einem Foto auf das andere, doch die Augen blieben immer nur bei einer Person hängen. Nein, er durfte es nicht sein. Nein, er konnte es gar nicht sein, denn sie hatten erst seit Kurzem Kontakt. Also wurde sein Foto auch beiseitegeschoben.
Die Gastgeberin kam mit gut gefüllten Cocktailschalen zurück und blickte auf das letzte Foto. Ihre rechte Augenbraue zog sich nach oben und sie sagte schmunzelnd: „Der natürlich nicht. Aber knackig ist er." Sie zwinkerte und überreichte das Glas. Doch Caruso reagierte nicht und sortierte bereits die anderen Bilder. Sie verstand, stellte die Gläser ab und widmete sich den Fotos. „Die beiden sind von Anfang an in der Familie und haben auch schon für den Don gearbeitet. Das heißt, er hat ihnen absolut vertraut."
Caruso nickte. „Und was ist mit Vincent, dem Hut?" Ihre Gedanken schweiften zu einigen Projekten, bei denen er involviert, aber nie bis ins Detail eingebunden war. Sie strich sich eine braune Locke von der Stirn und sagte ernst: „Nein, der auch nicht."
Caruso schob auch dieses Foto auf die andere Tischseite, trank einen Schluck vom Cocktail und starrte auf die noch verbliebenen fünf Fotos. Ohne lange zu überlegen, wechselte ein weiteres Foto die Tischseite, und die Gastgeberin zog die Augenbrauen hoch. „Wieso der nicht?"
„Den habe ich seit sechs Jahren in der Hand. Er ist ein sicherer Partner, aber keine Ratte. Er würde nicht wagen, zu singen. Dann machen wir seinen Sohn kalt.

Der hat bis heute nicht einmal den Versuch unternommen, den Knaben in Sicherheit zu bringen. Dieses Weichei? Niemals!" Caruso strich sich über das schwarze Haar, kippte den restlichen Cocktail in sich hinein und fragte mit zusammengekniffenen Augen: „Traust du der Puffmutter?"
Sie wiegte den Kopf und sagte: „Ich denke schon. Die hat Tai im Visier, und wenn unser Reiskorn auf Touren kommt, kennt der kein Pardon."
Caruso wippte mit dem rechten Knie, starrte auf Ellas Foto und sagte zustimmend: „Ja. Die ist zwar ein harter Knochen, aber das würde sie nicht wagen. Vor zwei Wochen hat Tai sie erst auf Spur gebracht, ist komplett ausgetickt, hat ihr das Schloss zerschossen und die Tür eingetreten. Dumm nur, dass Ella dahinterstand." Caruso grinste breit, lehnte sich nach hinten, fixierte noch einmal die restlichen Bilder und sagte: „Okay. Dann bleiben noch drei übrig. Wer kommt noch infrage, Süße?"
Sie zog die Bilder an sich, fixierte eines der Fotos und hielt inne.
„Nun sag schon, wer?"
„Ich habe schon lange jemanden in Verdacht."
Caruso sprang auf. „Wer ist die Ratte? Sag es!"
Sie wich zurück und schob das Foto über den Tisch. Carusos Augen hefteten sich sofort auf den blonden Mittvierziger. „Verstehe. Den Partner hat Don aufgetan. Und warum er, warum Axel Pohl?"
Sie lehnte sich zurück und atmete schwer. Sie musste es behutsam angehen. „Der Typ war in Geldnot. Es gibt Tausende, die mit Rasenmähern, Staplern und

Ersatzteilen handeln. Außerdem ist er ein Looser, hatte kein Händchen für sein Geschäft. Ständig in Geldnot mussten wir ihn nicht lange überzeugen."
„Spuck's endlich aus! Was willst du mir sagen?"
Sie blieb ruhig und sagte: „Ich bin mir sicher, dass er das große Geld wittert. Er hat das Geschäft bereits achtmal mit uns durchgezogen, fühlt sich sicher und denkt, er könne es jetzt auch allein durchziehen."
Caruso tigerte vor dem Couchtisch hin und her. „Mehr! Weiter! Erzähl mehr von dieser Ratte!"
„Bei der letzten Lieferung hatte ich den Don darauf angesprochen. Es fehlte eine ganze Europalette des Beluga-Vodkas. Die wurde abgeschrieben, angeblich ein Unfall bei der Beladung, aber keine Fotos. Und du weißt, dass ich seit einem Jahr zu jedem Unfallbericht auch Fotos haben will. Und der Don weiß es auch."
Caruso verstand und sagte ruhig: „Erzähl weiter."
Sie begann: „Also, der Beluga …"
„Was? Auch meine drei Liter Doppelmagnumflaschen? Ich bring' ihn um! Ich bring' ihn eigenhändig um! Dieser stronzo!"
„Bleib ruhig. Wir können es sowieso nicht mehr ändern und ich muss nicht richtig liegen, mit meinem Verdacht. Vielleicht ist er gar nicht die Ratte. Wir sollten den Holländer noch einmal unter die Lupe nehmen." Sie blickte auf den Tisch, zeigte auf ein weiteres Foto und fragte: „Und sie? Pedro hat sie mit einem Bullen reden sehen, am Hafen."
Caruso erstarrte, ballte die Fäuste und schrie: „Nein! Das wagt sie nicht, diese Nutte! Diese dreckige Nutte!

Nichts anderes war sie und nichts anderes wird sie jemals sein!"

Die Brünette stand auf, griff nach Carusos geballten Fäusten und drückte sie nach unten. „Ruhig. Ruhig. Sie ist es nicht wert. Ruhig."

Caruso atmete schwer. Der Brustkorb hob sich weit nach oben und die Fäuste waren immer noch verkrampft. Sollte sie tatsächlich die Ratte sein? „Wenn sie das gewagt hat, dann, dann … knips' ich ihr persönlich das Licht aus. Soll sie doch die Fische küssen, diese Hure!"

Die Gastgeberin war erschrocken zurückgewichen und strich sich nervös über ihre braunen Locken. Ihre Gesichtszüge hatten sich verfinstert. So hatte sie Caruso noch nie erlebt. „Hey. Jetzt führst du dich gerade auf wie er, wie der Don. Willst du wirklich so sein? Willst du das Vertrauen der Leute, die für dich arbeiten, weiter behalten oder alles verlieren, weil du dich so benimmst wie er, den du so verabscheust? Bleib besonnen. So kannst du keine klaren Entscheidungen treffen."

Caruso kam auf sie zu, nahm sie in den Arm und küsste sie auf die Stirn. „Entschuldige, Süße. Du hast recht. Was würde ich nur machen, wenn ich dich nicht hätte."

Die Brünette lächelte und fügte ihrer Rede hinzu: „Nur weil wir sie am Hafen gesehen haben, muss sie noch lange keine Ratte sein. Du weißt doch, dass wir da unten einen *Fleischfresser* laufen haben. Und au-

ßerdem werden Nutten ständig kontrolliert. Bleib ruhig. Die hast du doch im Griff. Außerdem hat sie Angst, dass du sie doch noch hinter Gitter bringst."
„Ja, du hast sicher recht. Verzeih meinen Wutausbruch. Aber ich glaube, wir sollten allen noch einmal auf den Zahn fühlen. Irgendeiner von denen hintergeht uns. Oder die Laus sitzt an einer ganz anderen Stelle, hm?"
„Wir werden es herausfinden."

15

Gesundes Misstrauen ist eine wichtige Voraussetzung für diesen Job. Das war ihm klar und daran hatte er sich immer gehalten. Und dennoch glaubte er, diesmal versagt zu haben. Wer war ihm auf die Schliche gekommen? Und was hatte sie damit zu tun? Er fasste sich an den Kopf. Das Rauschen hatte weiterhin nicht nachgelassen und er überlegte, ins Krankenhaus zu fahren. Jeder Atemzug war schmerzhaft und er sollte sich unbedingt noch einmal untersuchen lassen. Unwillkürlich legte er seine Hand an den rechten Rippenbogen und plötzlich war alles wieder präsent, der Schlag auf den Kopf, die Motorradstiefel, die ihn unendliche Male malträtiert hatten, bis er in Ohnmacht gefallen war. Noch immer sah er ihr Gesicht und diese stechend kalten Augen, die ihn durch das hochgeklappte Visier des Motorradhelms fixiert hatten. Warum? Warum hatte sie das getan? Er musste aufhören, darüber nachzudenken, zog seinen Autoschlüssel vom Haken, verließ das Haus und stieß fast mit Tai zusammen.

„Hier, Digger, für dich, und du sollst dich noch schonen, soll ich dir von Caruso sagen. Der Boss will, dass ich dich zum Arzt fahre."
Tai war hinter der großen Magnumflasche kaum zu sehen und Mai musste sich ein Grinsen verkneifen.

Er griff nach dem Übersee-Rum, schloss die Tür wieder auf, platzierte das Geschenk in der Küche und kehrte zurück.

„Danke, Tai. Da wollte ich auch gerade hin. Es ist aber besser, wenn du mich fährst." Mai atmete schwer und hielt sich den Rippenbogen.

Sie hatten St. Pauli schon lange verlassen und waren bereits Richtung Othmarschen unterwegs, als sein Handy klingelte. Verdammt, dachte Mai, du hast das falsche mit. Er hatte es sofort am Klingelton erkannt, stellte es wortlos ab und steckte es wieder in die Innentasche seiner Jacke. Tai hatte keine Notiz davon genommen, weil er gerade versuchte, einen Bob Dylan Song mitzusingen: „How many roads must a man walk down before you call him a man? How many seas must a white dove sail before she …"
„Tai!", schrie Mai ihn an. Er konnte das Gekreische nicht mehr ertragen.
„Was ist? Ist doch 'n geiler alter Song."
Mai verdrehte die Augen. „Ja, aber nicht, wenn du ihn mitsingst!"
Tai stellte wütend das Radio lauter und bog auf den Parkplatz der Asklepios Klinik Altona. Wenige Minuten später saßen sie im Warteraum, und Mai wurde sofort in eines der vielen Behandlungszimmer gebeten. Die Wartenden blickten ihm zähneknirschend hinterher.
„Ich bin bereits darüber informiert worden, dass sie vor ihrer Haustür zusammengetreten wurden. Motorradstiefel, richtig?"

Mai nickte, wunderte sich und schaute den grauhaarigen Arzt fragend an.
„Ich bin mit ihrem Chef befreundet und wurde gebeten, sie gründlich zu untersuchen. Das ist doch in Ordnung, oder?"
Mai setzte sich kopfnickend und schwieg.
Nach einem Marathon von Untersuchungen in den unterschiedlichsten Abteilungen des Krankenhauses war er froh, wieder im Auto zu sitzen. Das Positivste an diesem Besuch waren die Schmerzmittel. Endlich wieder durchatmen können, wunderbar. Er ließ die Worte des Arztes noch einmal Revue passieren. Nun wusste er, dass bei tiefen Rippenbrüchen, ab der neunten bis zwölften Rippe, auf der rechten Seite die Leber und auf der linken Seite die Milz einem potenziellen Verletzungsrisiko ausgesetzt sind. Zum Glück war nur rechts die neunte Rippe gebrochen und die Leber unverletzt geblieben. Zwei weitere Rippen waren stark geprellt, aber wenn er regelmäßig seinen Atemübungen nachkam, würde er in zwei bis drei Wochen wieder schmerzfrei atmen können.
Plötzlich fiel ihm ein, dass der Arzt die Motorradstiefel erwähnte. Nachdenklich blickte er zu Tai, der froh gelaunt wieder ein Lied mitsang. Ob er dem Arzt die Information weitergegeben hatte oder war es Caruso selbst gewesen? Nein. Das konnte gar nicht sein. Er hatte Tai den genauen Tathergang gar nicht geschildert. Aber wieso ist der Arzt gleich auf Motorradstiefel gekommen? Hier war etwas faul, und das musste er herausfinden.

Tai kämpfte inzwischen mit der Melodie eines Elvis-Songs, und Mai war sich sicher, dass er den Kampf verlieren würde. *Now or never* würde selbst seine Mutter besser trällern und die kann bekanntlich wirklich nicht singen. Mai schmunzelte bei dem letzten Gedanken, und es überkam ihm sofort eine gewisse Traurigkeit. Lange schon hatte er seine Mutter nicht gesehen, viel zu lange. Aber sie war in Sicherheit, und das war ihm wichtiger.

„Eh, Digga, was is los?"

Tai zeigte lächelnd seine gelben Zahnreihen und wartete auf Antwort. Doch Mai tat so, als hätte er die Frage gar nicht gehört, und fasste sich mit schmerzverzerrtem Gesicht an die gebrochene, neunte Rippe.

„Versteh, Digga. Na, dann muss ich den Deal wohl allein durchziehen."

Nein, dachte Mai. Auf keinen Fall, sonst hatte er monatelang umsonst geschuftet. Er setzte sich wieder aufrecht und stöhnte.

„Sag' ich doch, du bist ein Wrack. Vergiss das morgen. Ich kläre das mit Caruso. Außerdem ist Vincent ja auch dabei."

Nimm dich zusammen, dachte Mai. Du wirst doch nicht auf den letzten Metern aufgeben wollen. Nein, auf keinen Fall. Er holte tief Luft, schluckte die Schmerzen hinunter und setzte sein schönstes Lächeln auf. „He, Tai. Ich lass' dich doch nicht hängen. Klar komme ich mit, Kumpel." Er hielt ihm die Faust zum freundschaftlichen Schlagabtausch hin und Tai nahm an.

„Alles klar, Digga. Feiner Zug von dir, oder willst du nur Caruso imponieren?"

Mai verdrehte die Augen und schluckte die Schmerzen hinunter. Seine Blicke wanderten die Fahrbahn entlang, und er sah erfreut, dass Tai bereits in die Lange Straße einbog. Endlich, dachte er, gleich bin ich zu Hause und kann wieder ich sein. Er hatte zwar einige Jahre in der Theatergruppe mitgewirkt, aber das war nicht das Gleiche. Das hier war harte Realität. Ein falsches Wort, ein Versprecher und er würde mit seinem Leben bezahlen. Doch nur er konnte dieses Schauspiel beenden und darum musste er morgen unbedingt dabei sein. Wozu sonst hatte ihm der Arzt die Riesenpackung Schmerztabletten in die Hand gedrückt? Jetzt musste er aber endlich aus Tais intelligentem Dunstkreis ausbrechen, sonst würden sich seine grauen Zellen nach und nach in Luft auflösen.

„Eh, Digga, bist ja so ruhig. Schmerzen?"

Mai nickte kurz, aber besann sich dann und antwortete schnell: „Ne, eigentlich nur müde, sind wohl die Medikamente. Morgen bin ich wieder fit, Tai."

Als er Minuten danach auf seiner Couch lag, fühlte er sich frei und ungezwungen. Er schloss die Augen und atmete kontrolliert ein und aus, wie der Arzt es ihm gezeigt hatte. So waren die Schmerzen erträglich und er fand endlich Ruhe, die er dringend brauchte. Doch bereits nach fünfzehn Minuten kreisten die ersten Gedanken um diese Frau. Wieso hatte sie das getan? Sie schien an diesem Abend wie verwandelt.

Wie ein eiskalter Racheengel hatte sie erbarmungslos auf ihn eingetreten, und kein Wort kam über ihre schönen Lippen. Schweigend hatte sie ihn liegen lassen, war auf ihr Motorrad gestiegen und verschwand, so schnell wie sie erschienen war.

Mai schreckte hoch und schrie auf. Ein Windstoß hatte die Balkontür aufgestoßen. Aber warum war sie offen? Er erschrak ein zweites Mal. Oh. Sie waren im Haus. Vorsichtig schob er sich nach oben und legte seine Hand auf den Rippenbogen. Mit der anderen drückte er sich hoch und ging zur Fensterfront des Wohnzimmers. Bei jedem Schritt verstärkte sich der Gedanke, dass nicht er die Balkontür aufgelassen, sondern sich jemand während seiner Abwesenheit Zutritt verschafft hatte. Und er ahnte schon, wer. Seine Blicke wanderten durch den Raum. Alles stand an seinem angestammten Platz. Genauso hatte er das Haus verlassen. Doch dann begann er, die anderen Räume zu kontrollieren. Nach und nach hatte er jeden Quadratmeter begutachtet und konnte keine Veränderungen feststellen. Auch vermisste er nichts. Eigenartig, hatte er doch vergessen, die Terrassentür zu schließen? Nein. Aber warum hatten sie ihn immer noch im Visier? Natürlich. Darum hatte ihn Tai aus dem Haus gelotst. Alles war arrangiert. Ab jetzt höchste Alarmstufe, sagte er sich. Du musst sie in Sicherheit wiegen, sonst würden Pauls Befürchtungen noch wahr werden. Das Pochen seiner Halsschlagader wurde lauter. Er wiederholte seine Runde, diesmal auf der Suche nach Wanzen.

Der Tee, den er sich vor zwanzig Minuten eingegossen hatte, war erkaltet. Sein Gedankenkarussell hörte nicht auf zu kreisen. Gerade jetzt brauchte er einen Gesprächspartner, um das Ganze zu entwirren. Sollte er nach Geesthacht fahren? Nein, das Risiko war eindeutig zu groß. Denn sie trauten ihm bisher nicht und er durfte keinen Fehler mehr machen.
Es klingelte. Mai zuckte zusammen. Er schaute zur Wanduhr. Vier. Langsam bewegte er sich zum Ausgang und erkannte bereits von Weitem Ella hinter der Glasscheibe. Freudig ging er schneller, auch wenn ihn die Schmerzen zur Langsamkeit ermahnten.
„Ella!"
Sie schaute ihn mit zusammengekniffenen Augen eindringlich an und sagte nur: „Ausreißer werden hart bestraft!" Doch dann begann sie zu grinsen, drückte ihn sanft beiseite und ging ins Haus. Mai sah ihr stirnrunzelnd hinterher und überlegte, warum sie freiwillig den Feind besuchen kam. Aber er ließ sich nichts anmerken und fragte nur: „Kaffee?"
Ella nickte und folgte ihm in die kleine Küche. Sie strich ihr schwarzes Wollkleid glatt, setzte sich auf den weißen Hocker und beobachtete Mai, der geschickt die Espressomaschine bediente. In der kurzen Zeit, in der das braune Gold in die Tasse floss, knetete er den Zeigefinger seiner rechten Hand und wartete ab. Ella erschrak. Jetzt war sie sich sicher. Geahnt hatte sie es bereits, aber jetzt war sie sicher. Er ist es.
„Mai, du bist es, richtig?"

Er drehte sich erschrocken um und hielt ihr den Mund zu. Dann riss er einen kleinen Zettel vom Notizblock, nahm den Kugelschreiber, der daneben lag, und schrieb:

Achtung! Wanzen.

Ella starrte ihn mit großen Augen an, lächelte und schrieb darunter:

Axel von Büren

Sie hatten seine gesamte Wohnung auf den Kopf gestellt, alle Fernbedienungen, sämtliche Bücher und DVDs, Uhren, Besteckkästen und die gesamte Kosmetik. Das Ergebnis war erschreckend. Sie fanden Wanzen in der Küche, unter der Besteckschublade, unter dem Bettrahmen und im Wohnzimmer, hinter der Scheuerleiste.
Völlig außer Atem fielen sie auf die Couch und Ella wagte endlich frei zu sprechen. „Du willst es also ein zweites Mal versuchen, diese Bande endlich hochgehen lassen, richtig?" Sie lehnte sich genüsslich in den Sessel und verschränkte die Arme.
Mai räusperte sich. Was, wenn sie ihm nur etwas vorspielte? Er schwieg und wartete ab. Doch Ella wusste, dass sie recht hatte und lockte ihn aus der Reserve.
„Axel von Büren, Undercover Agent im Kampf gegen das organisierte Verbrechen. Du hast es schon einmal als Koch versucht, ist aber bereits zwölf Jahre her. Da seid ihr fast aufgeflogen, und du konntest gerade noch deinen süßen Arsch retten."

Er bemühte sich, eine gelassene Pose einzunehmen, doch das imponierte ihr nicht.

„Damals hatte der alte Genovese das Sagen. Jetzt soll ein Typ namens Caruso mit am Steuer sein, aber der Alte zieht immer noch die Fäden. Caruso kontrolliert nur die Bars und Bordelle. Der Boss hat alles andere in den Händen, Drogenring, Falschgeld, Wettbüros, Menschenhandel und was denen noch so einfällt. Und dein Kumpel, der dämliche Tai, ist die rechte Hand von Caruso, hört man so. Na ja, du hast es ja wenigstens zur linken Hand geschafft." Ella fing a, zu lachen.

Er gab sich geschlagen und hob die Hände. „Ist ja gut. Hör auf. Ja, ich bin es. Aber verdammt, ich kann mich nicht an dich erinnern."

Ella begann wieder zu lachen und sagte prustend: „Tja, keiner achtet auf die Klofrau."

Mai starrte sie an und versuchte, sich an die einzelnen Personen zu erinnern. Es dauerte einige Zeit, bis sein Gehirn alles ausgegraben hatte, doch das Bild der Klofrau passte absolut nicht zu der Rothaarigen, die jetzt vor ihm saß. Nein. Das konnte nicht sein. Er stand langsam vom Sessel auf, ging auf sie zu, setzte sich neben sie und sagte erstaunt: „Ella, das kann doch nicht sein!"

Sie grinste immer noch.

„Ella, entschuldige, aber diese Frau war dermaßen fett, dass sie einen breiteren Stuhl brauchte, den der Oberkellner ihr extra brachte. Ella, sag was! Das warst doch nicht du?"

Sie beugte sich zu ihm, gab ihm einen zarten Kuss auf die Stirn und lächelte. „Doch, ich war's."
Er ließ sich stöhnend ins Sofa fallen. Ella beugte sich zu ihm und ihre rote Mähne fiel in sein Gesicht. Sie begann zu lachen, reichte ihm die Hand und zog ihn wieder in Sitzposition. Er schrie auf und hielt sich die Seite. Seine neunte Rippe hatte ihn mal wieder daran erinnert, dass er sich noch schonen sollte, und dazu hatte die Suchaktion vorhin sicher nicht beigetragen. Sie blickte in seine fragenden Augen und wusste, dass sie ihm eine Erklärung schuldete. Also begann sie zu erzählen, dass sie damals mit zarten zwanzig ihren Verlobten, kurz vor der Hochzeit, verloren hatte, dass sie vor Trauer alles in sich hineingestopft hat, was sie greifen konnte, dass sie zweimal versucht hatte, sich das Leben zu nehmen und sie acht Jahre nach dem tödlichen Unglück fett und allein war. Erst als eine Freundin sie gefragt hatte, ob sie bei einem wichtigen Polizeieinsatz die Klofrau spielen wolle, war sie aufgewacht, auch wenn sie es erst für einen Scherz gehalten hatte. Sie wollte nicht länger ein Außenseiter sein und so sagte sie zu. Nach dem Einsatz zog sie sich wieder in ihr Schneckenhaus zurück. Ein fataler Fehler. Aber das Geburtstagsgeschenk ihrer Freundin lockte sie wieder ans Licht, ein Wochenendkurs in einer Cocktailbar. Damit begann ein neuer Lebensabschnitt. Ella erzählte weiter, wie gerne sie hinter der Bar stand, wie viel Spaß ihr das Entwickeln neuer Cocktails machte, und dass sie sich danach in einigen Bars Hamburgs bewarb, ohne Erfolg. Immer

wenn sie persönlich vorsprach, erschraken die meisten wegen ihres Aussehens und lehnten sie mit der Bemerkung ab, dass sie hinter keine Bar passen würde. Also startete sie in ihr neues Leben. Sie nahm in knapp zwei Jahren fünfzig Kilogramm ab, stellte ihre Ernährung um und musste sich einigen Operationen unterziehen, um die überschüssigen Hautlappen loszuwerden.

Nach dem Tod ihrer Großtante erbte sie ihr Haus, in dem sich noch zwei Jahre zuvor eine Hafenkneipe befand.

Mai stand der Mund offen. Was für eine Lebensgeschichte, und was für eine wunderschöne Frau aus ihr geworden war.

Sie lächelte und erzählte weiter: „Gott sei Dank hatte ich das Erbe meiner Mutter und meines Vaters nie angerührt. Jetzt konnte ich die Asche gut gebrauchen und habe die Kneipe zur Bar umbauen lassen. Die acht Zimmer in der unteren Etage sind nur noch sechs, aber dafür hat jedes jetzt ein kleines Bad. Und meine süßen, kleinen Mietschwalben fühlen sich bei Ella sauwohl.“

„Ella, ich, ich …“

Sie beugte sich zu ihm. Ihre rote Mähne fiel über die Schultern. Was für ein schöner Mann, dachte sie.

Und wieder begann er zu stottern: „Ich weiß nicht, was ich sagen soll. Ich …“

„Ach wirklich. Das wäre mir gar nicht aufgefallen.“

Sie lachte laut und Mai schoss das Blut in die Wangen. Doch dann lachte er mit, hielt sich den Rippenbogen und stand auf.

„Brauchst du Hilfe?", rief sie ihm nach. Mai winkte ab und verschwand in der kleinen Küche. Kurz darauf stand er wieder im Türrahmen, mit einer Flasche Champagner in der Hand. Ellas Lächeln war noch nie so schön wie heute, dachte er, blieb vor ihr stehen und konnte den Blick nicht von ihr wenden. Was für ein Rasseweib. Sie hatte ihm gleich gefallen, aber in seiner derzeitigen Rolle war es ihm kaum möglich gewesen, mehr zu erwarten. Doch jetzt hatte sich die Situation geändert.

„Hallo. Starr mich nicht so an. Du hast mich doch schon öfter gesehen. Wir brauchen Gläser. Gib mir die Flasche. Ich bekomme sie schneller auf als du. Hallo! Jetzt hast du mich lange genug angestarrt. Hol Gläser, Mai oder wie soll ich dich ab heute nennen?"

Jetzt wurde er wach. „Oh, ja, bleib bei Mai, bitte. Übrigens, wie bist du draufgekommen, ich meine so plötzlich? Wir haben uns doch bereits mehrere Male gesehen."

„Hol die Gläser. Dann verrate ich es."

Ella hatte die Flasche bereits geräuschlos geöffnet und goss ein. Sie setzten sich, tranken und Ella lüftete endlich ihr kleines Geheimnis.

„Als du zusammengeschlagen wurdest und Tai dich bei mir abgeladen hat, durfte ich dich nicht nur entkleiden, sondern auch waschen. Die Mädchen haben mir zwar geholfen, aber die meiste Zeit habe ich an deinem Bett gesessen und dir mit kühlen, nassen Lappen dein Gesicht abgetupft. Da schaut man schon mal genauer hin. Ich habe gesehen, dass dein Lidstrich nicht echt ist. Na ja, echt schon, aber es ist nur Permanent Make-up. Stimmts?"

Mai lächelte. „Stimmt."

"Als du eben in der Küche deinen Mittelfinger gequält hast, war ich mir sicher."

Mai grinste. „Shit. Dumme Angewohnheit. Und wie geht es jetzt weiter?"

Ellas Sorgenfalte zwischen den Augen wurde tiefer. „Was meinst du?"

„Na ja, Du bist jetzt eingeweiht", sagte er.

„Ganz einfach, dieses Mal bin ich nicht die Klofrau, sondern die Barfrau."

Sie lachten. Mai hob sein leeres Glas. „Nehmen wir noch eins, Ella?"

„Gern."

Mai nippte am Champagner und konnte seine Augen nicht von ihr lassen. Die Veränderungen waren enorm. Seine Erinnerungen verschwammen und er spürte die Wirkung des Alkohols. Die Kombi Schmerztabletten und Champagner waren wohl doch keine gute Idee gewesen. Aber jetzt hatte er den Mut zu beichten. „Ella, ich muss dir etwas sagen."

Sie schleuderte ihre rote Mähne über die Schulter und blickte ihn konzentriert an. Dieser Blick machte es ihm unmöglich, weiterzusprechen. Er schaute nach unten, besann sich und begann erneut.

„Ella, ich fand dich vom ersten Augenblick an anziehend. Du bist einfach eine außergewöhnliche Frau. Das hätte ich natürlich nie aussprechen dürfen, wenn … na, du weißt schon."

Sie versuchte ernst zu bleiben und genoss den Moment seiner Verlegenheit. Doch dann hielt sie es nicht mehr aus: „Axel von Büren, du bist so ein Trottel! Glaubst du etwa, ich hätte nicht gemerkt, dass du mir auf den Arsch gestarrt hast? Ich war zwar benebelt von dem Sturz, aber deine Blicke haben mir ja fast Löcher in mein Hinterteil gebrannt." Sie zwinkerte ihm zu und seine erstarrten Gesichtszüge wichen einem erleichternden Lächeln. Er senkte den Kopf und brummte: „Wie peinlich."
Ella lachte. „So, so, du stehst also auf Größe vierzig und Heu vor der Hütte?"
Er legte seine flache Hand auf die Herzseite seiner Brust. „Ja, ich gestehe. Und ich habe jede deiner Berührungen genossen, als du mich ausgezogen und gewaschen hast."
Ella bog die Schultern nach hinten: „Aha, so krank warst du also gar nicht? Schauspieler."
Er zwinkerte ihr zu und flüsterte: „Nein, natürlich war ich krank, aber ich bin nun einmal ein sehr feinfühliges Wesen."
„Du stehst also darauf, gewaschen zu werden und stellst dich gerne tot?"
Er lachte auf und hielt sich die Rippen. „Hör auf. Nein. Natürlich nicht. Aber du bist schon sehr vorsichtig und zärtlich mit meinem zerschundenen Körper umgegangen. Das darf ich doch sagen?"
Ella streichelte seine Hand und flüsterte: „Habe ich gern gemacht. Du warst aber auch ein Häufchen Elend. Mannomann." Dann verzog sich ihr Mund zu einem Grinsen und sie fragte: „Eine Sache möchte ich

jetzt aber noch wissen. Wie konntest du ohne Büx ausreißen? Die liegt nämlich immer noch bei mir."

Mai hatte gerade einen Schluck Champagner im Mund und prustete ihn Ella entgegen.

„Hey! Ich habe heute schon geduscht!" Sie sprang auf und lief in die Küche. Als sie wieder im Türrahmen erschien, wischte sie immer noch das Handtuch über ihr Dekolleté.

Mai lachte, entschuldigte sich und begann zu erzählen: „Eigentlich musste ich nur auf die Toilette. Ich war aber noch völlig benommen, ob von den Schmerzmitteln oder vom Opium, weiß ich nicht mehr. Auf jeden Fall habe ich die Klotür gerade so gefunden, mein Geschäft erledigt und mir die Jogginghose angezogen, die über dem Heizkörper lag. Erst zu Hause habe ich realisiert, dass es gar nicht meine ist. Die gebe ich natürlich zurück, gehört bestimmt einem der Freier."

Ella schmunzelte und Mai rutschte näher an sie heran. Dann flüsterte er ihr ins Ohr: „Können wir jetzt bitte aufhören zu reden?"

16

Paul war am heutigen Sonntagmorgen bester Laune. Er hatte eine sportliche dunkelblaue Hose aus dem Schrank gezogen und ein blau-weißes Poloshirt dazugelegt. Der Anblick gefiel ihm. Er wollte heute besonders gut aussehen, weil Marion ihn zum Frühstück eingeladen hatte. Praktischerweise wohnte sie über ihrer Gaststätte, die nur wenige Gehminuten von seinem Haus entfernt lag.

„Moin, Paul. Oh, für mich? Was für schöne Frühlingsblumen! Komm herein." Marion strahlte und nahm ihm den Korb ab. Als er ins Esszimmer kam, war der Tisch schon reich gedeckt.

„Hast du noch jemanden eingeladen, Marion?"

Sie kam lachend aus der Küche und ihr war klar, dass sie, wie immer, entschieden zu viel aufgetragen hatte. „Du musst doch satt werden", sagte sie und streichelte dabei seinen kleinen Bauch. Er schaute erschrocken nach unten. Eigentlich wollte er ab und nicht zunehmen, aber das Thema würde er für heute vertagen. Sie goss Kaffee ein, nahm die Bergedorfer Zeitung von ihrem Stuhl und setzte sich. „Übrigens, die habe ich auch noch besorgt. Die liest du doch, richtig?"

Paul hatte bereits den ersten Bissen im Mund und konnte nur eifrig nicken. Er freute sich sehr darüber und hoffte, dass sich nach dem letzten gemeinsamen

Abend mehr zwischen ihnen entwickeln würde. Nach den langen Jahren des Alleinseins wäre er froh, wieder jemanden an seiner Seite zu haben. Ferner hatte er vielleicht die Chance, in den vorzeitigen Ruhestand zu gehen, und Marion könnte in der Gaststätte eine helfende Hand gut gebrauchen. Aber darüber mit ihr zu sprechen wäre mehr als verfrüht, und er genoss das Roastbeef, das sie gestern frisch gebraten hatte.

Marion trug ihre gewellten Haare heute offen. Auch schön, dachte er, und kaute genüsslich das Rind mit Senfaufstrich und roten Zwiebeln. Kochen kann sie fantastisch, dachte er. Ob das allerdings für seine Figur gut wäre?

„Du bist heute aber schweigsam, Paul."

Er schüttelte energisch den Kopf, schluckte das zerkaute Roastbeef herunter und sagte: „So, jetzt. Ich schweige, weil ich genieße. Beim Essen soll man bekanntlich nicht sprechen, und du bist schuld daran, dass ich so schweigsam bin. Warum deckst du auch soo …!" Er ließ seine Hand einmal von links nach rechts über den Tisch wandern. „… einen Frühstückstisch!"

Marion hielt seine Hand fest und küsste flüchtig die Finger. „Du Spinner! Dann hau rein! Reden können wir noch den ganzen Tag. Du bleibst doch?"

„Sehr gern", antwortete er und zog sich noch ein Brötchen aus dem Korb.

Den Tisch hatten sie längst abgeräumt und beide saßen bei Kaffee und Bergedorfer Zeitung, Marion Sport und Kultur, Paul den Rest. Die Lauenburger

Seite schien Paul besonders zu interessieren, denn er hatte seit Langem nicht mehr umgeblättert.

„Bist du eingeschlafen, Paul?“

Er reagierte nicht. Langsam legte sie ihren Zeigefinger auf den Zeitungsrand und drückte das Blatt nach unten. Erschrocken blickte er hoch. „Ja.“

„Das muss ja ein ganz brisanter Stoff sein, den du dir gerade reinziehst.“

„Ach was“, sagte er und zog die Zeitung wieder vor sein Gesicht. Er musste dringend Axel informieren, wenn er es nicht schon wusste. Also erhob er sich mit dem Vorwand, aufs WC zu müssen, zog im Vorbeigehen sein Handy aus der Jackentasche und verschwand.

„Paul, du am Sonntagmorgen? Was gibt’s?“

„Es geht um 3705, um die Lieferadresse.“

„Was ist damit?“

Auf dem Konnossement ist doch als legitimierter Inhaber der Waren, TLP, Lauenburg, Industriestraße 8, eingetragen, richtig?

„Ja. Mach es nicht so spannend, Paul! Was ist los?“

„Der Inhaber, Axel Pohl, ist tot.“ Das Schweigen am anderen Ende der Leitung verriet ihm, dass Axel noch nichts wusste. „Axel?“

„Scheiße. Da ist irgendetwas schiefgelaufen. An dem Tag, an dem ich mit Tai die Beladung der Schute kontrollieren sollte, kam ich zu spät, aber das Schiff war noch gar nicht da. Am selben Abend wurde ich brutal zusammengeschlagen, ein Rippenbruch, massive Rippenprellungen, Gehirnerschütterung und eine Nadel im Genick.“

„Wie, Nadel, was meinst du?“

„Die Arschlöcher haben mir ein Opiat gespritzt. Aber dazu ein anderes Mal. Woher hast du die Info?"

„Ich bin gerade bei Marion und habe die Bergedorfer gelesen. Du hältst die Füße still, ich melde mich."

„Alles klar, bis gleich."

Paul musste Marion die Situation erklären, ohne sie aufzuregen. Das war nicht einfach und anlügen wollte er sie nicht. Als er in die Stube kam, studierte sie gerade das Kulturblatt und schenkte ihm einen Luftkuss über den Zeitungsrand.

„Marion, ich muss nach Hause, einige Telefonate führen, ist dienstlich und wirklich wichtig."

Ihr Lächeln erstarrte und sie blickte ihn fragend an.

„Glaube mir, es ist besser, wenn du nicht eingeweiht bist. Es geht um einen Fall, an dem wir schon lange arbeiten. Ich habe Angst um dich, wenn du mehr weißt als nötig. Kannst du das verstehen?"

Sie holte tief Luft und sagte ernst: „Dann hättest du besser gar nichts sagen sollen. Rede."

Paul nahm die Bergedorfer vom Tisch, schlug die Lauenburger Seite auf und wies auf den Artikel.

Grausamer Mord in Lauenburg
Am späten Abend entdeckte der Spaziergänger Martin M. vor der Tür des Unternehmens TLP, in der Industriestraße 8, Blutspuren, die zur Leiche des Firmeninhaber Axel Pohl führten. Die Art und Weise seines Todes weist eindeutig auf die Mafia hin.

„Und damit hast du täglich zu tun?"

Er streichelte ihren Arm. „Nein, aber oft. Meine Abteilung kümmert sich um alle Fälle des organisierten Verbrechens. Das ist schon eine harte Nummer. Ich weiß, und darum muss ich los, melde mich aber bei dir, wenn ich alles erledigen konnte. Ich möchte dich unbedingt noch sehen." Dann gab er ihr einen Kuss und ging.

Der Weg bis zu seinem Haus kam ihm länger vor als sonst. Endlich sah er den Eingang, zog den Schlüssel aus seiner Tasche und erschrak. Das Fenster des Gästebades stand weit offen. Langsam näherte er sich der Wand und versuchte, auf Zehenspitzen hineinzusehen. Shit. Jetzt hast du einmal nicht deine Dienstwaffe mit, dachte er, und umrundete das Haus, um auf die Terrasse zu gelangen. Doch die angrenzende Nadelhecke nahm ihm die Sicht auf die Glasfront des Wohnzimmers. Jetzt hasste er sich dafür, dass er sie im Herbst nicht heruntergeschnitten hatte. Also ging er zurück, um über die andere Seite mehr Einsicht zu gewinnen. Als er an dem geöffneten Fenster wieder vorbeikam, glaubte er, ein Geräusch zu hören, oder war das der Wind? Er ging weiter. Auf der rechten Seite des Hauses hatte er mehr Glück. Die Strauchrosen gewährten ihm einen guten Blick in den Wohnbereich, und er entdeckte tatsächlich einen großen Seesack neben dem Sessel. Verdammt, da passt eine Menge rein, waren seine ersten Gedanken, bevor er sein Handy zog.

„Papa?"

Paul schrie auf: „Nein! Leon, du?"

Sein Sohn grinste. „Ja. Was treibst du hier, Papa?"

Paul begann zu stottern: „Ich dachte, na ja, das Fenster vorn stand auf …"

„Nee, ne? Das ist jetzt nicht dein Ernst, Papa! Du hast gedacht, ich bin ein Einbrecher?" Leon fing schallend an zu lachen und klatschte seine flachen Hände immer wieder auf die Schenkel. „Ha, ha, ha. Der ewige Kriminalist. Hinter jeder Ecke ein Verbrecher, was?" Wieder fing er herzlich an zu lachen.

„Ist ja gut, Junge. Lass uns hineingehen. Schön, dass du da bist."

Endlich im Haus wollte Paul den Grund des Überraschungsbesuchs wissen, doch Leon entschied, das Geheimnis noch nicht zu lüften.

„Leon, sei mir nicht böse, aber ich habe eben meine Frühstückseinladung unterbrochen, weil ich dringende Telefonate wegen eines Mordfalls führen muss. Es kann leider eine Stunde dauern. Dann wollte ich eigentlich zurück zu meiner Bekannten. Aber das können wir nachher noch besprechen. Ich muss." Er drückte ihm liebevoll den Arm, ging in sein Büro und schloss hinter sich die Tür. Die Enttäuschung im Gesicht seines Sohnes sah er nicht.

Als Paul wieder ins Wohnzimmer trat, war Leon verschwunden. Auf dem Esszimmertisch lag eine kurze Nachricht:

Schade, dass dir deine Arbeit mal wieder

wichtiger ist als ich. Dein Sohn Leon

„Scheiße!" Er fegte mit einem Wisch den Zettel vom Tisch. „Scheiße! Scheiße!"

„Was ist Scheiße, Papa?"

„Leon!" Er rannte auf ihn zu und riss ihn in seine Arme. Dann drückte er ihn wieder von sich und schaute ihm tief in die Augen. „Denkst du das wirklich? Das stimmt doch nicht. Ich habe eben einen scheiß Job. Aber wir haben doch immer alles besprochen, oder?"

Leon sah nach unten und murmelte: „Aber wir haben nur uns, und ich war so lange weg. Ich bin einfach nur stinksauer."

„Schon gut. Ich sage Marion, dass ich nicht mehr komme, und wir machen uns einen schönen Tag." Er zog das Telefon aus der Tasche, doch Leon hielt seine Hand fest und sagte: „Gegenvorschlag. Wir beide hauen uns aufs Sofa, ich erzähle dir in Ruhe alle Neuigkeiten und du lädst deine neue Flamme heute zum Abendessen ein. Ich koche."

„Du kochst?"

„Hallo. Ich bin seit sechs Jahren auf See. Glaubst du, wir essen alles, was der Smutje uns vorsetzt. Da fängst du freiwillig an zu kochen."

„Ok, machen wir so, aber nur, wenn du mir deine Überraschung verrätst."

Leon bückte sich und zog eine Urkunde aus dem Seesack. „Ich bin jetzt nautischer Wachoffizier. Noch zwei bis drei Jahre Erfahrung auf See und dann bekomme ich mein Befähigungszeugnis zum Kapitän."

17

Clara lief gerade die Treppe hinunter, als erste Stimmen im Flur zu hören waren. Schnell drehte sie sich noch einmal um und zog den Lippenstift nach. Ein letzter Blick in den Spiegel ließ ihr Herz höherschlagen. Fantastisch siehst du heute wieder aus, dachte sie und drehte sich in ihrem neuen Kleid mehrfach um die eigene Achse. Normalerweise trug sie am liebsten Armani oder Boss, aber die fein gearbeitete tannengrüne Spitze über dem schwarzen Unterkleid hatte es ihr einfach angetan. Sie trug keine Kette, wollte das Kleid selbst wirken lassen und streifte sich einen breiten Weißgoldarmreif über das schmale Handgelenk, der mit unzähligen Smaragden verziert war. Stolz schritt sie die Treppe hinunter und breitete ihre Arme aus. „Peer, mein Lieber, willkommen!"
Der Friseur strahlte sie an. Clara sah zu ihm hinunter und bewunderte mal wieder seinen Mut zur Farbe. Heute hatte er sich in eine goldene Hose gezwängt und trug dazu ein kobaltblaues Hemd mit wirren goldenen Aufdrucken. Eindeutig Versage, dachte sie und nahm die letzte Stufe ins Foyer. Er verbeugte sich tief, als sie vor ihm stand, und hatte seine Hände zum Gebet gefaltet. „Madonna, Clara, du bist schön wie eine Göttin. Was für ein Kleid."

Er nahm ihre Hand und deutete einen flüchtigen Kuss an. Dann umrundete er die Gastgeberin und blieb vor ihr stehen. Daumen und Zeigefinger stützten sein schmales Kinn, und seine blaugrauen Augen scannten ihr Outfit. Clara war genervt, räusperte sich und ging an ihm vorbei.

Er folgte ihr und rätselte weiter. „Hm, Dolce ist es nicht, für Boss ist es zu verspielt und für Armani auch. Hm. Aus der neuen Gucci Kollektion kann es auch nicht sein, die kenne ich. Versace ist zu schrill."

Clara war stehen geblieben, lächelte und wartete ab.

„Madonna, Clara, bitte!"

„Laurel", sagte sie kurz und ging in die Bibliothek.

Geknickt dackelte er hinterher. „So, so, die Dame von Welt kauft neuerdings unter ihrem Niveau ein."

Clara stand mit dem Rücken zu ihm. Sie drehte sich abrupt um. Ihre Gesichtszüge waren erstarrt, und er wusste sofort, dass er zu weit gegangen war.

Sie rief: „Gloria!"

Ihre Haushälterin hörte bereits an der Stimmlage, dass ihre Herrin verärgert war und beeilte sich. „Bitte, was Frau Clara wünschen?"

„Begleite diesen Herrn bitte zur Tür. Er möchte gehen."

Peers Kinn fiel einige Zentimeter tiefer und seine Nasenflügel fingen an zu beben. Ohne ein Wort des Abschieds folgte er der Haushälterin, und Sekunden danach hörte man die schwere Holztür ins Schloss fallen. Als Gloria zurück in die Bibliothek kam, war Clara nicht mehr da. Sie stand bereits an der riesigen Glasfront des saalähnlichen Wohnbereichs und schaute in ihren Park. Dieser Anblick beruhigte sie und ihre Laune hob sich. Auch die Sonne lugte hinter den Wolken hervor und die Temperaturen waren an diesem vierten Sonntag im März auf beachtliche 10 Grad geklettert.

Jedes Jahr empfing sie eine kleine Runde von Freunden und Familie zu einem Frühjahrsbrunch. Nun war die Runde eben noch kleiner. Sie schmunzelte und freute sich umso mehr, dass ihr neuer Restaurantleiter und der neue Chefkoch kommen würden. Eigentlich standen noch andere Gäste auf ihrer Wunschliste, aber dann hätte sie Vater ausladen müssen. Nein. Das wäre ungebührlich gewesen und schließlich war er der Einzige, der ihr noch von der eigenen Familie geblieben war. Sie zuckte zusammen. Nein. Das war nur die halbe Wahrheit. Sie war da, immer noch. Leider. Aber sie gehörte schon lange nicht mehr zur Familie. Schnell suchten ihre Augen einen schönen Platz in dem wundervoll angelegten Garten und blieben am Jugendstilbrunnen hängen. Drei leicht bekleidete Jungfrauen tanzten vergnügt um eine Wasserfontäne, unter ihnen ein goldener Sockel mit Löwenköpfen, die aus weit aufgerissenen Mäulern eigentlich kleine Wasserfälle speiten. Doch auf diesen Anblick musste sie wohl noch einige Wochen warten. Wieder dachte sie an Peers abwertende Bemerkung und atmete tief durch. Die einströmende Luft weitete ihren Brustkorb, und sie hielt kurzzeitig den Atem an. Der ist Geschichte, dachte sie, und atmete laut aus.

„Champagner!", rief sie einem Bediensteten zu, nahm das Glas vom Tablett und trank.

Es läutete. Glorias Schritte waren zu hören, und sie wartete neugierig ab, wer wohl der Erste sein würde. Ah, die Erste, dachte sie, als sie die Stimme ihrer Freundin erkannte. Aber Xenia war weit mehr als das. Ihre Vertraute. Ihr Fels in der Brandung. Ihre Verbündete. Einfach alles. Sie war das einzige Wesen auf dieser Erde, dem sie bedingungslos vertraute. Als das Unternehmen wuchs, musste sie eine Dachgesellschaft gründen. Xenia übernahm die Geschäftsführung und Clara war sehr froh darüber, dass sie ihre Freundin mit ins Boot geholt hatte, denn allein war dieses Imperium nicht mehr zu überblicken. Und Xenia ist ein Vollprofi.

„Moin, meine Liebe. Wow, was für ein tolles Kleid! Lass dich umarmen."

Die Frauen küssten sich nur flüchtig links und rechts auf die Wangen, um ihre Schminke nicht zu verwischen. Dann zog Clara ihre Freundin vor die riesige Glaswand. „Ist das nicht herrlich, hm?"

Xenias dunkelbraune Augen zogen sich etwas zusammen, als wenn sie die Sonne blenden würden. Aber das hatte einen ganz anderen Grund. Wenn ihre Freundin hier stand, hatte sie sich gerade über etwas aufgeregt. Das passiert oft in letzter Zeit, dachte sie, und erinnerte sich an ihren kürzlichen Wutausbruch. Oder ging es mal wieder um ihren Vater. Ein komischer Kauz. Aber das würde sie Clara gegenüber natürlich nie äußern. Also fragte sie: „Worüber hast du dich geärgert, Süße? Sag schon."

144

Ein sanftes Lächeln umspielte Claras Lippen. „Über meinen Friseur. Peer hat doch tatsächlich gemeint, dieses Kleid von Laurel wäre unter meinem Niveau."
Xenia riss die Augen auf. „Was erlaubt der sich? Du hast ihn vor die Tür gesetzt, richtig?"
Clara lächelte zustimmend und sagte: „Lass uns bitte das Thema wechseln."
„Natürlich, Süße. Schließlich will ich dich heute nur lächeln sehen. Also, wen hast du alles eingeladen?"
„Zunächst den neuen, eigentlich alten, Restaurantleiter des Restaurants Teufelsbrück, Peer Friedrichsen. Dann lernst du ihn endlich kennen. Schließlich sollt ihr zusammenarbeiten. Ferner natürlich Lasse Hanssen, der sich hervorragend als neuer Chefkoch eingearbeitet hat. Er kommt mit Frau. Nachfolgend meinen Vater, meinen Fahrer mit Frau und Gloria, die heute mal nicht arbeiten soll. Darum hat sie schon ihr kleines Schwarzes an. Ich habe sie nur gebeten, die Gäste in Empfang zu nehmen. Den Rest erledigen einige Angestellte aus dem neuen Restaurant. Schließlich zahle ich ihnen weiter den Lohn, obwohl das Restaurant wegen der Umbaumaßnahmen teilweise geschlossen ist. Herr Friedrichsen hat die Kollegen ausgesucht. Ich vertraue ihm."
„Du vertraust aber sonst nicht so schnell. Habe ich da was verpasst?"
Clara rollte mit ihren Augen und winkte ab. „Quatsch. Ich finde ihn nett und er sieht natürlich hervorragend aus."
Xenia lachte. „Du findest ihn nett und er sieht hervorragend aus, natürlich. So. So."

Clara stieß Xenia sanft in die Seite und schmunzelte. „Ach, höre jetzt auf damit. Anderes Thema. Das waren alle, mit meinem Friseur wären wir zehn gewesen. Oh, nein! Ich habe Ansons vergessen, meinen Architekten. Aber vielleicht kommt der gar nicht. Er hat weder ab- noch zugesagt, ist beleidigt, weil Friedrichsen ihm seine Umbaupläne fürs Restaurant zerschossen hat. Aber seine Ideen sind hervorragend, ausgereift und einfach nur gut."

Xenia legte ihre Hand unters Kinn und taxierte Claras Gesicht. „Süße, pass bloß auf, dass der neue Restaurantleiter das nicht bemerkt."

„Was bemerkt, hm?"

„Süße, du bist über beide Ohren in ihn verliebt!"

Clara wurde rot. Shit, war das so offensichtlich? Sie musste schnell die Schilder tauschen, rannte zum großen Esstisch und tat es. Neben ihr saßen jetzt Lasse Hanssen und seine Frau, rechts von ihr hatte sie ohnehin Xenia vorgesehen.

Ihre Freundin war ihr gefolgt und sah grinsend zu. Dann streichelte sie ihren Arm und flüsterte ihr ins Ohr: „Gut, dass du nicht immer nur die knallharte Geschäftsfrau heraushängen lässt. Auch wenn wir in Hamburg noch viel vorhaben, Boss. Du darfst auch Frau sein. Fang wieder an, zu leben und damit meine ich hauptsächlich zu lieben. Ich freue mich für dich und drücke die Daumen." Dann küsste sie ihre Freundin zart aufs Ohr und winkte dem Kellner zu. „Zwei Champagner, bitte."

Die nächsten Gäste kamen und Gloria eilte zur Tür. Lasse betrat den Raum und zog eine bezaubernde

Brünette hinter sich her. Clara staunte. Die Frau war eine Erscheinung und irgendwie passte sie so gar nicht zu dem unscheinbaren Hanssen. Mit einem aufgesetzten Lächeln wischte sie ihre Gedanken weg und ging auf beide zu. „Herzlich willkommen. Ich freue mich, dass ich endlich Ihre bezaubernde Frau kennenlernen darf."

Im Hintergrund sah sie bereits ihren langjährigen Fahrer, Carl, mit seiner Frau. Also fiel die Begrüßung kurz aus. Sie entschuldigte sich und ging ihnen entgegen. „Carl, mein Lieber und Anna, wie schön. Geht es Ihnen wieder besser?"

Die grauhaarige Dame lächelte zustimmend. Clara winkte einen Kellner heran und verteilte den Champagner. Nebenbei sah sie zur alten Standuhr. Es war bereits Viertel vor zwölf. Sie hätte doch besser eine feste Uhrzeit auf die Einladung drucken lassen sollen. So musste sie nun wenigstens noch bis um zwölf warten. Das ärgerte sie und die Enttäuschung stieg in ihr hoch, dass Ansons, Friedrichsen und sogar ihr Vater noch fehlten. Sie setzte schnell ihr bezauberndes Lächeln auf, erhob das Glas und sagte: „Auch wenn noch Gäste fehlen, zum Wohl."

Die Gäste bedankten sich für die Einladung und hoben die Gläser. Es läutete, und Clara blickte sehnsüchtig zur Tür. Männerstimmen waren zu hören, und sie hoffte, dass er auch dabei war.

Xenia hatte ihre Freundin schon länger im Blick und lächelte in sich hinein. Sie war gespannt, welche Erscheinung von Mann Clara so aus der Bahn geworfen hatte. Und dann stand er im Türrahmen. Wow, dachte Xenia. Den würde ich auch nicht von der Bettkante stoßen.

Clara bemühte sich, ihre Nervosität zu zügeln und ging sehr langsam auf ihn zu. Als sie jedoch ihren Vater hereinkommen sah, entschuldigte sie sich kurz, ging an ihm vorüber und begrüßte den alten Herrn liebevoll mit einigen Küssen. „Du siehst heute sehr entspannt aus, Vater. Ist alles gut, hm?"

Er drückte einmal fest ihre Hand und sie wusste Bescheid. Dann gingen sie gemeinsam zu dem neuen Restaurantleiter und Clara stellte die Herren vor. Sie winkte die Bedienung heran, nahm die Gläser vom Tablett und blickte noch einmal zur Uhr. Zwölf. Nein, länger würde sie nicht warten, also erhob sie das Glas. „Auf einen angenehmen Tag und den baldigen Frühling! Oder um es mit Goethe zu sagen, im Tale grünet Hoffnungsglück!" Ihre Hand wies zur großen Glasfront, mit Blick in den prachtvoll angelegten Garten, den die Frühjahrssonne in all seinen unterschiedlichen Formen erstrahlen ließ. Die Gäste prosteten ihr zu und sie konnte das Buffet endlich eröffnen.

Lasses kritischer Blick wanderte über diverse Desserts hin zu den Käse- und Obstplatten. Die Salatkreationen waren ästhetisch angerichtet, auch das kleine Podest mit Ei und Kaviar. Selbst die Toast-Ecken waren perfekt im Korb mit Tüchern abgedeckt. Die Chefin hasste kaltes Toastbrot. Das wusste er. Vorsichtig schaute er in die Warmhalte. Das Rinderfilet war auf den Punkt gegart und die Gemüsevariationen sahen hervorragend aus.

„Na, Lasse. Noch ein letzter kritischer Blick, hm?" Clara lächelte ihn nur an und zog sich einen Teller vom Stapel.

Um vierzehn Uhr hatte sich auch Architekt Ansons zu ihnen gesellt, angeblich war noch ein Termin dazwischengekommen. Clara glaubte nicht daran. Jedoch war sie sehr überrascht, dass er sich mit den Ideen von Friedrichsen beschäftigt hatte, und so sprachen die Männer bereits seit mehr als vierzig Minuten über die Umbauten im Restaurant Teufelsbrück. Der eine erklärte die optimalen Abläufe eines Restaurantbetriebs und der andere die technischen und insbesondere die statischen Möglichkeiten des Umbaus. Clara freute sich sehr, dass Ansons das Kriegsbeil begraben hatte und auf ihren Restaurantleiter zugegangen war.
Vater plauderte mit Carl und seiner Frau und fühlte ihnen wohl auf den Zahn. Doch das konnte er sich ihrer Meinung nach sparen. Die beiden waren loyal. Xenia unterhielt sich angeregt mit Lasse und versuchte ihm einige Rezepte zu entlocken. Er war so gnädig. Alle schienen sich wohlzufühlen, nur Clara selbst nicht. Sie saß unbeteiligt neben ihrer Freundin und ihre Blicke wanderten immer wieder zu ihm. Kurzentschlossen stand sie auf und ging zu den beiden Männern hinüber. Peter Ansons sprach gerade über eine Tragwerksplanung, was sie nicht im Geringsten interessierte, aber sie tat so. Als die Gastgeberin sich jedoch neben Friedrichsen niederließ, unterbrachen sie ihr Gespräch. Clara versuchte sich im

Small Talk: „Bist du auch gesättigt, Peter? Es war noch ausreichend da, hm?"

„Ja, alles wunderbar, und entschuldige bitte mein spätes Erscheinen."

Sie lächelte besänftigend und bat darum, sich kurzzeitig mit ihrer Geschäftsführerin und Herrn Friedrichsen in die Bibliothek zurückziehen zu dürfen. Dann nickte sie Peer Friedrichsen zu und gab Xenia ein Handzeichen. In der Bibliothek angekommen fragte sie: „Whiskey, Cognac oder was darf es sein?"

Friedrichsen stülpte seine Lippen etwas nach vorn und schien zu überlegen. „Wie wäre es mit einem Whiskey Sour?"

„Oh, ja!" Xenias Faust war nach oben geschnellt. „Ich hole die Zutaten." Sie war aufgesprungen, hielt sich aber gleich an der Armlehne fest. Es war offensichtlich, dass sie bereits einen Champagner zu viel getrunken hatte.

„Bleib sitzen! Ich habe alles hier. Mein Vater trinkt den auch sehr gern. Dort ist ein kleiner Kühlschrank, Herr Friedrichsen, hinter der mittleren Tür. Statt Eiweiß nehmen Sie von Giffard Egg White Sirup. Limetten und Presse finden Sie in der Tür."

Friedrichsen ging hinüber, stellte drei Gläser auf die Anrichte, zog die Tür auf, bediente sich und rief der Gastgeberin zu: „Wo finde ich Eiswürfel, bitte?"

Clara zeigte auf die Tür daneben. Er fügte alle Zutaten in den Shaker, schüttelte ihn kräftig und goss den Inhalt nach und nach in die Gläser. Gekonnt jonglierte er die Drinks zu den Damen.

Xenia erhob das Glas und rief lauthals: „Auf Peer Friedrichsen, den Mann, der alles kann!"

Clara sah ihre Freundin verärgert an.

„Was ist? Ist doch wahr! Außergewöhnlich, dass er so viel kann. Findet man nicht oft. Den solltest du dir warmhalten!"

Clara sprang auf und schrie: „Xenia! Es reicht!"

Doch sie lallte unbeirrt weiter: „Toller Restaurantleiter, versteht was von Architektur und von Statik. Wer weiß, welche Talente noch in unserem neuen Restaurantleiter schlummern? Vielleicht ist er sogar ein toller Liebhaber, schnuckelig ist er ja."

Clara kochte vor Wut. Dem musste sie ein Ende setzen. Friedrichsen nippte immer wieder an seinem Glas und sah schmunzelnd auf den Boden. Clara entschuldigte sich für ihre Freundin, die immer noch wirres Zeug vor sich hin plapperte. Sie bat Xenia endlich, ihren Mund zu halten. Schließlich hatte sie den Mann noch nie gesehen und schon gar nicht mit ihm gesprochen. Also musste ihm klar sein, dass diese Informationen von ihr stammten. Sie stand auf, nahm Xenia das Glas aus der Hand und zog sie aus dem Sessel. Sie versuchte, die peinliche Situation zu überspielen. „Komm. Es reicht. Was ist denn heute mit dir los? Hat dein Freund mit dir Schluss gemacht, oder was?"

Sie lächelte Friedrichsen noch einmal zu und brachte Xenia in eines der Gästezimmer. Dann gesellten sie sich wieder zu den anderen.

Mitternacht. Sie war wieder allein. Ihr Handy signalisierte eine eingegangene WhatsApp-Nachricht.

18

Samanta war seit Tagen nicht in der Bar gewesen und Ella machte sich große Sorgen. Sie erinnerte sich an ihre absurde Bitte und es lief ihr immer noch kalt über den Rücken. Sie versuchte sich abzulenken und sortierte die Likörflaschen. Ein Blick auf die Uhr zeigte ihr, dass es gleich so weit war, und wenn sie die Geräusche vor der Tür richtig interpretierte, warteten schon einige Gäste. Also entschloss sie sich, zu öffnen. Jede Ablenkung tat gut. „Moin, moin. Na, Männers, erst mal 'n Köm?"

Die vier Jungs vom Containerhafen begrüßten Ella überschwänglich und freuten sich, dass sie schon öffnete. „Nee, uns Jan hat Geburtstag. Knallköm, Ella, aber gleich `ne Buddl."

Nach und nach füllte sich die Bar und sie vergaß vorübergehend die Sorge um Samanta. Trotzdem schweifte ihr Blick immer wieder zur Tür, in der Hoffnung, sie doch noch zu sehen.

„Ella, mein süßer Feuerball, noch vier **Sex on the beach**, aber gleich. Wir verdursten!"

Ella grinste und hielt den schwankenden Seemann am Arm fest. „Sicher, dass du noch einen verträgst?"

„Tüülich! Auch noch zwei und drei und …"

Dann fiel er um. Ella umrundete lachend den Tresen und half ihm wieder auf die Beine. „So, du setzt dich nu schön wieder hin, Hermann. Ich mach' dir 'n

Mokka, und dann reden wir noch mal über die vier *Sex on the beach.*"

Drei Mädels sprangen auf und kamen Ella entgegen. „Wir haben ihm gleich gesagt, er soll es sein lassen. Der verträgt doch nichts mehr. Wir trinken nur Cocktails, aber er trinkt noch Bier und Kurze dazu. Das konnte ja nicht gut gehen."

Ella drückte den Trunkenbold auf einen der Stühle und stemmte ihre Fäuste in die Hüften. „Ich mach' ihm nen Mokka und ihr passt auf, dass er mir nicht unter den Tisch rutscht."

Lissy hatte seit Wochen geübt und mixte gekonnt einen Cocktail nach dem anderen. Ella freute sich, dass sie ihre Unsicherheit fast verloren hatte und hob zwischendurch immer mal wieder den Daumen, um ihr ein kleines Lob durch den Raum zu senden. Dann drehte sie weiter ihre Runden, begrüßte einige Stammgäste und griff sich nebenbei die leeren Gläser. Gelegentlich wanderte Ihr Blick zur Eingangstür, aber von Samanta keine Spur.

„Hey, Ella!", rief ihr eine blonde Dame entgegen.

„Na, Deern, was darf's sein?"

„Hier soll es einen Cocktail geben, der nicht auf der Karte steht."

Ella grinste breit und sagte: „Stimmt."

Die meisten Stammgäste fingen an zu lachen, weil Ella mit Neuen immer dieselbe Nummer abzog. Gespannt warteten sie ab. Die blauen Augen der jungen Frau tanzten nervös hin und her. Sie fing an zu stottern: „Ja, äh, wie heißt denn der Cocktail?"

„Cocktail", antwortete Ella kurz. Mittlerweile waren die Gespräche in der Bar fast verstummt, denn alle freuten sich auf die Pointe. Die junge Frau wurde immer unruhiger, hakte aber nach: „Ja, ich weiß, dass es ein Cocktail ist, aber wie heißt er und was ist da drin?"

Ella stemmte ihre Fäuste auf die Hüften, verdrehte die Augen und antwortete: „Deern, der Cocktail heißt Cocktail und eh ich dir das verkasematuckelt habe, was da drin is, trink ihn."

Die Gesichtszüge der Blondine entgleisten. Ihre Stirn legte sich in Falten, die Augenbrauen zogen sich zusammen und ihr Mund hatte sich leicht geöffnet. Ella stand breit grinsend vor ihr und die Gäste fingen laut an zu lachen. Nur die Blondine nicht. Ella hob den Arm. Das Lachen verstummte. Sie beugte sich zu der jungen Frau hinunter und sagte grinsend: „Du sollst ihn kriegen. Komm mit. Ich zeig's dir und der geht aufs Haus."

Ella wanderte um die Tische herum, zog das Mädel hinter sich her und klopfte, am Tresen angekommen, auf einen der freien Barhocker. „Setzt dich."

Dann gab sie Lissy ein Zeichen, dass sie zur Seite gehen soll und begann. Eine schwarze Serviette wanderte vom Stapel auf den Tresen, und im *Hurricaneglas* versenkte sie eine Eiskugel. Dahinter platzierte sie Malibu, Galliano, weißen Rum, Orangen- und Mangosaft und drehte die Etiketten der einzelnen Zutaten zum Gast. Lissy stand im Hintergrund und schaute ihr über die Schulter. Innerhalb von Sekun-

den landeten die Eiswürfel und alle Zutaten im Boston Shaker. Sie grinste die Mädels an und hielt inne. Dann zog sie noch eine Flasche, ohne Etikett, aus der Kühlung und goss eine orangefarbene Flüssigkeit hinterher. Lissy starrte sie an. „Was war das?"
Auch die Blondine runzelte, fragend, die Stirn. Doch Ella lächelte. „Es wäre nicht **Ellas Best**, wenn ich alles verraten würde."
„Also hat er doch einen Namen!", riefen die Mädels.
„Ja, ab heute." Ella schloss den *Boston Shaker* mit dem *Mixingglas*, hob es über ihre linke Schulter und begann kräftig zu schütteln. Die Brüste hüpften in ihrer weit ausgeschnittenen goldenen Corsage hoch und runter, bis sie endlich zur Ruhe kamen, als Ella den Shaker abstellte. Mit einem gekonnten Handkantenschlag trennte sie das Glas vom Shaker, goss Sahne nach und begann von Neuem. Nach dem zweiten Shaken setzte sie den *Strainer* auf den Rand des Bechers, zog sich das *Hurricaneglas* vom Tresen und goss die Mischung über die Eiskugel. Nach einem kurzen Schwenk des Shakers floss der Rest ins Glas. Ella öffnete das Kühlfach unter sich, zog die fertige Dekoration heraus, drapierte sie auf dem Rand des Glases, steckte einen Glashalm hinein und stellte es auf die Serviette. „Zum Wohl."
Blondchen sah lächelnd auf das große Cocktailglas und führte den Trinkhalm langsam zwischen ihre Lippen. Ella starrte sie an. Immer wieder genoss sie den ersten Moment, wenn ein neuer Gast ihren Cocktail probierte, und immer wieder war es spannend.

Die junge Frau hatte die Augen geschlossen und nahm einen Zug nach dem anderen. Ella klopfte ungeduldig ihre Finger auf den Tresen, aber die Blondine trank und trank und hatte die Augen immer noch geschlossen. Die Gespräche waren teilweise verstummt und viele warteten auf eine Reaktion. Doch sie ließ sich nicht stören. Endlich öffnete sie die Augen.

„Na, enttäuscht?", fragte Ella.

„Ja", bekam sie zur Antwort.

„Oha!" Ellas grüne Pupillen schienen sich zu verdunkeln, aber bevor Schlimmeres geschehen würde, sagte die Blondine schnell: „Ja, könnte mehr sein." Dann grinste sie breit und Ella dachte, die Kleine ist ja doch ganz aufgeweckt. „Deern, du gefällst mir. Dann sollst du noch einen aufs Haus kriegen." Gut gelaunt machte sie sich ans Werk und hatte die Eingangstür nicht mehr im Blick. In diesem Moment betrat Samanta die Bar und ging zielstrebig zum Tresen.

„Moin, ist ja schon ziemlich voll hier."

Ella erschrak, strahlte aber, als sie in Samantas grüne Augen sah. Erleichtert sagte sie: „Mensch, Deern, hast du mir einen Schrecken eingejagt! Wo warst du denn die letzten drei Tage?"

Samanta zuckte nur mit den Schultern und schaute unbeteiligt in den Raum. Ella berührte ihre Hand.

„Alles in Ordnung, Kleines?"

Samanta zog sie weg und fauchte: „Was soll denn nicht in Ordnung sein, hm?"

Ella sah sie verwundert an und versuchte, vom Thema abzulenken. Lächelnd berührte sie den Stoff ihres Kleides und fragte: „Neu? Gut siehst du heute aus, Samanta. Das Kleid kenne ich noch gar nicht. Sehr gewagt, aber schön."

„Ich habe ja einen langen Mantel darüber", antwortete sie trotzig und strich sich über die glatten, schwarzen Haare.

Ella war verwirrt. Irgendwie benahm sich ihr Schützling heute eigenartig, aber sie gab nicht auf. „Der Mantel ist auch neu, hab' ich schon gesehen. Schick." Sie hob einen Daumen, aber Samanta reagierte nicht. Jetzt sprudelte es aus Ella heraus: „Sag mal, hat dir jemand eine Gehirnwäsche verpasst oder warum bist du heute so unnahbar und ekelhaft zu mir?"

Samantas grüne Pupillen tanzten nervös hin und her. „Wie meinst du das? Wie bin ich denn sonst drauf?" Ella stemmte ihre Fäuste in die Hüften und sagte verärgert: „Schluss jetzt mit den Fisimatenten. Hallo! Ich bin's! Du hast mir gerade noch dein Herz ausgeschüttet und jetzt bist du kalt wie ein Fisch! Was ist los mit dir, Deern?"

Samanta rieb sich ihr rechtes Auge. Es brannte fürchterlich und tränte sofort. Ella reichte ihr ein Taschentuch über den Tresen. „Deern, nich weinen. Entschuldige. So, jetzt trinken wir einen Sekt zusammen." Ella schlug ihre flache Hand auf den Tresen.

Samanta versuchte zu lächeln, zog den Mantel aus und legte ihn auf den Schoß. Ihre Blicke wanderten über unzählige Köpfe hinüber zum Fenster, vor dem eine alte Laterne hing. Eigentlich müsste sie rot sein, dachte sie und schmunzelte.

„Na, du machst ja schon ein freundliches Gesicht. Ist doch ein Anfang. Hier. Dein Sekt."
Samanta verzog die Mundwinkel zu einem flüchtigen Lächeln und trank. Ella zuckte nur enttäuscht die Achseln und widmete sich wieder ihren Gästen. Doch dann erhellte sich ihr Blick. Mai betrat die Bar. Sie hatten abgemacht, ihre frische Liebe geheim zu halten, und so kam er ernst auf sie zu und legte ihr noch einmal die besprochene Liste der Fertigcocktails auf den Tisch. Außerdem erinnerte er an die noch ausstehende Verkostung. Ella schlug vor, einige Stammgäste anzusprechen und diese gleich einzuladen. Mai war einverstanden und blickte sich um, wen Ella wohl aussuchen würde. Und dann sah er sie, pechschwarzes Haar, rotes Kleid und die schwarzen Stiefel bis über die Knie gezogen. Wow. Sie ist wunderschön, dachte er, und erinnerte sich an die letzte Nacht. Er sah sie an und winkte ihr zu, aber sie nahm keine Notiz von ihm. Scheinbar melancholisch lehnte sie auf dem letzten Barhocker an der Wand und trank ihren Sekt. Mai wandte sich ab und beobachtete Ella, wie sie mit einigen Gästen sprach. Als er seine Blicke schweifen ließ, kam ihm ein erschreckender Gedanke. Ob er wohl beobachtet wurde? Er wusste nie, wie viele Spitzel für Caruso in den Bars und Bordellen arbeiteten. Das Risiko war groß. Er musste Ella härter ansprechen, auch wenn er im Genovese Clan schon als Frauenversteher gehandelt wurde. Ella kam zurück. Er holte tief Luft und sagte ernst: „So, ist jetzt endlich alles geklärt?"

Ella zog die Augenbrauen zusammen und überlegte. Irgendetwas war passiert. In seiner Stimme lag plötzlich etwas Künstliches, Bösartiges. Sie spielte mit und antwortete schüchtern: „Ja." Dann klatschte sie ihm die Liste auf die Theke und ging zu ihren Gästen.

Plötzlich berührte ihn eine warme Hand, und er erschrak. Sie hatte sich neben ihn gesetzt und bat ihre Dienste an. Was sollte das? Erst war sie kühl und jetzt das? Irritiert schob er ihre Hand von seinem Knie und lehnte dankend ab. Doch sie versuchte es erneut und fasste in seinen Schritt.

„Was soll das?" Er war aufgesprungen.

Ella eilte herbei. „Was ist?"

„Hast du deine Nutten nicht im Griff, du Schlampe?"

Ellas Blick verdunkelte sich und sie bat ihn höflich, mit nach hinten zu kommen. Er forderte sich noch ein Bier und folgte ihr. Den eiskalten Blick von Samanta sah er nicht.

Ella knallte die Tür hinter sich zu. Ihr Busen hob und senkte sich, in schnellem Rhythmus. Mit zusammengekniffenen Augen wartete sie auf Antwort.

„Ella, verzeih, ich habe so ein ungutes Gefühl, dass wir beobachtet werden. Übrigens, was ist denn mit der da los?" Seine Hand zeigte Richtung Tür.

Ella hob kurz die Schultern und antwortete: „Das weiß ich auch nicht. Sie hat mir vor drei Tagen ihr Herz ausgeschüttet. Seitdem ist sie kühl, distanziert und noch verschwiegener als sonst. Was war denn eben los? Warum bist du so ausgerastet?"

Mai verdrehte die Augen und schüttelte den Kopf. „Stell dir vor, sie hat mir in den Schritt gefasst und ihre Dienste angeboten."

„Waaas? Die Mädels wissen, dass das absolut tabu ist. Sie dürfen hier sitzen, was trinken und sich meinetwegen auch mit den Freiern unterhalten. Was sie in ihren Zimmern machen, ist mir egal. Aber hier, in meiner Bar, wird keiner der Gäste angesprochen und schon gar nicht angegrapscht! Das weiß sie doch!" Ellas Brüste sprangen fast aus der Korsage und Mai amüsierte sich über das Auf und Ab.

„Was ist?"

Er war aufgestanden, lächelte sie an und streichelte ihr zart über das Dekolleté. „Du bist unwiderstehlich, wenn du dich so aufregst."

Mit einem kräftigen Stoß drückte sie ihn von sich. Ein Schatten bewegte sich hinter der Tür und sie gab ihm ein Handzeichen. Er verstand und sagte laut: „Gut. Die Auswahl treffen wir. Wie viele Cocktails kannst du mixen?"

Ella musste sich das Lachen verkneifen und antwortete laut: „Weiß ich nicht. Unzählige. Schlag einfach welche vor. Zutaten habe ich genug." Dann räusperte sie sich kurz und sprach weiter. „Ich hole mal unsere Liste. Vielleicht sind da einige bei, die ihr als Mische schon habt." Ella ging zur Tür und riss sie auf. Doch davor stand niemand mehr.

„Lissy, komm mal."

Die zierliche Person jonglierte das Tablett um die Tische und schlüpfte hinter den Tresen. „Ja, was ist, Chefin?"

„War hier eben jemand an der Tür, oder wolltest du etwas von mir?"

Lissy schüttelte den Kopf und stellte ihr Tablett ab. Eigenartig, dachte Ella und drehte sich wieder zum Raum. Ein Stammgast klopfte ihr auf die Schulter und sie wandte sich zu ihm.

„Ella, ich glaube, Samanta wollte etwas von dir, ist auf und ab gegangen, hat sich wohl nicht reingetraut. Nu isse wech."

„Aha. Die Deern hatte wohl 'n bannich schlechtes Gewissen."

Es war heute ruhiger als sonst und so konnten die beiden sich im Hinterzimmer austauschen. Mai warnte Ella vor, dass Tai morgen auftauchen würde, um ihr noch einmal Druck zu machen. Irgendwas war innerhalb des Genovese Clans vorgefallen. Diese plötzliche Unruhe und dieses Hin und Her machte ihn stutzig. Aber jetzt musste er Ella unbedingt erzählen, wer ihn so zugerichtet hatte. Er holte tief Luft. „Wir müssen reden", sagte er ernst.

„Was ist?", fragte sie, zog die rechte Augenbraue nach oben und wartete auf eine Antwort.

Doch er legte nur seine muskulösen Arme um sie und flüsterte: „Ich will erst einen Kuss. Sofort." Dann drückte er seine Lippen auf ihre, aber sie ließ die Augen geöffnet und beobachtete die Tür. Plötzlich stieß sie ihn von sich und blickte unruhig zur Glasscheibe. „Wir müssen aufpassen. So, und nun sag endlich. Du wolltest doch mit mir reden. Worüber?"

Enttäuscht stülpte er seine Unterlippe nach vorn, aber Ella sah ihn nur ernst an, also kapitulierte er.

„Okay, es geht um den Überfall. Ich weiß, das hört
sich sehr unwahrscheinlich an, aber ..."
„Was aber?", fragte Ella.
„Nein, ich muss dir erst etwas anderes beichten. Ich
habe versucht, jemanden als Informanten zu gewin-
nen, jemanden, den du gut kennst."
Ellas Miene verfinsterte sich. „Wen?"
„Samanta", sagte er kleinlaut und hob gleich schüt-
zend die Hände.
„Nur Informationen den Genovese Clan betreffend.
Das hat nichts mit dir zu tun, wirklich. Aber ..."
Ella war aufgestanden und fragte ernst: „Aber was?"
„Na ja, ich hatte sie bei dir einige Male in der Bar ge-
sehen und sie sah sehr unglücklich aus. Ich dachte,
vielleicht will sie raus aus dem Geschäft. Also eine
ideale Informantin für uns."
Ella holte tief Luft und Mai sprach schnell weiter:
„Na ja, am Hafen habe ich sie dann als Freier ange-
sprochen. Eins war eigenartig. Sie schien mich nicht
zu erkennen oder sie hatte mich in der Bar wirklich
nie wahrgenommen."
Ella kaute auf ihrer Unterlippe und atmete schwer.
Dann hielt sie es nicht mehr aus und fragte: „War es
wenigstens gut? Die Kleine soll eine Sensation sein."
„Schatz, das war rein beruflich und ja, ich würde lü-
gen, wenn ich sagen würde, dass es nicht schön war.
Aber das ist Vergangenheit. Darf ich jetzt weiterre-
den, ohne, dass du sauer bist?"
Sie spitzte die Lippen. „Erzähl."
„Also, Samanta weiß auch nicht viel über den Geno-
vese Clan, sagte sie, aber sie könne mir bei unserem

aktuellen Projekt vielleicht helfen. Daraufhin habe
ich mich mit ihr noch einmal getroffen und alles Weitere besprochen. Genaueres musst du nicht wissen,
ist besser so. Samanta stellte nur eine Bedingung."
„Welche?"
„Sie will hier raus. Alles hinter sich lassen."
„Ich wusste es. Das ist ihr sehnlichster Wunsch, aber
irgendjemand hat sie in der Hand und ich weiß nicht,
wer. Die Deern ist völlig verwirrt, nicht mehr sie
selbst. Du hast sie heute erlebt. Bist du sicher, dass es
nicht mit diesem Genovese Clan zu tun hat?" Ella
setzte sich wieder auf den harten Holzstuhl.
„Keine Ahnung, Schatz. Ich lasse sie beobachten, wir
werden sehen, was wir herausbekommen. Aber viel
wichtiger ist, was ich dir jetzt sage."
Ella lehnte sich erwartungsvoll zurück und Mai
sprach weiter: „Ich glaube, ich weiß, wer mich zusammengeschlagen hat, und das macht die ganze Situation noch viel komplizierter." Er holte tief Luft
und sagte: „Samanta."
Ella starrte ihn an, sprang auf und versicherte: „Nein!
Auf keinen Fall!"
Wütend schleuderte sie ihre roten Haare über die
Schulter und starrte ihn an. Mai fasste ihre Hand und
redete ruhig auf sie ein: „Bitte, Liebes. Hör doch erst
einmal zu. Du kennst noch gar nicht die ganze Geschichte."
Sie schwieg, setzte sich wieder und wartete ab.
„Also Liebes, ich kann mich nur noch an folgendes
erinnern. Da war der Schlag auf den Kopf und die

schweren Motorradstiefel, die mich immer und immer wieder getreten haben, bis ich ohnmächtig wurde. Und dann, als ich wieder zu mir kam und kaum noch atmen konnte, beugte sie sich zu mir hinunter, klappte das Visier ihres Motorradhelms auf und fixierte mich mit ihren kalten grünen Augen. Mir läuft jetzt noch ein Schauer über den Rücken, wenn ich an diesen Augenblick zurückdenke. Dann begann sie zu grinsen, packte mich an den Haaren, riss meinen Kopf auf die Brust und rammte mir eine Nadel in den Nacken. Danach weiß ich nichts mehr."
Ella war aufgestanden und atmete schwer. Kopfschüttelnd ging sie zur Tür, fasste an die Klinke und drehte sich noch einmal zu ihm um.
„Ich glaub', jetzt brauchen wir 'n Köm."

19

„Finn? Unser Plan ist aufgegangen. Er hat die Kröte gefressen. Die neuen Unterlagen sende ich dir noch. Fragen? … Das erfährst du später. Bis morgen."
Sie drehte sich zum Fenster und ihre pechschwarzen Haare glänzten im Lampenlicht. Ein zufriedenes Lächeln lag über ihrem schönen Gesicht und doch verbarg sich dahinter ein eiskalter Plan.
Der Strehlowweg 56 lag noch im Dunkel der Nacht, und sie ging in die kleine Küche hinüber, um sich einen Tee aufzubrühen. Doch das grelle Licht der alten Neonleuchte blendete so stark, dass sie schützend die Hand vor ihre Augen hielt. Nachdem sie sich langsam an die Helligkeit gewöhnt hatte, ging sie zur Teemaschine und zog die Kanne an sich. Ihr Blick glitt über die Holzfront der alten Bauernküche. Grauenvoll, dachte sie, aber für ihre Zwecke ausreichend. Schließlich wollte sie hier nicht einziehen.
Die vergilbte Küchenuhr zeigte auf Viertel nach sechs und die Sonne ging gerade auf. Endlich, dachte sie, und genoss den Blick über den rot gefärbten Himmel. Doch das Piepen der Teemaschine riss sie aus ihren Gedanken. Sie drehte sich sofort um, zog eine Teetasse aus dem Schrank und goss Darjeeling hinein. Hm, wie das roch. Sie trank den ersten Schluck und war froh, dass sie wenigstens ein Stück Modernität in

diesem eingestaubten Haushalt hatte. Dreißig Minuten später öffnete sie die Garage und wurde sogleich von einem kahlköpfigen Mann begrüßt: „Hallo Frau Nachbarin, lange nicht gesehen." Er versuchte gerade, seinen Rollator vor der Haustür zu parken. Sie hob die Hand und antwortete kurz: „Viel unterwegs." Dann setzte sie den Helm auf und fuhr los.
Im Elbtunnel war es ruhig, und kein dämlicher Lkw hatte die Höhenkontrolle ausgelöst, was oft der Fall war, wenn sie gerade Richtung Finkenwerder fuhr. Endlich sah sie die Ausfahrt, aber bis zum Lagerhaus in Jork musste sie noch einige Kilometer zurücklegen. Sie gab Gas. Der Klang des Motorrades schallte über die Dächer der umliegenden Speditionen, die links und rechts der Finkenwerder Straße an ihr vorbeizogen. Der Tacho zeigte ihr, dass sie schon wieder viel zu schnell unterwegs war. Die Bullen konnte sie nun wirklich nicht gebrauchen. Also drosselte sie das Gas. Als sie auf der Osteryork fuhr, verlangsamte sie weiter ihr Tempo, um die Einfahrt zum Blütenweg nicht zu verpassen. Da war es. Sie bog ab und fuhr langsam bis ans Ende der Straße. Links musste sie weiter in den Osterminnerweg und sah von Weitem schon sein Motorrad. Sie stieg ab und umrundete vorsichtig das Lagerhaus, bevor sie die Tür öffnete.
„Du traust mir nicht?", fragte er.
Caruso zog den Helm vom Kopf, strich die Haare glatt, ging auf ihn zu, kniff die Augen zusammen und fragte: „Wieso sollte ich, hm?"

Wladimir hielt dem Blick stand und ging sogar einen Schritt auf den Boss zu. „Nein. Ich traue auch niemandem. Eine gute Basis. Kommen wir ins Geschäft?"

Carusos blaue Pupillen hüpften, sie schloss den Lagerraum auf und zog ihn hinein. „Okay. Das Doppelte für dich. Fünfzig Prozent mehr für deine Männer und die Maschine da draußen ist ja wohl ein Witz." Caruso öffnete die Lederjacke und zog eine Visitenkarte aus der Innentasche. „Hier, der weiß Bescheid. Such dir etwas Leistungsstarkes, auch für deine Männer."

„Geht klar, Boss."

Caruso riss die Hand hoch und die Augenbrauen zogen sich zusammen. „Stopp! Sag das nie wieder! Er will so genannt werden. Ich nicht. Und die Zeiten mit ihm sind bald vorbei. Dann kennst du nur noch einen Namen, Caruso." Sie zog ihre Lederhandschuhe aus und hielt ihm die Hand hin. Er griff zu. Der Pakt war besiegelt. Caruso drehte sich um, lief bis ans Ende des langgestreckten Raumes, öffnete eine Schiebetür und ging weiter durch einen breiten Flur, an dessen Ende sie wiederum eine Tür beiseite zog.

„Setzen wir uns, Wladimir."

Er blickte sich um. Alles hatte er erwartet, aber nicht so einen edel eingerichteten Salon. Billard. Roulette, Pokertische. Alles war da.

Caruso bemerkte gleich sein erstauntes Gesicht und grinste. „Na, Spielchen gefällig oder willst du erst einen Whiskey, hm?"

Er drehte sich zu ihr und staunte: „Geile Hütte, Caruso. Einen Rum, wenn das okay ist."
Sie zeigte auf die Bar, rechts neben ihm. „Bediene dich. Ich nehme einen Whiskey."
Caruso saß wippend auf dem Ledersessel und hatte die schweren Motorradstiefel auf den Schreibtisch gelegt. Sie nippte an ihrem Glas und schob ihm eine Mappe über den Tisch. „Hier. Lies!"
Wladimir klappte das braune Leder zur Seite, senkte seinen Blick und schaute grinsend wieder hoch. „Dafür mache ich jeden kalt, Caruso."
Sie rollte ihm ihren Montblanc über die Platte und lachte laut auf. „Genau das wollte ich hören. Hier nimm den. Eigentlich wollte ich dich erst mit deinem eigenen Blut unterschreiben lassen, aber ich glaube, wir sind uns auch so einig." Ihre eiskalten Augen taxierten ihn, aber er verzog keine Miene. Auch nicht als er ein Messer aus dem Schaft zog, das an seinem Hosengurt hing, sich damit ins linke Handgelenk schnitt, seinen rechten Daumen mit dem austretenden Blut benetzte und ihn auf den Vertrag drückte. Dann nahm er den Stift und signierte daneben. Caruso hatte ihm stumm zugesehen und klatschte innerlich Beifall. Sie zog den Vertrag an sich, nahm sein Messer vom Tisch, wiederholte seine Prozedur und hob ihr Glas.
„So, mein Freund. Darauf trinken wir. Salute!"
„Salute, Caruso!"
Sie trank, setzte das Whiskeyglas ab und zog ein Foto aus einer anderen Ledermappe. „Wir haben einige Probleme zu lösen. Hier, der hat einen süßen Arsch.

Aber du musst vorsichtig sein, dich herantasten. Willst du ihn dir nicht mal gönnen, hm?"

Wladimir grinste und kratzte sich verlegen das Kinn. „Du weißt?"

Caruso zog die linke Augenbraue hoch. „Dafür habe ich einen siebten Sinn. Aber, hey, jeder, wie er mag. Der eine Männer, der andere Frauen. Gönn ihn dir und zieh ihn auf unsere Seite."

Er betrachtete lüstern das Bild und griff sich in den Schritt. Caruso lachte und schob ihm einen gelben Umschlag zu. Wladimir zog die Augenbrauen zusammen und sah sie fragend an.

„Lies. Seine Gewohnheiten, feste Termine, familiäre Hintergründe und so weiter."

„Ist er Solo oder hat er einen festen Stecher?"

Caruso zuckte mit den Schultern und sagte gelangweilt: „Glaub nicht. Finde es heraus. Aber eins ist sicher. Er steht auf große, kräftige Kerle. Mach was draus."

Er öffnete den Mund und ließ seine Zunge über die breite Oberlippe gleiten. Caruso lachte laut auf. „Ruhig, Brauner. Taste dich erst einmal heran. Wir brauchen ihn. Versau es nicht, du geiler Hengst."

Sie warf sich zurück in den Sessel und atmete laut aus, bevor sie sich wieder über die Mappe beugte und ein weiteres Foto herauszog. „Hier, die sollten sich deine beiden Jungs vornehmen. Setzt sie weiter unter Druck. Womit ist mir egal, aber sie soll wahnsinnig werden vor Angst."

Wladimir senkte seinen Blick und sprang auf. „Wow! Wow! Wow! Caruso!"

Sie schlug ihre Faust auf den Tisch und herrschte ihn
an: „Hey, ich weiß! Krieg dich wieder ein! Setzen!"
Dann erklärte sie ihm die Hintergründe und er beruhigte sich. Trotzdem sah er immer wieder kopfschüttelnd auf das Foto. Diese Ähnlichkeit war verblüffend.

„Also, Wlad, ich will wissen, was sie über unsere Geschäfte weiß, aber lasst sie leben. Ich brauche sie
noch. Hier, da findest du sie und hier …" Sie zog eine
Chipkarte aus der Ledermappe. „… damit öffnest du
die Tür. Und denk dran, ich will nicht, dass sie auch
nur einen Kratzer hat, wenn ihr mit ihr fertig seid. Na
ja, meinetwegen zwischen ihren Schenkeln."

Wladimir steckte das Foto ein und sagte: „Darauf
setze ich Pablo an, den alten Charmeur. Der macht
das behutsam und mit viel Feingefühl."

Caruso lächelte. „Ja, genau, ganz subtil. Du hast mich
verstanden."

Er nahm die Fotos vom Tisch und steckte sie in den
Umschlag.

„Moment, Wlad. Wir haben noch ein Problem. Hier."
Sie zog ein weiteres Foto aus ihrer Mappe und warf
es ihm entgegen. Wladimir griff zu und rettete es vor
dem Absturz. Er überlegte, ob er die Person schon
einmal gesehen hatte, und kratzte sich nachdenklich
am Handgelenk. Die Wunde begann sofort zu bluten.
Er saugte daran, aber es hörte nicht auf.

„Warte." Caruso sprang auf, lief in den Nebenraum
und kam mit einem Verbandskasten zurück. Sie
durchwühlte den Inhalt, wurde fündig und drückte
ihm das Pflaster auf die offene Wunde.

„Und nun zu dieser Person. Wir brauchen erst noch Informationen von ihr. Du verstehst, hm? Also knipst sie nicht aus. Finn wartet auf unsere Anweisungen für die neuen Cocktails."
Er nickte, senkte seinen Blick und schwieg.
„Wlad, haben wir beide ein Problem?"
„Nein, ich dachte nur gerade an den Neuen? Der ist doch viel dichter dran als ich. Weiß der Bescheid?"
„Wir beobachten ihn. Der turtelt mir zu viel mit der Dickbusigen herum und mit Samanta. Sie hat ihn sogar schon zwischen ihre geilen Schenkel gelassen, diese dreckige Nutte. Na ja, wenigstens hat er bezahlt."
Wlad lachte und sagte: „Aber Caruso, wie du eben schon gesagt hast. Er turtelt mit ihnen. Also ist er doch dicht dran."
Caruso wiegte den Kopf. „Nein, ihr klärt das." Dann holte sie sich eine *Longfiller* aus dem *Humidor*, kontrollierte die Luftfeuchtigkeit und rückte den Zigarrenascher dichter an sich heran. Sie blickte auf die *Cohiba Siglo* in ihrer Hand, drückte sie über der Banderole leicht zusammen, führte sie dicht an ihr Ohr und lauschte dem feinen Knistern. Lächelnd nahm sie den Zigarrenschneider, führte ihn an das Mundende und schnitt mit einem kräftigen Druck eine Kerbe hinein. Wladimir hatte fasziniert zugesehen, was Caruso nicht entgangen war. Sie schob ihm den *Humidor* entgegen und sagte: „Darauf freue ich mich schon den ganzen Tag. Auch eine?"
Wladimir hob die Hände und schüttelte den Kopf. Caruso schmunzelte. „Willst du lieber einen Joint?"

Er grinste. „Heute nicht, aber ich komme drauf zurück."

Sie zog sich die Streichhölzer vom Tisch, zündete eins an und hielt die Zigarre senkrecht darüber. Sie fing leicht an zu glühen, und Caruso führte sie an ihre roten Lippen. Dann sog sie dermaßen kräftig an der Zigarre, dass sich die Glut binnen Sekunden verdoppelte. Lächelnd lehnte sie sich zurück und genoss.

Gegen elf Uhr lenkte sie das Motorrad wieder auf die andere Elbseite und hoffte, dass sie ohne Stau durch den Tunnel kam. Caruso hatte Glück. Als sie auf die Behringstraße abbog, knurrte ihr Magen. Verdammt. Sie hatte noch gar nichts gegessen, also gab sie Gas. Im Strehlowweg 56 angekommen, zog sie sich um, ließ das Motorrad in der Garage und lief zu Fuß durch den Tunnel. Sie bestieg erneut die steile Treppe und aktivierte die Kamera. Nein, im Flur war niemand zu sehen. Caruso blickte auf die Uhr. Viertel vor zwölf. Noch war sie allein, drückte den Türöffner und wartete ungeduldig, bis sie sich endlich durch den engen Spalt zwängen konnte.

20

Als Ella gegen Mittag über den Hinterhof Richtung Lager ging, traute sie ihren Augen kaum. Die Eingangstür war mit unzähligen Kisten zugestellt. Wütend stampfte sie darauf zu und riss eine auf. Nein! Sie hatten es wirklich getan.

Nach einer Stunde hatte sie endlich die Tür freigeräumt und die Kisten an die Hauswand gestapelt. Sollte das Zeug doch hier draußen verrotten, dachte sie. Diese Mixe wird mein Lager nie von innen sehen. Um vierzehn Uhr hatte sie in der Bar alles vorbereitet und Zeit, um noch einmal in ihre Wohnung hochzugehen.

Lissy wunderte sich, dass die Bar bis jetzt nicht geöffnet war, als sie um Viertel nach vier um die Ecke bog. Zwei Stammgäste standen auf Zehenspitzen und lugten durch eines der Fenster. Als sie die Bardame sahen, trällerten sie ihr entgegen: „Na, verschlafen, Süße?"

Lissy versuchte zu lächeln, aber ihre Gedanken schlugen bereits Purzelbäume. Wieso war die Bar geschlossen? Ella sprach schon länger davon, die Öffnungszeiten zu ändern, aber an einem Sonntag? Sie schaute flüchtig aufs Schild. Nein, alles beim Alten. Sie hatte jedoch nur einen Schlüssel für die Hintertür, also beruhigte sie die Männer, ging zügig ums Haus und sah von Weitem schon die aufgestapelten Kisten. „Oh, das sieht nach Arbeit aus", stöhnte sie, schloss die Lagertür auf und lief durch zur Bar.

Schnell zog sie den schweren Vorhang zurück und öffnete. Inzwischen warteten schon sechs Durstige auf Einlass, und sie entschuldigte sich. Wie würde Ella wohl in dieser Situation reagieren? Sie entschied sich für eine Runde Köm. Die Gäste waren begeistert. Um Viertel vor fünf war Ella immer noch nicht da und Lissy hatte bereits Susi informiert. Sie musste zeitiger beginnen. Allein würde sie das in einer Stunde nicht mehr schaffen. Außerdem erwarteten sie heute noch, im einzigen Nebenraum der Bar, zwanzig Gäste. Ein dreißigster Geburtstag. Da ging es bekanntlich heiß her.

Inzwischen waren einige Jungs aus dem Containerhafen eingetrudelt und bestellten lautstark den Klassiker: „Vier Mal *Lütt un Lütt*!"

Lissy war zwar schon drei Jahre in Hamburg und bereits ein Jahr bei Ella, aber mit manchen Hamburger Ausdrücken hatte sie immer noch ihre Probleme. Dass die Männer aber jeder ein kleines Bier und einen Kurzen haben wollten, wusste sie. Nur welcher Kurze, da war sie sich nicht sicher. Traditionell wurde Kümmel gereicht, aber sie fragte besser nach.

„Helbing?", rief sie den Jungs zu.

„Jo", war der mehrstimmige Ruf.

Als Susi in der Bar erschien, führten die Mädels sofort eine lebhafte Diskussion. Sie überlegten, oben zu klingeln, obwohl Ella das strikt untersagt hatte. Sie wollte in ihren privaten Räumen nicht gestört werden, und bisher hielten sich alle daran. Trotzdem mussten sie etwas unternehmen, denn auch auf ihrem Handy hatten sie Ella bisher nicht erreicht.

Die Bartür öffnete sich und Susi stöhnte: „Nicht der." Natürlich fragte er nach Ella und sie mussten eingestehen, dass sie selbst nicht wussten, wo ihre Chefin blieb. Ella war seit drei Stunden überfällig. Er zog sein Handy aus der Lederjacke.

„Das brauchst du gar nicht erst zu versuchen", sagte Susi. „Sie geht nicht ran, und nach oben in ihre Privaträume dürfen wir nicht, das hat sie uns verboten."

Mai blickte sie ernst an. Er durfte jetzt nicht in Panik geraten, also sagte er barsch: „Aber mir hat sie nichts zu verbieten. Wie komme ich nach oben?"

Doch Lissy sagte nur: „Wir hätten Schritte gehört, wenn sie oben wäre, haben wir aber nicht."

„Wer will das wissen? Wo ist der Eingang? Los! Zeig es mir!", brüllte Mai. Lissy zuckte zusammen und ging schweigend voraus. Natürlich kannte er den Weg, doch er schwieg.

„Hier die Treppe hoch und dann siehst du eine große schwarze Wand. Rechts ist die Wohnungstür. Eine Klingel hat sie nicht. Die ist nur unten an der Haustür. Du musst klopfen."

Schnell eilte er die bekannten Stufen nach oben und klopfte. Keine Reaktion. Er schaute sich das Schloss genauer an, zog ein kleines Multifunktionsmesser aus der Innentasche seiner Lederjacke, und mit einem Klick öffnete er die Tür. Das bekommt jeder auf, dachte er. Zunächst ging er nach rechts, um das Bad und das Schlafzimmer zu erreichen. Alles war ordentlich aufgeräumt, lediglich eine dunkelgrüne Korsage und eine schwarze Hose lagen auf der Bettdecke. Davor standen schwarze High Heels. Mai ging weiter in die andere Richtung der langgestreckten Wohnung. Es begann unangenehm zu riechen, und er rannte in den Wohnbereich. „Nein!" Er kniete sich neben sie und fühlte ihren Puls, zog das Mobile aus der Jacke und rief die Rettung.

Der Notarzt war bereits nach fünf Minuten da und hatte, nachdem Ella am Patientenmonitor und Tropf angeschlossen war, Entwarnung gegeben. Lebensgefahr bestand nicht. Jedoch konnte er innere Verletzungen nicht ausschließen. Diverse Knochenbrüche mussten schnellstmöglich versorgt werden, hauptsächlich die der rechten Hand. Man hatte ihr einige Finger gebrochen. Mai kannte den Schlingenring, mit dem einige Mafiosi ihre Opfer quälten. Arme Ella, dachte er. Das war nie das Werk eines Einzelnen. Aber was wollten die überhaupt von ihr?

„Junger Mann, wir wären so weit. Bitte geben Sie uns noch Ihre Personalien. Sind Sie mit der Dame verwand?", fragte der Notarzt. Mai zog ihn ein Stück beiseite und erklärte die Hintergründe, auch, dass er sich jetzt nicht ausweisen könne und Stillschweigen bewahren müsse. Der Arzt verstand.

Mai stand seit Minuten am Waschbecken und ließ kaltes Wasser über die Hände laufen. Er nahm die Handbürste und schrubbte die Nägel. Ellas Blut war überall. Er senkte den Kopf, doch die Bilder in seinem Kopf blieben. Angst machte sich breit und die war kein guter Gefährte. An Tagen, wie diesen, hasste er seinen Job. Diese gnadenlose Brutalität, dieses bestialische Abschlachten von jedem, der ihnen im Wege steht. Er wusste nicht, wie lange er das noch ertragen konnte. Wütend schlug er die rechte Faust an die Kacheln und schrie auf.

„Shit! Axel! Bist du bescheuert?" Er sah auf sein Spiegelbild und erschrak erneut. Axel? Mai? Was geschah mit ihm? Er musste herunterkommen, rannte ins Wohnzimmer und riss seine Bar auf. Er wollte genießen und sich nicht betrinken. Also griff er nach seinem Lieblingsrum. Der Ron Zacapa Royal lief wie Öl an seinen Geschmacksknospen vorbei und er genoss jeden Schluck. Nicht der Alkohol, sondern diese Zeremonie beruhigte ihn und er öffnete das Geheimfach hinter der Bar. Auf dem Display des Handys stand nur eine Nummer. Er wählte.

„Axel, was gibt's?"

„Die scheinen den Deal abgeblasen zu haben. Aber ich habe noch eine andere Info."

„Erzähl."

„Erinnerst du dich an die Klofrau, die wir im Restaurant des Genovese Clans eingesetzt hatten?"

„Ja, aber wie kommst du jetzt da drauf? Das ist doch mindestens zehn Jahre her."

„Zwölf. Egal. Die Klofrau von damals ist Ella, die Barbesitzerin. Reiner Zufall, aber wahr. Sie arbeitet wieder für uns und heute ist sie zusammengeschlagen worden."

„Lebt sie?"

„Ja. Ich habe dem Arzt schon signalisiert, dass er zu schweigen hat. Wenn ich im Krankenhaus war, weiß ich mehr."

„Okay. Übrigens, du weißt, wie der Lauenburger Unternehmer umgebracht wurde?"

„Paul, mach es nicht so spannend. Wie?"

„Ein Schuss durch den Mund."

„Shit. Den hat die Mafia auf dem Gewissen. Er war eine Ratte. Aber ich kenne ihn nicht. Du?"

„Nein. Also, warum haben sie ihn kaltgestellt?"

„Ein Überläufer? Keine Ahnung. Vielleicht hat er irgendjemanden verpfiffen. Der war für sie Abschaum, sonst hätten sie ihn nicht liegen lassen. Wenn die wollen, lassen die ganze Heerscharen von Menschen verschwinden. Das weißt du doch. Die haben ihre Leute überall. Deprimierend."

„Was ist los, Axel?"

„Ach, ich habe die Schnauze voll. Ich lasse mich demnächst in den Innendienst versetzen oder arbeite wieder als Koch."

„Spuck's aus! Worum geht es wirklich?"

„Ich habe in den vergangenen Jahren auf fast alles verzichtet, Freizeit, Familie, Liebe, einfach auf alles. Das steht für mich in keinem Verhältnis mehr. Die Mafia spinnt ihre Netze immer enger. Unsere Aufklärungsquote ist beschissen."

„Stopp! Die von den anderen ist beschissen. Deine ist hervorragend und das weißt du auch, Axel."

„Ich hänge seit einem Jahr an diesem Clan und kann diese Einsätze nicht mehr lange unerkannt durchführen. Außer, ich fresse mir dreißig Kilo Übergewicht an und lege mich unters Messer eines plastischen Chirurgen."

„Erzähl doch keinen Unsinn. Du bist der Beste."

„Mag ja sein. Ach, ich werde mich noch einmal mit Samanta treffen. Was biete ich ihr an? Das Übliche?"

„Ja. Das ist Okay."
„Noch was. Mit der Kleinen stimmt etwas nicht."
„Wie meinst du das?"
„Die sieht fast so aus, wie die Motorradbraut, die mich zusammengeschlagen hat. Aber Ella sagt, Samanta kann gar nicht Motorrad fahren."
„Wieso fast?"
„Die Augen. Diese stechend grünen Augen und die pechschwarzen Haare, unverwechselbar, Figur und Größe passen auch. Ich kann mich doch nicht so irren?"
„Aber das Visier hat sie doch erst hochgeschoben, nachdem sie dich zusammengetreten hat. Du warst doch schon benebelt. Kannst du dir deiner Sinne wirklich so sicher sein?"
Axel schwieg. War er so benommen gewesen? Er wusste es nicht. „Kann sein, Paul. Ich weiß momentan gar nichts mehr. Ich melde mich."
Er saß gedankenversunken auf der Couch. Konnte er sich so irren? Egal. Er musste ins Krankenhaus und vorher noch Tai auf den Zahn fühlen. Also rief er ihn an und stellte sich dumm. „Moin, moin, Tai. Übermorgen Verkostung, denk dran. Dann werden wir ja sehen, wie gut die Tussi ist ... alles klar? Und wieso ist der Treffpunkt am Hafen schon wieder verschoben? ... weißt du auch nicht? ... hm. Na ja, dann heute Abend unsere übliche Tour ... auch nicht? Wieso? ... Spezialauftrag ... Soll ich mit? ...o.k. Dann eben bis morgen ... ja, ciao."
Axel warf den Hörer auf den Tisch. Wieso fiel die tägliche Runde aus? Haben die doch Lunte gerochen,

und was war das für ein Sonderauftrag? Shit. Er war für die immer noch der Neue, und das nach einem Jahr. Er hatte diese Schauspielerei so satt. Das Projekt würde er noch durchziehen und dann war Schluss, ganz sicher.

Bevor er das Haus verließ, kontrollierte er die üblichen Stellen. Obwohl er bisher keine Wanzen mehr gefunden hatte, wollte er sichergehen, dass es so bleibt. Ein falsches Gespräch und er landete wirklich mit Betonfüßen in der Elbe.

„Moin, Herr Doktor, ich hoffe, man hat sie informiert. Es geht um Frau Emilia Herrmann. Können wir kurz reden, bitte?"

„Da haben Sie aber Glück, dass ich noch hier bin. Kommen Sie." Er öffnete die Tür und zeigte auf seinen Schreibtisch. „Der tägliche Wahnsinn. Das hat mit meinem Beruf nichts mehr zu tun. Na ja, anderes Thema. Also setzen wir uns."

Axel räusperte sich und strich seine Hand durch das zerzauste Haar. „Also, ich darf Ihnen natürlich nichts Näheres über unseren Einsatz sagen. Nur so viel, die Frau, die bei Ihnen heute eingeliefert wurde, ist mit involviert. Wie geht es Frau Herrmann?"

Der Arzt wiegte leicht den Kopf und sagte: „Nicht so gut, wie wir anfangs glaubten. Wir mussten sie wegen der inneren Blutungen notoperieren. Zum Glück war es einseitiger Milzriss, heißt, dass Kapsel und Gewebe der Milz gleichzeitig gerissen sind. Die Prell Marken im linken Oberbauch wiesen sofort darauf hin. Wir haben eine Milzteilresektion durchgeführt, also nur ein Teil der Milz entnommen. Die OP ist gut verlaufen."

„Darf ich kurz mit ihr reden?"

„Fünf Minuten, Herr von Büren."

Der Arzt ging voraus, drehte sich noch einmal um und hob den Zeigefinger. „Fünf Minuten."

Er schob die Tür vorsichtig auf. Der Anblick von Schläuchen und Monitor erinnerte ihn an den Tod seines Vaters, und er begann zu frieren. Nein, daran durfte er jetzt nicht denken. Schritt für Schritt näherte er sich dem Bett und berührte sanft ihre Hand. „Ella, Schatz, kannst du mich hören?"

Sie öffnete die Augen und lächelte ihn an. Vorsichtig setzte er sich auf die Bettkante und nahm ihre Rechte in beide Hände. Dann beugte er sich über sie und gab ihr einen Kuss auf die trockenen Lippen. „Wer hat dir das angetan, Liebling?"

Sie zuckte mit den Schultern.

„Tai oder Vincent?"

„Nein", hauchte sie.

21

Er hatte die Runde mit Tai fast beendet und war froh, dass es heute ohne Zwischenfälle ablief. Tai bog in einer Nebenstraße ab. Mai sah ihm stirnrunzelnd hinterher. „Was wollen wir hier?"

Doch sein Co konnte nicht antworten, denn er zerkaute gerade seinen Burger und wischte sich den Mund am Jackenärmel ab. Mai sah angewidert auf die andere Straßenseite.

„Sind drei Bars und ein Puff dazugekommen", antwortete Tai, immer noch kauend. „Aber sag mal, die Puffmutter ist echt so brutal zusammengenietet worden?" Er grinste.

Mai spielte weiter mit. „Ja, Shit, jetzt können wir das Cocktail-Tasting erst einmal vergessen."

„Aber wieso? Ist geil. Das können doch die kleinen Nutten machen, die bei ihr arbeiten. Außerdem hat sie unsere Ware schon und muss die sowieso über den Tresen schieben. Also egal." Er pulte sich mit seinem schwarzen Fingernagel die Reste des Burgers aus den Zähnen. Mai würgte und drehte sich um. Wenn dieser Ekelbrocken nicht gleich damit aufhörte, würde sein Hotdog binnen Sekunden auf der Straße liegen. Er drehte sich gerade wieder zu ihm, als er seinen Finger an der Jacke abwischte. Mai stieß ihn an. „Kannst du damit mal aufhören!"

„Womit denn?"

Mai gab auf und winkte ab. Das würde der sowieso nicht verstehen. Dazu fehlten ihm einige Gehirnzellen. Zudem hatten sie nur noch eine Bar vor sich, dann war er ihn endlich los, für heute. Mai ging auf die Treppe der Bar zu.

„Hey, was willst du da?", brüllte Tai ihm hinterher. Mai hob die Hände. „Ich denke, zwei Bars? Wir hatten doch erst eine."

Tai schüttelte heftig mit dem Kopf. „Komm. Wir sind fertig für heute. Die nicht."

Das wollte Mai jetzt genauer wissen. „Aber du hast doch zwei gesagt, oder? Nicht, dass wir Ärger mit Caruso bekommen."

Tai war stehen geblieben und hielt ihm den Finger unter die Nase, mit dem er eben noch in seinem Mund gewühlt hatte. „Hey, du nervst. Die Bar hat Caruso selbst übernommen. Klar, dass wir da nicht reinmüssen. So und jetzt komm, wir trinken noch einen bei Ella."

Shit, dachte Mai, eigentlich wollte er noch ins Krankenhaus, aber Tai allein im Taff? Das war keine gute Idee. Stumm trottete er neben ihm her und hing noch einmal Tais Worten nach. Caruso hatte die Bar übernommen. Was ist, wenn er auch Ellas Bar übernehmen wollte? Vielleicht war das sein eigentliches Ziel? Mist. Daran hatte er noch gar nicht gedacht. Kurz vor Ellas Bar fiel ihm ein, dass heute Dienstag war. Er schmunzelte und freute sich über Tais Gesicht, wenn sie gleich vor verschlossener Tür stehen würden. Sie bogen um die Ecke, Tai drückte die Klinke hinunter

und warf sich mit voller Wucht gegen die schwere Eichentür. Sein Aufschrei übertönte das Knacken im Schultergelenk. Er sank zu Boden und krümmte sich.
„Was hast du?" Mai beugte sich zu Tai und versuchte ihm wieder auf die Beine zu helfen, doch er schrie erneut auf.
„Lass mich. Ah. Meine Schulter. Scheiße!"
Mai entschied gleich ins Krankenhaus zu fahren. Das passte gut in seinen Plan, Ella noch einmal zu besuchen. Tai willigte gleich ein und er stützte ihn bis zur Sitzbank auf der anderen Straßenseite.
„Warte hier. Ich habe es nicht weit, wie du weißt. Ich hole mein Auto."
Zehn Minuten später saßen sie in seinem alten Audi Richtung Asklepios Klinik. Tai stöhnte während der ganzen Fahrt, und er versuchte, ihn durch ein lockeres Gespräch abzulenken.
„Ich habe auch nicht daran gedacht, dass Montag und Dienstag Ruhetage sind. Aber ich staune immer wieder, wie viel Kraft in so einem kleinen Mann steckt. Wenn du dir gleich so die Schulter verletzt, war da richtig Bums drauf."
Tai versuchte zu lächeln, drückte aber gleich wieder den Arm nach oben, um seine Schulter zu entlasten. Mai plauderte fleißig weiter: „Da ist schon die zentrale Notaufnahme. Halte durch, Kumpel."
Sie hatten Glück. So eine leere Notaufnahme sah man selten. Jetzt musste er sich nur noch davonstehlen, aber wie?

„Junger Mann, Sie können für Ihren Freund erst einmal nichts tun. Setzen Sie sich oder gehen Sie. Wir informieren Sie, wenn er abholbereit ist. Ich nehme ihn erst einmal mit in eines der Behandlungszimmer. Wann der Arzt von der Station kommt, kann ich noch nicht sagen. Dann muss er noch zum Röntgen und danach wird der Arzt ihn noch einmal sehen wollen, um zu entscheiden, wie die Verletzung zu behandeln ist. Also lassen Sie Ihre Handynummer hier. Wie zuvor erwähnt, mehr können Sie für Ihren Freund erst einmal nicht tun."

Mai schrieb seine Telefonnummer auf einen Zettel, den sie ihm schon bereitgelegt hatte, drückte Tai symbolisch beide Daumen und verschwand aus der Glastür, durch die sie gekommen waren. Diese Schwester war ein Geschenk des Himmels, dachte er, und ging schnellen Schrittes ums Gebäude zum eigentlichen Haupteingang. Er blickte zur Uhr. Oh, bereits Viertel vor zehn. Hoffentlich ließen sie ihn noch zu Ella. Egal, wenn nicht, musste er den Bullen heraushängen lassen.

Auf der Station war alles ruhig. Er schlich sich unbemerkt am Schwesternzimmer vorbei und öffnete die Tür. „Schläfst du?", flüsterte er. Ihr Kopf bewegte sich in seine Richtung, und er freute sich, dass sie noch wach war. Als er näherkam, sah er die Tränen in ihren Augen und erschrak.

„Was ist passiert? Bitte sag." Er küsste sie erst auf die Stirn und dann auf den Mund.

„Meine Hände."

„Was ist mit deinen Händen?"

188

„Die Rechte bleibt steif."
Sie drehte ihren Kopf von ihm weg und begann zu schluchzen. Seine Lippen hatten sich leicht geöffnet und er überlegte, was er ihr jetzt Tröstendes sagen könne. Doch er berührte nur sanft ihren rechten Arm und wartete ab. Langsam drehte sie sich wieder zu ihm und er blickte in ihr verweintes Gesicht. Kuss für Kuss trocknete er die herablaufenden Tränen und schmiegte seine Wange an ihre.
„Ist das sicher?"
Sie zuckte nur mit den Schultern und begann wieder zu weinen. Axel war verzweifelt. So hatte er die starke Frau noch nie gesehen. Er entschied selbst noch einmal mit dem Arzt zu reden, gab ihr einen Kuss und verabschiedete sich für heute.
Das Schwesternzimmer war wieder besetzt, und so steuerte er bewusst darauf zu.
„Guten Abend", begrüßte er die Nachtschwester, die entsetzt aufsah.
„Jetzt ist aber keine Besuchszeit, junger Mann. Kommen Sie morgen wieder."
Lächelnd stellte er sich vor. Da er keinen Dienstausweis vorweisen konnte, schrieb er seinen Namen auf und erklärte ihr, dass der Chefarzt Bescheid weiß. Sie sah skeptisch über ihre Brille.
„Und was wollen Sie?"
„Wir sind natürlich bereits auf der Suche nach dem Täter, brauchen aber noch einige Auskünfte, über Art und Schweregrad der Verletzungen, bleibende Schäden und so weiter."

„So, so. Na, dann will ich Ihnen mal glauben. Ich habe Sie gestern gemeinsam mit unserem Chefarzt aus seinem Büro kommen sehen. Also …“
Sie drehte ihren Stuhl in die entgegengesetzte Richtung, rollte zum Hochschrank, öffnete eines der Schubfächer und zog eine Mappe hervor.
„Frau Emilia Herrmann …“
Sie schob ihre Brille nach oben und las. Max wippte ungeduldig mit dem Knie und wartete.
„Ja, die OP hat sie hervorragend überstanden. Man kann auch mit einem Teil der Milz leben. Schwerwiegender sind einige Brüche, speziell die der rechten Hand, fünf glatte Brüche, ein zertrümmertes Gelenk …“ Sie las schweigend weiter. Axel platzte fast vor Nervosität und wippte unaufhörlich mit dem Knie.
„Sie wurde letzte Nacht ins Krankenhaus Boberg geflogen. Warten Sie, hier ist ein Bericht aus der Handchirurgie …“ Wieder senkte sie ihren Blick und gab ihrer schwarzen Lesebrille einen Stups, die ihr auf die Nasenspitze gerutscht war. „Aha, hm, hm, aha …“
Diese Frau machte ihn wahnsinnig und er würde ihr am liebsten die Mappe aus der Hand reißen. Endlich blickte sie auf.
„Also, das wird harte Arbeit für Frau Herrmann, aber wenn sie fleißig trainiert, wird sie die Hand wieder bewegen können. Doch das dauert. Das kann ich Ihnen aus Erfahrung sagen.“ Sie hob ihre Rechte.
„Danke, und jetzt würde ich doch noch gern zur Patientin. Sie ist doch ansprechbar, oder?“

Die Nachtschwester blickte ernst über die Lesebrille und stöhnte. „Na ja, Sie geben ja doch nicht auf. Aber ich gehe voran. Wenn sie schläft, gehen Sie wieder. Morgen können Sie die arme Frau auch noch befragen."
Er nickte und folgte ihr. Als sie die Tür leise aufschob, drehte Ella sofort ihren Kopf.
„Na, da haben Sie ja Glück, junger Mann. Sie ist noch wach. Aber nicht lange." Sie blickte ernst über die Brille und verließ das Krankenzimmer.
„Hallo, Liebes. Ich musste dich unbedingt noch einmal sprechen." Er zeigte auf ihre rechte Hand. „Die muss nicht steif bleiben. Wenn du fleißig deine Übungen machst, dich an alle Anweisungen hältst und täglich trainierst, kannst du die Hand irgendwann wieder normal bewegen. Die Nachtschwester hat das schon hinter sich. Wir haben uns lange unterhalten. Das wollte ich dir unbedingt noch sagen, damit du ruhig schlafen kannst." Dann gab er ihr noch einen Kuss und ging.
Tai hatte Glück. Das Schultergelenk war nur verstaucht, aber durch den starken Aufprall war die Gelenkkapsel gerissen. Am meisten ärgerten ihn wohl die Ansagen des Arztes. Entlastung des Gelenks über mehrere Wochen, auf keinen Fall ruckartige Bewegungen, ständig kühlen, damit die Schwellungen zurückgehen und die Schulter so oft wie möglich hochlagern, damit das Gewebe nicht zu stark durchblutet wird. Das bedeutete für Tai mindestens sechs Wochen Pause. Mai dachte, das ist meine Chance. Ir-

gendwie musste er ihn dazu bringen, Caruso anzurufen, um ihm klarzumachen, dass er für ihn einspringen würde. Dann wäre er endlich so dicht am Geschehen, wie er es noch nie war. Doch wie fädelte er das geschickt ein? Er hatte eine Idee.

„Tai, ich frage die Kleine aus Ellas Bar, du weißt schon, die Rothaarige, die dir so gut gefällt, ob sie dich nicht ein wenig unterstützen kann." Mai zwinkerte ihm zu und Tais Augen wurden weit.

„Danke, Digger. Meinst du, die steht auf mich?"

Mai wagte kaum Luft zu holen, wenn er auf die gelben Zahnreihen blickte. Heute musste er endlich über seinen Schatten springen und mit Tai darüber reden. Also tastete er sich langsam vor und sagte: „Na ja, vielleicht solltest du mal über deine Körperhygiene nachdenken." Mai nahm die rechte Hand vom Lenkrad und deutete auf seine Zähne.

„Meine Zähne? Was ist mit meinen Zähnen?"

„Tai, du willst der kleinen Rothaarigen doch gefallen, und Frauen mögen weiße Zähne, saubere Klamotten, frisch gewaschene Typen, die gut riechen. Und entschuldige, aber das trifft für dich alles nicht zu."

Tai wackelte unaufhörlich mit den Knien und starrte auf die Fußmatte. Dann murmelte er: „Hab nicht viel, ich meine Klamotten und so."

Mai schob die negativen Gedanken beiseite und sah lachend zu ihm hinüber.

„Kein Problem, Kumpel. In diesem Fall gehen wir einkaufen. Ich hole dich ab, kenne da einige gute Läden. Gleich morgen, okay?"

„Echt? Das würdest du für mich tun?"

„Klar. Morgen ziehen wir los und dann spreche ich mit der süßen Rothaarigen, okay?"

„Du bist ein echter Kumpel, Mai. Danke, Mann. Übrigens tut mir leid, dass Vincent dich so zusammengefaltet hat. Aber Caruso hat wirklich gedacht, du hast uns verpfiffen."

Mai lächelte über das Lenkrad und dachte nach. Jetzt musste er angreifen. Das war eine einmalige Situation, die nicht so schnell wiederkommen würde. Er pfiff vor sich hin und überlegte seine Worte genau, bevor er weitersprach: „Schon vergessen. Übrigens helfe ich dir gern bei den Runden und so. Mach dir keine Sorgen. Bloß solltest du Caruso informieren, damit er nicht denkt, dass du fremdgehst, wenn du dich abends in den Bars und Puffs nicht mehr sehen lässt." Mai grinste zu ihm hinüber.

„Fremdgehen, hä, fremdgehen, ich doch nicht, aber du hast recht, man, bist 'n echter Kumpel. Zieh mal mein Handy aus der Tasche und drück die eins." Yes, dachte Mai. Er hat angebissen. Er fuhr rechts ran, zog das Handy hervor, drückte die gewünschte Zahl und gab Tai das Telefon in die linke Hand. Nach fünf Minuten war alles geklärt und Mai würde ab sofort alle Aufgaben von Tai übernehmen. Er hatte es geschafft. So nah war er dem Genovese Clan noch nie.

Am anderen Morgen schreckte er hoch. Verschlafen griff er nach seinem Handy.

„Paul? Wo brennt es?"

„Wir haben wieder eine Leiche."

„Erzähl."

„Ich kenne die junge Frau, besser gesagt, Marion kennt sie.
Na ja, ich hatte einige Fotos auf meinem Tisch liegengelas-
sen, ich weiß, unprofessionell, aber passiert. Na ja, und sie
hat das Mädchen sofort wiedererkannt. Das war die Kleine,
die mir deine Nachricht gebracht hat."
„Shit! Dann bin ich in Gefahr."
„Das würde ich so nicht unterschreiben, Axel. Das hat si-
cher nichts mit dir zu tun, sondern mit Ella. Die haben es
auf ihre Bar abgesehen. Der Genovese Clan hat in den ver-
gangenen zwölf Monaten sechs Bars übernommen, und
das ist sicher nicht das Ende."
„Das passt. Darum setzten sie Ella so unter Druck."
„Rede mit ihr und wenn nötig, nehmen wir sie aus der
Schusslinie."
„Okay. Danke."
„Zurück zum aktuellen Mordfall. Ich bin mir ganz sicher,
dass es um Ella geht."
„Warum? Du weißt doch mehr, Paul."
„Erstens war es ganz sicher ein Auftragsmord der Mafia
und zweitens eine offene Drohung."
„Paul, mach es nicht so spannend!"
„Der jungen Frau wurde durchs Auge geschossen."
„Alles klar. Das heißt, wir beobachten euch. Shit.
Diese Schweine!"
„Genau. Und dann haben sie die Kleine am Hintereingang
der Bar abgelegt. Wenn das keine offene Drohung gegen
Ella ist, dann weiß ich nicht."
„Shit! Das passt. Erst schlagen sie Ella zusammen, fol-
tern sie, aber sie bleibt stark. Weil sie Ella nicht weich
gekocht bekommen, fangen sie an, ihre Mitarbeiter
zu töten, einen nach dem anderen. Paul, wir müssen
die anderen schützen!"

„*Ja, alles schon passiert. Ich habe seit einigen Tagen das Team verstärkt. Alle Indizien sprechen für sich, dass die Morde auf das Killerkommando des Clans gehen. Wir haben seit Wochen einige Typen im Visier. Und vor drei Tagen tauchten zwei neue Gesichter auf. Der eine klein, unter einen Meter achtzig, Italiener, schwarze Haare, Pferdeschwanz und zwischen Daumen und Zeigefinger der linken Hand ist ein Stern tätowiert. Der andere, etwas größer, circa ein Meter und fünfundachtzig, Ringer Typ, hat auf der Glatze einen großen Stern tätowiert. Ich sende dir nachher noch Fotos. Hattest du mit denen schon einmal Kontakt?*"

„Nein, aber gut, dass ich jetzt Bescheid weiß."

„*Sei auf der Hut, Axel. Wenn die gerade so massiv vorgehen, steckt ein ganz konkreter Plan dahinter.*"

„Paul, ich bin doch nicht von gestern. Ich kenne die Aufgaben der Killerkommandos. Sie sorgen für Disziplin innerhalb des Clans, erledigen lokale Morde und beschützen den Boss. Ich passe auf. Viel mehr interessiert mich diese Unruhe, die seit Tagen herrscht, und diese scheinbare Planlosigkeit."

„*Planlosigkeit? Wie meinst du das? Erzähl.*"

„Es war alles durchgetaktet, wann, wer welche Aufgaben hat, wann die Ware wo übernommen wird und von wem. Dann wird plötzlich genau der Typ gekillt, der eigentlich der Empfänger der Ware ist, aber das Schiff ist gar nicht im Hafen angekommen. Entweder war Axel Pohl ein Überläufer ..."

„*... oder nur ein Bauernopfer, um von dem eigentlichen Deal abzulenken.*"

„Genau. Das wollte ich auch gerade sagen. Aber seit Tagen höre ich nichts. Tai und ich hängen völlig in der Luft. Unsere einzigen Aufgaben bestehen darin, Kontrollgänge durchzuführen und die Schutzgelder zu kassieren. Aber vielleicht weiß ich in einigen Tagen mehr. Ich bin da in etwas hineingeschlittert."

„Hineingeschlittert?"

Axel erzählte, dass er durch die Verletzung von Tai näher an den Clan herangekommen war und ab morgen direkt mit Caruso zu tun haben würde. Sein Chef war begeistert.

Nach dem langen Telefonat musste er sich zunächst sammeln, ging ins Bad und sprang unter die Dusche. Mit dem Handtuch um die Hüften tapste er hinüber in die Küche zur Espressomaschine, zog sich eine Tasse aus dem Schrank und stellte sie darunter. Sein Handy vibrierte und bewegte sich Millimeter für Millimeter Richtung Tischkante. Schnell griff er zu, schaute aufs Display und sah Pauls SMS.

> Hier die besprochenen Fotos und eins vom Opfer. Gruß Paul

Axel öffnete zuerst das Bild der Toten und erschrak. „Nein!" In seinem Kopf kreiste nur ein Gedanke, wie sollte er das Ella beibringen? Gerade Susi, die ihr so ans Herz gewachsen war. Außerdem wäre sie die Einzige gewesen, die Ella jetzt helfen könnte. Ausgerechnet Susi. Axel konnte es nicht fassen. Diese Schweine hatten es tatsächlich auf Ellas Bar abgesehen. Kein Wunder. Der Laden war jeden Tag voll. Zu den vielen Stammgästen kamen unzählige Urlauber. Selbst in den touristischen Schaltzentralen wurde sie als Geheimtipp gehandelt. Die Bar ohne Ella wäre eine Bar ohne Seele. Soweit hatte der Clan aber nicht gedacht. Wer weiß, was sie wirklich mit der Bar vorhatten.

Axel schlürfte seinen Espresso und genoss den herben Geschmack. Er liebte es. Mit Filtercafé konnte er nichts anfangen. Sein Blick wanderte durch das Küchenfenster zum Carport. Er begann zu zittern. Diese eiskalten, grünen Augen. Nein. Er musste sich irren. Das konnte niemals Samanta gewesen sein. Aber ihr Benehmen in der Bar, ihre plumpe Anmache. Das war auch Samanta. War sie eine Frau mit zwei Gesichtern? Und wenn er ihre Dienste noch einmal in Anspruch nehmen würde? Ella musste ja nichts davon erfahren. Er blickte zur Decke und lächelte. Samanta war eine Granate im Bett, aber mit Liebe hatte das nichts zu tun. Er drehte sich zum Kühlschrank, öffnete die Tür und schlug sie enttäuscht zu. Na ja, der nächste Bäcker ist nur einhundert Meter entfernt. Er sah wieder aus dem Fenster und dachte an Ella. Seine Gedanken begannen zu kreisen, und er überlegte, wie er ihr helfen könnte. Charly, schoss es ihm durch den Kopf, und er griff zum Diensthandy.

„Hey, Charly, du altes Bar Luder …Ja, stimmt, lange nichts gehört … klar will ich was von dir, Spezialauftrag … Hör zu. Wirfst du immer noch die Shakerbecher so gut wie damals? … Dann habe ich einen Job für dich … etwa sechs bis acht Wochen … Paul meldet sich bei dir, mit genaueren Instruktionen …

Danke. Bis dann."

Als Nächstes musste er Ella informieren, ohne im Krankenhaus zu erscheinen. Die Jungs vom Killerkommando hatten ihn bestimmt schon im Visier. Also rief er den wachhabenden Kollegen an, den Paul vorsichtshalber dort postiert hatte, und bat ihn, die Nachricht schonend zu überbringen.

„Shit! Ich habe Tai vergessen. Nein, er wollte sich bei mir melden." Komisch. Er ging zum Couchtisch, nahm sein Mafia-Handy und rief ihn an. „Moin, Tai. Wie geht es dir? … Oh, Shit. Haben die dir keine Schmerzmittel mitgegeben? … welche Apotheke? …Ja, kenne ich. Und die wissen Bescheid? … ok, bin gleich bei dir, Kumpel."

Diesen Apotheker haben sie also auch im Sack. Das Netz des Clans wurde immer feinmaschiger. Dass Ärzte seit Jahren bei der Mafia groß im Geschäft sind, war bekannt. Die wussten nicht, wohin mit ihrem Geld, das sie gern an der Steuer vorbeischleusen wollten. Natürlich sollte die Kohle Junge kriegen, aber auf legalem Wege war das nicht möglich, wenn der Fiskus ihnen nicht auf die Schliche kommen sollte. Also investierten sie in die Geschäfte der Mafia und bekamen dadurch mehr Zinsen als bei jeder legalen Anlage. Axel war sich auch bei einigen seiner Kollegen nicht sicher. Geld stinkt bekanntlich nicht. Er blickte auf seine Armbanduhr und erschrak. Mist, er hatte Tai schon wieder vergessen. Schnell rannte er in den Flur, zog den Schlüssel vom Haken und verschwand.

Die Apotheke lag in einem noblen Bezirk, nicht weit von Tais Wohnung. Er fragte sich schon lange, wie er sich diese Wohnung leisten konnte. Oder gehört sie dem Genovese Clan? Mai bog auf die Max-Brauer-Allee ab und schaute auf sein Handy. Diese Apotheke musste in der Nähe des S-Bahnhofs Altona sein. Ja. Das war sie. Er tippte aufs Display, wählte Route und ließ sich von Google Maps leiten. Endlich. Er war da, aber weit und breit kein Parkplatz in Sicht. Doch. Er hatte Glück. Genau vor der Apotheke waren zwei Parkplätze, und einer wurde gerade frei.

Tai hatte ihm den Apotheker genau beschrieben. Außerdem trugen alle Namensschilder. Er stellte sich hinter die Wartenden, doch seine Augen waren bereits auf der Suche nach einem hochgewachsenen, bärtigen Mittfünfziger. Er sah ihn nicht und wartete ungeduldig in der Schlange. Doch als er dem Tresen näherkam, konnte er in den Hinterraum blicken und erschrak. Samanta? Nein, ermahnte er sich. Du bist ja schon besessen. Überall siehst du sie. Reiß dich zusammen. Trotzdem scannte er die elegant gekleidete Dame, die sich angeregt mit genau diesem Apotheker unterhielt, den er sprechen wollte.

Endlich hatte der bärtige Mittfünfziger sein Gespräch beendet und kam direkt auf ihn zu. Mai bestellte einen Gruß von Tai. Mehr war nicht nötig. Der Mann drehte sich schweigend um und kam mit einer Papiertüte zurück.

„Bitte. Es ist bereits alles bezahlt. Gute Besserung an Ihren Kollegen. Auf Wiedersehen."

22

Minutenlang blickte der Don in den Raum, nur sein Oberlippenbart zuckte gelegentlich und seine Nasenflügel waren ständig in Bewegung. Plötzlich stemmte er sich nach oben, ging hinüber zu seinem mahagonifarbenen Sekretär, zog das Telefon aus der Schale und drückte eine Ziffer.

„Francesco, mein Lieber, was machst du gerade? … hm … hm … das kann alles warten. Sei so gut und komme zu mir nach oben … fein, fein. Bis gleich."

Sie sah den alten Mann fragend an, doch der blieb wortlos hinter seinem Schreibtisch sitzen und genoss seinen Whiskey. Ihr war klar, wenn er seinen persönlichen Sekretär zu sich rief, hatte er einen Plan. Das beunruhigte sie. Es klopfte, und nach einem freundlichen Herein öffnete sich die Tür. Francesco war eine Erscheinung. Warum sehen schwule Männer immer so gut aus? Der Sekretär hatte sich einen Stuhl herangezogen, setzte sich neben den Don und erklärte ihm etwas am PC. Sie schmunzelte. Der Don vor einem PC-Bildschirm? Die Technik von heute war ihm eigentlich ein Graus. Was erklärte Francesco ihm? Leider konnte sie aus der Entfernung nichts verstehen. Doch in diesem Moment stand Francesco auf und verließ mit einer freundlichen Verabschiedung den Raum. Ohne ein Wort der Erklärung griff der Don zum Telefon und drückte erneut eine Nummer.

„Wladimir, wie geht es dir? ... fein, fein ... gefällt dir dein neuer Wagen? ... und auch deiner Verlobten?" Der Don hatte seine sonore Stimme erhoben, und so konnte sie diesmal alles verstehen. Der alte Mann war eindeutig nicht auf dem Laufenden. Wlad liebt Motorräder und ist schwul. Sie verkniff sich ein Grinsen und hörte weiter aufmerksam zu.

„Fein, Wladimir, fein ... du weißt ja, dass ich mich immer gerne erkenntlich zeige ...gut, gut. Wir haben ein kleines Problem. Du tust mir doch den Gefallen, nicht wahr? ... fein, fein. Wie wäre ein nettes Abendessen bei mir ... fein, fein. Um acht Uhr, mein lieber Freund. Pünktlich."

Wladimir saß grinsend auf seinem Motorrad und schüttelte den Kopf. Caruso hatte recht. Der Alte wurde langsam senil. Er und Weiber. Eher würde die Hölle einfrieren. Und das mit dem Mercedes war auch so eine Schnapsidee. Egal, den durfte er ohnehin nicht behalten. Schade, eigentlich. Er schob den linken Ärmel seiner Motorradjacke hoch. Sechzehn Uhr. Das passt. Vor elf war da nichts los. Also konnte er sich noch ein Wannenbad gönnen. Er startete die Maschine und gab Gas.

Mittwochabend. Partytime auf der Reeperbahn. Francesco freute sich auf die „Mittwochs Feierei" in der Wunderbar. Die Party begann um 22 Uhr und dauerte bis in die Morgenstunden des nächsten Tages, meistens bis um 3 Uhr. Darum hatte er den Don um frei gebeten und es wurde ihm gewährt. Wie gnädig, dachte er. Seine Arbeit machte ihm keine Freude, denn der Chef war in den letzten Jahren immer unausstehlicher geworden. Und an ein Privatleben war schon gar nicht zu denken, so eingespannt wie er war. Auch das musste sich ändern.

Er stand vor seinem begehbaren Kleiderschrank und konnte sich nicht entscheiden. Langsam zog er einen Bügel nach dem anderen auf die linke Seite. Dann blieb sein Blick an dem lila Shirt hängen. Ja, und dazu meine schwarze Designerjeans. Er zog beides aus dem Schrank und überlegte weiter. Das sportliche Seidenjackett würde gut dazu passen. Er hielt es vor Hose und Shirt. Perfekt.

Als Francesco aus der Dusche trat und im Vorbeigehen seinen Körper im Spiegel sah, stoppte er. Hm, schade, dass dich lange niemand zu Gesicht bekommen hat, wirklich schade. Er schickte einen Luftkuss an sein Spiegelbild und ging weiter.

Das Taxi bog in die Talstraße ein und hielt vor der Nummer 13. Die Bar war hell erleuchtet und Francesco stieg aus, freudig erregt, was der Abend ihm bringen würde. Es war an der Zeit, sich endlich mal wieder zu verlieben, dachte er, und ging auf den Eingang zu. Kaum eingetreten, sah er jemanden wild winken. Er freute sich und lief gleich auf ihn zu. „Carsten, ist das schön, dich zu sehen."

Der dunkelhaarige Schöne sprang vom Barhocker und umarmte seinen Freund lang und innig. „Sag mal, wo warst du die letzten Monate? Du lässt dich ja gar nicht mehr blicken, in keinem Club. Ich dachte schon, du bist ausgewandert."

Francesco zuckte mit den Schultern, verdrehte seine wasserblauen Augen und stöhnte. „Die Arbeit. Immer dasselbe. Hör bloß auf. Mir steht es bis hier." Francesco hob seine Hand über den Kopf und ließ sie erschöpft wieder sinken.

„Na, dann ändere was. Du bist doch kein alter Sack!" Francesco grinste. „Bisher nicht." Seine Augen tanzten vergnügt durch den Raum und blieben an einem jungen, kräftigen Mann hängen. Carsten stieß ihn an. „So, so, lange auf Entzug. Nimmst gleich Witterung auf, hm?"

Francesco verdrehte die Augen. „Ach, was du schon wieder denkst. Übrigens, kennst du den?"

Carsten streckte seinen Hals, setzte sich wieder und schüttelte den Kopf. „Ich bin hier regelmäßig. Bisher hat er sich hier nicht blicken lassen. Aber hast du seine Muskeln gesehen? Wow. Schade, dass ich nicht mehr Solo bin."

„Aha, da hat sich ja viel getan im letzten Jahr. Erzähl mir sofort mehr."

Sein Freund hob die linke Hand und er sah den wunderschönen Weißgoldring. Seine Augen wurden feucht. „Sogar mit Brilli. Schön."

Carsten sah seinen traurigen Blick, hob den Arm und bestellte beim Barkeeper zwei *Sex on the Beach*.

„So, hier, auf unser Wiedersehen. Stößchen."

Francesco lächelte wieder, doch seine Augen wanderten bereits zu diesem blonden Muskelpaket.

„Ich würde dir gerne meinen Mann vorstellen, aber der kann sich mal wieder nicht loseisen." Carsten reckte seinen Hals. „Ah, doch, da kommt er."

Francesco drehte sich um und erschrak. Peter. Nein, nicht sein Verflossener. Sein Herz begann zu rasen. Er versuchte ruhig zu bleiben und nippte an seinem Cocktail.

„Francesco. Du? Lass dich umarmen."

„Grüß dich", sagte er nüchtern. Eine Umarmung kam für ihn nicht infrage.

Carsten war schockiert und fragte nach: „Was ist hier los? Ihr kennt euch? Woher? Peter!" Er schaute seinen Mann ernst an, doch der nahm ihm nur das Cocktailglas aus der Hand und trank es in einem Zug.

Francesco stand auf. „Entschuldige, Carsten, ich brauche erst mal Auslauf. Bis später." Heute Abend wollte er Spaß. Also lief er weiter Richtung Tanzfläche. Was für athletische Körper. Konnte er da wirklich noch mithalten? Er sah an sich hinunter und musste schmunzeln. Als er wieder aufblickte, spürte er eine gewisse Wärme neben sich, sah nach links und erschrak. Er war es. Das blonde Muskelpaket lächelte ihn an und fragte: „Tanzen?"

Francesco nickte und ließ sich widerstandslos auf die Tanzfläche ziehen. Doch er konnte sich gar nicht auf den Rhythmus der Musik einlassen, weil seine Blicke immer wieder zu seinem muskulösen Tanzpartner schweiften. Und wie gut er roch. Die ersten drei Knöpfe seines weißen Hemdes waren geöffnet und er tanzte göttlich. Bei jeder Drehung starrte Francesco auf seinen knackigen Körper und fragte sich, wie er wohl nackt aussah. Er wagte kaum, ihm in die Augen zu sehen und erschrak, als der Fremde seine Hand nahm.

„Wollen wir etwas trinken?"
Francesco konnte nur nicken und ließ sich von der Tanzfläche ziehen.
„Ich trinke eine Margarita und du?"
„Ich auch", sagte Francesco schnell.
Der Blondschopf bestellte. Francesco starrte in seine blauen Augen und bewunderte sein gepflegtes, glänzendes Haar. Wieder kam ihm dieser Duft entgegen und er rutschte weiter an ihn heran.
Der Muskelmann reichte ihm die Margerita und beugte sich zu ihm. „Thierry Mugler, A men pure Tonka. Du magst den Duft?"
Francesco hielt sich eine Hand vor dem Mund und flüsterte: „Oh, wie peinlich."
Sein Gegenüber lächelte und zeigte seine strahlend weißen Zähne. Das Geschehene ignorierte er. „Ich bin Wladimir. Aber sag einfach Wlad."
„Francesco", sagte er schüchtern und sie stießen an.
Nach zwei Stunden saßen sie immer noch auf denselben Barhockern. Wladimir erzählte von seinem Training im Sportclub, seinem aufreibenden Job im Vorstand der Reederei seines Vaters und von der letzten Beziehung, die vor sechs Monaten in die Brüche gegangen war. Und dabei hatte er nicht einmal gelogen, nur einige Details verschwiegen.
Francescos Blicke hingen an seinen Lippen und er sehnte sich seit Stunden danach, ihn einfach an sich zu ziehen, um ihn zu küssen. Nein, dachte er, so ausgehungert bist du nicht. Doch auf einmal legte Wladimir seine Hand auf Francescos Knie und fragte: „Darf ich dich küssen?"

Er wagte nicht zu antworten, zog ihn an sich und tat es. Als sich ihre Lippen wieder lösten, sah Francesco in seine wasserblauen Augen, hob seine Hand und streichelte sanft sein Kinn. Wladimir wippte unruhig mit den Knien. Das hatte er nicht geplant. Sein Herz schlug immer schneller und er konnte seinen Blick nicht von ihm wenden. Was passierte hier gerade, dachte er, doch in diesem Moment zog Francesco ihn wieder an sich und Wladimir vergaß, warum er eigentlich hier war.

Um zwei tanzten beide immer noch eng umschlungen und es kam ihnen vor, als wenn es nie anders gewesen wäre. Trotzdem hatte Francesco sich fest vorgenommen, für heute die Notbremse zu ziehen. Schließlich war er kein Freiwild und das wollte er von Anfang an klarstellen.

Als er sich einige Minuten später ein Taxi rief, sagte er Wladimir, dass er allein nach Hause fahren würde, sich aber sehr auf ein Wiedersehen freue. Wlad schien nicht enttäuscht, küsste ihn und sagte: „Dann warte ich ungeduldig auf deinen Anruf. Meine Nummer hast du ja."

Wladimir saß an der Bar und trank noch eine letzte Margarita. Eigentlich hasste er Tequila. Er schlug sich kräftig gegen die Stirn. „Reiß dich zusammen!" Aber er wusste bereits, dass es zu spät war.

23

„Carl, zum Restaurant Teufelsbrück." Kaum hatte sie die Worte ausgesprochen, zweifelte sie an der Idee. Schließlich hatte sie ihren Restaurantleiter nach seiner SMS kalt abserviert. Nein. Sie wollte unbedingt bei Lasse essen. Er war der Beste, und Friedrichsen hielt sie noch ein wenig auf Abstand. Sie spitzte ihre Lippen. Der Bentley hielt.

„Soll ich warten, gnädige Frau?"

„Ja, danke Carl, und gehen Sie bitte in der Kajüte essen. Mich interessiert, wie gut der neue Koch ist. Berichten Sie mir anschließend."

Carl hob die Hand an seine Mütze und stellte den Motor aus.

Heute war sie ganz in Dolce & Gabbana gehüllt. Noch verdeckte der fast bodentiefe schwarze Mantel das wunderschöne Kleid, aber die schwarzen Nappalederstiefel eilten bereits die Brücke hinauf. Es war ruhig um die Mittagszeit. In der Woche boten sie nur eine kleine Karte an. Das Hauptgeschäft begann abends. Schnellen Schrittes ging sie auf die Küche zu und trat ein.

„Frau Collins. Schön, Sie zu sehen." Lasse strahlte sie an, aber ihr Blick wurde hart und ernst. Er erschrak und wartete auf das Donnerwetter.

„Lasse, Sie enttäuschen mich. Wir waren beim Hamburger Sie, also Vorname und Sie."

Er schmunzelte erleichtert und wiederholte: „Clara, schön Sie zu sehen."

Beide lachten und sie bestellte sich ein knusprig gebratenes Doradenfilet mit Pfannengemüse. Auf dem Weg zurück ins Restaurant lief sie Peer in die Arme. „Moin, Peer. Wie geht es Ihnen?" Er starrte sie an und schwieg.

„Was ist, hat es Ihnen die Sprache verschlagen? Nun gut, dann bringen Sie mir einen Chardonnay bitte, sehr kalt. Ich gehe nach oben." Sie öffnete ihren Mantel und zog ihn im Gehen aus.

Peer eilte herbei. „Den nehme ich Ihnen gern ab." Er versuchte zu lächeln und bemerkte sofort, wie wundervoll sie heute aussah. Das schwarze Kleid, mit den großen weißen Punkten, schmiegte sich an ihren Körper wie eine zweite Haut, und der schräge Saum des Kleides erinnerte an das einer spanischen Tänzerin. Wunderschön dachte er.

„Peer, was ist?"

Er zuckte zusammen, entschuldigte sich und eilte davon. Clara schmunzelte, wandte ihren Blick sofort gen Wasser und genoss den Blick über die Elbe. Ruhig war es hier oben und sie beobachtete ein nahendes Fährschiff, das kraftvoll den natürlichen Wellengang durchquerte. Das Wasser peitschte an seinem eisernen Rumpf empor und spritzte in hohem Bogen wieder auf die Wogen. Leises Klappern durchbrach die Stille.

„Frau Collins, ihr Wein."

„Noch einmal bitte."

Er verzog die Augenbrauen und schien nicht zu verstehen. Clara sagte ernst: „Wir hatten uns auf meiner kleinen Feier worauf geeinigt, Peer?"

Jetzt hatte er verstanden und wiederholte mit ernster Miene: „Clara, Ihr Chardonnay, bitte sehr."

„Na bitte, geht doch", sagte sie lächelnd und hielt ihn am Arm fest. „So geht das nicht. Setzen Sie sich."

Er folgte. Clara holte tief Luft und sagte ruhig: „Ja, da ist irgendetwas zwischen uns, was ich momentan nicht definieren kann. Ja, Sie sind mir nicht gleichgültig, Peer, und ja, es war ein schöner Abend, aber mit der SMS sind Sie einen Schritt zu weit gegangen. Ich brauche wenigstens hier eine professionelle Distanz, verstehen Sie das?"

„Ja, Clara. Sie haben recht."

Sie lächelte und streichelte seine Hand. Dann klopfte sie kurz auf den Tisch. „So, und nun freue ich mich auf das Doradenfilet."

Er verstand, erhob sich und ging in die Küche.

Lasse hatte den Fisch nur in Kräutern und Zitronenbutter gebraten. Ein Gedicht, dachte sie und schob das letzte Stückchen in den Mund. Anschließend zog sie die weiße Serviette vom Schoß und tupfte die rosa Lippen ab. Als Peer Friedrichsen ihre erhobene Hand sah, eilte er sofort herbei.

„Clara, ich sehe, es hat Ihnen gemundet. Darf es noch etwas sein?"

„Ich überlege noch, Peer. Vielleicht später." Dann scheuchte sie ihn mit einem Lächeln und einer flüchtigen Handbewegung vom Tisch.

Er hatte alles abgetragen und stand in gewisser Entfernung, um auf eventuelle Wünsche seiner Chefin einzugehen, aber Clara würdigte ihn keines Blickes. Ihre blauen Augen tanzten auf den Wellen der Elbe, doch ihre Gedanken waren bei ihm. Wie lange wollte sie dieses Spiel eigentlich noch treiben? Sie lächelte in sich hinein, fasste einen Entschluss und zog den kleinen Notizblock aus der weiß-schwarzen Handtasche. Dann griff sie nach ihrem Montblanc und schrieb eine Notiz. Sie hatte bemerkt, dass er sie immer noch beobachtete. Darum hob sie nur flüchtig die Hand.
„Clara, darf es noch etwas sein?"
Sie war aufgeregt und fühlte sich wie ein Teenie vor dem ersten Date. Lächelnd schob sie den Zettel über die weiße Tischdecke. Er sah sie erstaunt an, senkte den Blick und las. Sie wartete ab und beobachtete die Veränderung in seinem Gesicht. Er spitzte seine Lippen, befeuchtete sie und konnte sich ein Lächeln nicht verkneifen. Endlich blickte er auf, hob seine Hand vor den Mund und räusperte sich.
„Clara, ich würde Ihrem Wunsch gern nachkommen, aber Sie verstehen sicher, dass es in diesem Hause nicht möglich ist. Sie wissen doch, die professionelle Distanz." Er sah beschämt nach unten und grinste.
„Natürlich Peer. Vorbildlich. Das sollten wir in einem anderen Rahmen besprechen. Hatten Sie sich noch einmal Gedanken über die Außenbar gemacht?"
Er verstand und schmunzelte den Boden an.
„Das ist schön, Peer. Dann sollten wir das unbedingt besprechen. Sind Sie heute Abend abkömmlich?"

Der Restaurantleiter zog das Pad aus der Gürtelta-
sche, tippte einige Male aufs Display und lächelte.
„Ich stehe ganz zu Ihrer Verfügung, Clara."
Sie zwinkerte ihm zu, stand auf und ging.

Clara spürte immer noch seine zärtlichen Hände auf
ihrer Haut, obwohl er schon lange gegangen war.
Sehnsuchtsvoll schloss sie ihre Augen und träumte
sich noch einmal zurück in seine Arme. Was für eine
Nacht. Doch das Telefon riss sie aus ihrem morgend-
lichen Traum. „Gloria … nein, du brauchst dir keine
Gedanken zu machen. Ich habe nicht verschlafen, nur
keinen Appetit …Ja, du kannst den Tisch wieder ab-
räumen, Gloria, und entschuldige, dass ich dir nicht
Bescheid gegeben habe."
Appetit hätte sie schon, aber auf ihn. Sie schmollte.
Sollte sie ihm eine Nachricht schreiben? „Nein, Clara.
Das tust du nicht", flüsterte sie leise und erschrak.
Eine WhatsApp-Nachricht? Vielleicht von ihm?
Schnell sprang sie aus dem Bett und griff zum Tele-
fon.

> Guten Morgen, Clara. Ich hoffe, Sie ha-
> ben wohl geruht. Erwarte weitere An-
> weisungen. ☺

Sie schmunzelte und schrieb gleich zurück.

Okay, hier neue Anweisungen: Sonntagabend, gleiche Zeit, gleicher Ort. Und Montag haben Sie frei, Peer. Klären Sie das mit Ihrem Restaurantleiter. ☺ ☺ ☺

Clara kam aus dem Bad und war bestens gelaunt. Jedoch wurde ihr angesichts des bevorstehenden Besuches flau in der Magengegend. Er war lange nicht hier gewesen und hatte sich einfach selbst eingeladen. Doch daran wollte sie heute nicht denken. Also lief sie die lange Treppe hinunter, um mit Gloria alles Weitere zu besprechen. Die Haushälterin war gerade vom Einkauf zurückgekehrt und stapelte die Lebensmittel auf dem Küchentisch.

„Guten Morgen, Gloria", trällerte sie ihr entgegen. Doch ihre Haushälterin sah nur verdutzt auf die große Uhr, schüttelte den Kopf und packte weiter aus. Es war bereits viertel vor eins, und Clara wusste, dass ihr Vater pünktlich um neunzehn Uhr erscheinen würde. Deshalb war sie so angespannt. Der alte Herr liebte ihre Flugente mit Brataäpfeln und selbst gemachtem Rotkohl. Und da die Ente fünf Stunden im Ofen schmoren musste, hatte Gloria nicht mehr viel Zeit.

„Kann ich dir helfen, meine Liebe?"

Gloria sah sie verdutzt an. „Wirklich, Frau Clara?"

„Ja. Was kann ich tun?"

Gloria schien es nicht zu fassen. „Wollen helfen? Kartoffeln schälen vielleicht. Ich brauchen viel für Kloßteig. Halb roh, halb gekocht. Verstehen Sie, Frau Clara?"
Sie verstand und nahm der verwirrten Haushälterin den Sack Kartoffeln aus der Hand.

Es klingelte. Gerade heute war er überpünktlich. Leider. Clara rannte zur Tür. „Mit dem Essen wirst du dich noch ein wenig gedulden müssen, Vater. Darf ich dir einen Aperitif anbieten, Martini vielleicht?"
Brummig folgte er ihr in die Bibliothek. Clara lief direkt auf die Bar zu und zog die Martinigläser aus dem oberen Fach. Er stützte sich auf den goldenen Totenkopf des weißen Gehstocks und beobachtete sie mit zusammengekniffenen Augen. Sie drehte sich noch einmal um und fragte: „Wie viele Oliven?"
„Das weißt du doch."
„Also zwei." Clara konnte sich denken, warum er heute so schlecht gelaunt war, und das freute sie. Es war nur noch eine Frage von Wochen, bis er aufgeben musste. Sie lächelte in ihr Martiniglas, drehte sich um und lief auf ihn zu. „Bitte, Vater. Zum Wohl!"
„Red nicht so geschwollen, Amore. Salute!"
Alter Sack, du drangsalierst mich nicht mehr lange, dachte sie. „Salute, Vater. Übrigens ist morgen sein sechster Todestag. Ich will nach dem Frühstück an sein Grab. Magst du mitkommen?"
Seine buschigen Augenbrauen stießen zusammen und er atmete schwer. „Er ist tot. Begreif das endlich. Deine Ziele liegen vor dir. Das Ganze hat dich weich

gemacht, und solche Menschen können wir in der Familie nicht gebrauchen. Reiß dich zusammen, Amore."

„Vater, du redest mit deiner Tochter."

„Du gehst da nicht schon wieder hin. Basta!"

Clara starrte ihn an, doch er ignorierte sie und schüttete den Martini samt Oliven in sich hinein.

Ersticken sollst du dran, dachte sie, stand auf und ging zur Bar zurück. Sie leerte ihr Glas, stellte es auf den kleinen Glastresen und stützte sich ab. Wut stieg in ihr hoch und sie freute sich auf den Tag ihrer Abrechnung. Ich werde dreiunddreißig, dachte sie, und habe mir in den vergangenen Jahren ein eigenes Imperium aufgebaut. Natürlich profitierte sie auch von den Beziehungen innerhalb der Familie, aber dennoch steckte ein Großteil ihres Schweißes in dem Unternehmen. Sie besann sich, schüttelte den Kopf und verließ wortlos die Bibliothek.

Clara stand im Wohnsalon und blickte hinaus in die weite Grünanlage. Beruhigend, doch ihr Herz pochte immer noch, wenn sie nur an ihn dachte. Ein Blick nach links stimmte sie fröhlich. Die kleine Globusbar stand offen und sie goss sich einen Whiskey ein. Ihre Blicke streiften über die grünen Nadelgehölze. Sie hatte sich damals überwiegend gegen belaubtes Holz entschieden, weil sie auch in den kalten Monaten auf einen farbigen Garten blicken wollte. Neben den unterschiedlichen Gruppierungen und Formen hatten die Gärtner einige rot stämmige Sträucher gepflanzt. Die stachen neben dem satten Grün jetzt besonders hervor. Clara nippte an ihrem Whiskey und hörte von Weitem schon die klopfenden Geräusche seines Gehstocks. Langsam drehte sie sich um, in Erwartung, ihn gleich durch die Tür kommen zu sehen. Aber das Klopfen war plötzlich verstummt. Langsam ging sie zum Durchgang und hielt den Atem an. Ihr Herz begann zu rasen, als sie ihn vor dem Regal stehen sah. „Vater, was machst du da? Kann ich helfen?" Er fasste an das Regalbrett und Clara wurde bleich. „Vater, ja, ich weiß. Das muss ich reparieren lassen. Es ist lose. Stell die Figur bitte wieder hin."

„Amore, das ist schlampig. Brauchst du einen Hausmeister? Kein Problem, Amore. Wen willst du?" Er kam mit ausgebreiteten Armen auf sie zu, den Stock in der rechten Hand. „Komm zu deinem Vater. Der meint es nur gut mit dir. Ich muss dich doch beschützen, Amore."

Sie setzte ihr schönstes Lächeln auf und war froh, dass er sich von dem Regal entfernte. Also ließ sie sich gern von ihm in den Arm nehmen und vergaß für einen Moment die Wut, die sie auf ihn hatte.

„Vater, das Essen ist bald fertig. Möchtest du noch ein Martini?"

„Nein. Ich nehme das da, Amore."

„Auch einen Whiskey. Gut. Dann lass uns wieder in die Bibliothek hinübergehen. Es ist doch schön vor dem Kamin, nicht wahr?"

Er brummte nur. Auf dem Weg dorthin kam ihnen Gloria entgegen. Sie wedelte ganz aufgeregt mit den Armen und rief: „Frau Clara, Braten dauert noch länger. Entschuldigung. Ist von anderem Händler. Ich glaube, ist nicht so gute Qualität. Tut mir leid."

Clara lächelte und sagte zu ihrem alten Herrn: „Wir werden schon nicht verhungern, oder Vater?"

Doch der antwortete nicht und ging brummend weiter in die Bibliothek.

Clara saß in einem der großen Ohrensessel vor dem Kamin und ihr Zeigefinger umkreiste den Rand des Glases. Sie hatte bis jetzt nicht getrunken, obwohl ihr Vater sie bereits mehrfach dazu aufgefordert hatte.

„Amore, was ist los? Du kannst mir alles anvertrauen."

Ja, gerade dir, dachte sie und merkte, wie sich ihr Magen zusammenkrampfte. War das ihr Hunger oder wirklich diese unbändige Wut, die sich inzwischen angestaut hatte. Wut auf seine vorgespielte Liebe, seinen scheinbar egozentrischen Führungsstil, und dabei war er eigentlich ein schwacher alter Mann, mehr nicht. Dieses ständige Amore kotzte sie schon lange an, und darum reagierte sie gar nicht auf seine Frage, sondern nippte nur an ihrem Whiskey. Sie stand auf.

„Ich gehe in die Küche. Vielleicht braucht Gloria Hilfe."

„Du bleibst hier", schrie er.

So nicht, dachte sie, und postierte sich genau vor ihm. „Vater, es reicht. Das ist immer noch mein Haus und hier bist du Gast. Also benimm dich auch so."

Clara drehte sich um und verschwand. Natürlich wollte sie nur an ihr Telefon. Sie musste unbedingt wissen, wie Wladimirs Abend verlaufen war. Also ging sie zum Schein Richtung Küche und schlich sich dann die Treppe hinauf, in ihr Büro. Zwei Anrufe in

Abwesenheit. Sie lächelte. Die Jungs parieren, hervorragend, dachte sie und hörte die erste Sprachnachricht ab. Ihr Mund verzog sich zu einem breiten Grinsen. Doch dann horchte sie auf. Schritte in der unteren Etage. Schnell steckte sie ihr Handy wieder in die Handtasche und schlich sich nach unten. Vorsichtshalber lief sie in die kleine Toilette, spülte, zog die Tür laut hinter sich zu und lief über den Flur hinüber in die Bibliothek.

Das Glas stand neben ihm auf dem kleinen runden Beistelltisch, und er hatte die Hände vor dem Bauch gefaltet. Sein Kopf hing auf der Brust. Clara erschrak und lief schnell zu ihm. Doch dann sah sie, dass er nur eingeschlafen war, drehte sich um und ging zu Gloria.

„Gut, dass Sie kommen, Frau Clara. Nicht guter Vogel, viele Stunden geflogen. Hoffentlich nicht zäh.“

Clara lächelte besänftigend und streichelte ihre Schulter. „Schneide die Wildente doch erst einmal an, dann werden wir sehen. Müssen wir noch den Tisch decken?“

Gloria blickte auf und sah sie mit großen Augen an. „Habe schon fertig, Frau Clara. Alles gut.“

Die Hausherrin wollte sich aber unbedingt nützlich machen, um nicht wieder in die Bibliothek zurückgehen zu müssen, und fragte nochmals: „Ist der Rotwein bereits geöffnet. Der sollte doch etwas atmen, nicht wahr?“

Gloria sah sie noch erstaunter an und schüttelte den Kopf. Doch Clara lächelte nur und sagte: „Gut, dann hole ich eine Flasche aus dem Weinschrank.“

Auf dem Flur überlegte sie, ins Büro zu schleichen, um die zweite Sprachnachricht abzuhören, und ging sicherheitshalber einen kleinen Umweg in Richtung Bibliothek. Der Don schlief. Schnell eilte sie nach oben, zog ihr Handy wieder aus der Handtasche und war gespannt.

Ihr Mund war leicht geöffnet und sie befeuchtete ihre rosa Lippen. Die ersten Schritte waren erfolgreich. Jetzt brauchte sie nur noch die richtigen Informationen, und der Weg war frei.

Als sie die Treppe hinunterkam, stand ihr Vater bereits im Flur und blickte ihr finster entgegen. Hoffentlich hatte er nichts mitbekommen, und sie fragte scheinheilig: „Vater, hast du ein Nickerchen gemacht? Geht es dir gut?"

Doch der antwortete nur mit einem Brummen, drehte sich um und ging. Claras Miene verdunkelte sich und sie betete darum, dass er nach dem Essen verschwinden würde. Als sie Richtung Küche durchs Esszimmer ging, hatte er bereits Platz genommen und sich selbst vom geöffneten Rotwein eingegossen. Clara ging an ihm vorüber zu Gloria und fragte sie nach dem Zeitplan.

„Habe alles fertig, Frau Clara. Können gleich essen."

Die Hausherrin streichelte ihr über den Arm. „Aber nicht, dass du wieder in der Küche isst. Du setzt dich bitte heute zu uns an den Tisch, verstanden?"

Gloria nickte stumm und begann, den Vogel zu tranchieren. Clara hielt ihr die Platte und so waren die Damen in wenigen Minuten fertig, um alles auf dem Esstisch anzurichten.

Die Ängste der Haushälterin waren unbegründet.
Die Ente war zart und auf den Punkt gebraten, das
selbst gekochte Apfelrotkraut und die Klöße hervorragend. Clara lächelte ihr zu und war des Lobes voll.
Nur ihr Vater verlor darüber kein Wort, aber davon
ließ sie sich nicht beeinflussen und genoss das Mahl.
Sie erhob das Glas und dankte der Köchin.

Wie gehofft wurde der Don gleich nach dem Essen
abgeholt und nicht nur Clara war die Erleichterung
anzusehen.

24

Ein anhaltend hoher Piepton weckte ihre Sinne. Was war das? Sie hielt ihre Ohren zu, doch es hörte nicht auf. Nein. Das Piepen kam aus ihrem Kopf. Sie musste aufstehen und … Aber wo war sie eigentlich und warum war es hier so dunkel? In ihrem Kopf herrschte absolute Leere. Ihre Sinne schwanden und die Augenlider schlossen sich wie von selbst. Sie versuchte langsam und gleichmäßig zu atmen, doch diese Ungewissheit ließ sie nicht ruhen. Wo war sie? Angstvoll tastete sie ihre Umgebung ab. Ein Bett? Ja, sie lag in einem Bett. Nicht ungewöhnlich, dachte sie und griff hinter sich. Es war weich, nein eher flauschig, fast wie ihr Flokati. Ja, das schienen Kissen zu sein. Verdammt, ist das dunkel. Sie streckte ihre Hand weiter nach rechts. Ah. Ein Rahmen. Sie lag also auf der rechten Seite.

Ein Gedanke durchzuckte sie. War sie allein? Panisch schob sie ihren nackten Körper an die flauschigen Kissen. Angstschweiß schoss aus ihren Poren und die Stirn wurde nass und kalt. Sie schlang ihre schmalen Arme um den Körper. Und trotzdem. Sie fror.

Reiß dich zusammen, dachte sie und versuchte langsam und ruhig zu atmen. Verdammt, irgendwo musste doch eine Decke sein. Vorsichtig drehte sie sich zur linken Seite. Ob er noch neben mir liegt? Nein, dachte sie. Dann hätte ich ihn atmen gehört.

Also schob sie die Hand langsam weiter. Ihr Herz begann zu rasen und der Innenraum ihres Mundes war staubtrocken. Da, etwas Glattes. Seide? Vorsichtig zog sie es an sich. Ja, es war eine Decke. Schnell umhüllte sie ihren kalten, nackten Körper. Aber auch ihr Atem, den sie unter die schützende Decke blies, konnte eine Heizung nicht ersetzen. Erschöpft und müde rollte sie sich zusammen und schloss die Lider. Sie wusste nicht, wie lange sie so gelegen hatte und erschrak, als sie erwachte. Ihre Sinne schienen zu erblühen und sie nahm einen eigenartigen Geruch wahr. Sie hob den Kopf, hielt ihre Nase ins Dunkel und sog den süßlichen Duft in sich ein. Brechreiz überkam sie. Woher kannte sie das? Noch einmal streckte sie die Nase in den Raum und schnüffelte. Ein süßlicher Duft paarte sich mit einem anderen. Sie kannte diesen Geruch, aber woher?

Minuten hatte sie in die Dunkelheit gestarrt. Das Piepen in ihrem Kopf war einem lauten Pochen gewichen. Sie hob noch einmal neugierig die Nase. Ja, es roch nach Metall, wie sie es von Schweißarbeiten her kannte. Plötzlich wurde ihr übel. Sie musste hier raus. Vorsichtig streckte sie ihre Beine über den rechten Bettrand und ihre Zehen tippten auf einen weichen Untergrund. Endlich wieder Boden unter den Füßen, dachte sie, stand aber nicht auf, sondern rutschte Stück für Stück weiter, bis sie das Ende des Bettes ertastete. Da. War das ein feiner Lichtstrahl, den sie gerade wahrgenommen hatte oder spielten ihr die Augen einen Streich? Er kam von rechts. War dort ein Fenster? Aber warum war es dann so dunkel? Rollos, schoss es ihr durch den Kopf. Sie zog die Seidendecke um den Leib und drückte sich nach oben. Dann wagte sie einen ersten Schritt in diese Richtung. Und noch einen. Na bitte, geht doch, dachte sie und lief langsam und vorsichtig weiter, immer einen Arm nach vorn gestreckt, um ein eventuelles Hindernis frühzeitig zu ertasten. Doch mit jedem Schritt wurde ihr beklommener und in ihrem Kopf ertönte ein leises Warnsignal. Gedankenfetzen zermarterten ihr Gehirn, aber sie ergaben kein sinnvolles Ganzes.

„Oh!" Sie erschrak und blieb wie versteinert stehen. Ihr linker Fuß war an einen Gegenstand gestoßen. Panik stieg in ihr hoch und sie spürte wieder den kalten Schweiß im Genick. Was war das? Ihr Herz raste, und dennoch nahm sie all ihren Mut zusammen, ging in die Knie und senkte ängstlich ihre linke Hand.

„Nein!" Sie sprang auf und lief einige Schritte rückwärts, bis sie von der Bettkante hart gestoppt wurde. Starr vor Angst, wagte sie kaum zu atmen. Was war hier gestern geschehen? Wieso lag da jemand auf dem Boden und bewegte sich nicht? Das Pochen in ihrem Kopf wurde lauter und lauter. Sie versuchte, sich zu erinnern. Nichts. Nur Leere. Sie sog die kühle Luft tief in sich ein. Plötzlich waren ihre Sinne geschärft. Du musst hier raus, dachte sie, konzentriere dich. Wenn rechts das Fenster ist, musst du in die andere Richtung weitergehen. Dort wird die Tür sein. Sie versuchte sich an den gestrigen Abend zu erinnern, doch das Geschehene lag weiter im Dunkeln.

Nach einigen zaghaften Schritten ertastete sie endlich die Wand und schließlich einen Lichtschalter. Panik stieg in ihr hoch und sie hörte ihren Atem, der immer schneller wurde. Die raue Wand kühlte ihren Rücken und ihre Gedanken kreisten immer wieder um eine Frage, wer lag da?

Sie wusste nicht, wie lange sie so gestanden hatte, aber als ihr nackter Körper heftig zu zittern begann, erwachte sie aus ihrer Starre, holte tief Luft und drückte endlich auf den Schalter.

„Nein! Nein! Nein!"

Sie hielt ihre Hände schützend vors Gesicht und sank zu Boden. Ihre Atmung wurde schneller und schneller und das Kribbeln in ihren Fingerspitzen mehrte sich zu einem Summen. Sie ließ die Hände sinken, starrte auf die Leiche am Boden und blickte an sich hinunter. Auch sie war blutverschmiert. Ihre Blicke wanderten über das Bett, weiter zum Boden.

„Ein Messer! Nein!"

Sie war aufgesprungen und versuchte, mit der heruntergefallenen Decke das angetrocknete Blut von ihren Brüsten zu reiben. Doch es haftete an ihr, und die zarte Haut war bereits stark errötet. Als sie die Aussichtslosigkeit ihrer Handlung endlich begriff, sank sie erschöpft zu Boden. Sie glaubte zu ersticken und atmete mehrmals tief ein. Wieder verspürte sie ein Kribbeln in den Fingerspitzen, und ihre Hände begannen zu summen. Mit verschwommenem Blick nahm sie nur noch Umrisse des Bettes wahr, und das Einzige, was sie von einer Ohnmacht trennte, war die eisige Wand hinter ihr. Das Summen in ihren Gelenken nahm zu und die Hände begannen zu schmerzen. Krampfartig verdrehten sich ihre Handgelenke und die Finger verformten sich zu kleinen Pfoten. Doch sie konnte den Blick nicht von dem Toten wenden. Die nächste Panikwelle überkam sie und ihre Atmung wurde immer schneller. Sie hatte das Gefühl zu ersticken und rang nach Luft. Dann wurde es dunkel.

„Sie wird wach. Hohl bitte ein Glas Wasser.“
Diese Stimme hatte sie schon einmal gehört. Aber sie vermochte sich nicht zu erinnern. Ihre Gelenke schmerzten und der Motor in ihrem Kopf war bisher nicht auf Betriebstemperatur hochgefahren. Die Lider waren schwer wie Blei und sie hatte das unbändige Bedürfnis, zu schlafen.
„Hallo, Samanta, Liebes. Wie geht es dir?“
Ihre Wimpern zuckten, doch ihre Lider waren noch kraftlos. Immer wieder schloss sich der kleine Spalt, und man konnte ihre grünen Pupillen nur erahnen.
„Schlaf noch ein wenig.“
Er tupfte ihr mit einem feuchten Tuch die Stirn ab und streichelte ihre Hand. Blitzartig griff sie nach seinem Daumen. „Wer bist du?“ Sie wagte nicht, die Augen zu öffnen.
Er beugte sich zu ihr hinunter und flüsterte: „Ich bin es, Mai. Keine Angst. Du bist in Sicherheit.“
Langsam hob sie den Kopf und versuchte, die schweren Lider zu öffnen. „Mai“, flüsterte sie und fiel wieder in die Kissen.

„Ruh dich noch aus. Alles wird gut, glaube mir." Mai ging in den Wohnbereich der Suite und setzte sich. „Alles klar, Wladimir. Sie schläft wieder."
„Gut. Ich muss los, und du rufst mich sofort an, wenn sie in der Lage ist zu reden." Er hob drohend den Zeigefinger seiner rechten Hand und verließ die Suite.
„Mai?"
Er sprang auf und lief zu ihr. „Hallo. Da bist du ja wieder. Wie geht es dir?"
Sie zuckte nur mit den Schultern.
„Ich hole dir etwas zu trinken. Was möchtest du?"
„Champagner."
Er lachte auf. „Dein Ernst?"
„Mein voller Ernst."
Mai war aufgestanden und überlegte, ob er gleich anrufen sollte. Hier waren bestimmt versteckte Kameras und Wanzen. Die würden sicher nichts dem Zufall überlassen. Also ging er weiter ins Bad, schloss die Tür und informierte ihn. Anschließend griff er sich die Champagnerflasche und zwei Gläser.
„Hier kommt der Champagner, junge Frau." Er machte eine königliche Verbeugung, setzte sich zu ihr auf den Rand des Bettes und öffnete gekonnt die Flasche. Samanta hatte sich einige Kissen in den Rücken gedrückt und saß aufrecht.
„Auf dein Wohl", prostete er ihr zu, aber sie lächelte nur, führte ihr Champagnerglas zum Mund und trank das Prickelwasser in einem Zug. Als sie den Kopf wieder senkte, zuckte sie zusammen. Wladimir stand grinsend im Türrahmen und winkte ihr zu.
„Wer ist das, Mai?"

Doch bevor er antworten konnte, stellte Wlad sich selber vor, zog einen Stuhl neben das Bett und begann Samanta aufzuklären. „Also, Püppi, du hast uns da ganz schön in die Scheiße geritten." Er holte tief Luft und legte eine Schweigeminute ein. Ihre Augen hatten sich geweitet und ihr starrer Blick sagte ihm, dass der Bogen jetzt genug gespannt war. Also redete er weiter. „Ich weiß ja nicht, was dieser Freier dir angetan hat, aber ob du ihn deswegen gleich so kalt machen musstest?" Wieder stoppte er und wartete auf ihre Reaktion. Tränenflüssigkeit füllte ihre Augen und sie fing an zu schluchzen. Er sprach weiter: „Wieso bist du denn so ausgetickt, Püppi? War das so ein masochistisches Schwein, oder was?"
Sie zuckte mit den Schultern und sagte weinend: „Ich weiß es doch nicht. Ich kann mich an nichts erinnern, an gar nichts!"
Wladimir drehte sich Mai zu. „Wer weiß, was die Sau ihr eingeflößt hat?"
Samanta weinte immer noch und hielt sich die Hände vors Gesicht. Doch dann durchzuckte sie ein Gedanke. „Ist er wirklich tot?"
Mai nickte. Wieder vergrub sie ihr Gesicht und begann zu weinen. Wladimir drückte ihre Hände nach unten, schaute sie an und sagte besänftigend: „Wir haben alles geregelt. Es gibt keinen Toten. Es hat nie ein Kampf stattgefunden. Du warst nie in diesem Hotel und schon gar nicht in diesem Hotelzimmer."
„Danke", hauchte sie.
Wladimir stand auf und zog Mai mit aus dem Raum, schloss die Tür und sagte: „Hier. Das gibst du dem

Hotelmanager. Der hat schon einen schönen Platz für den toten Freier vorbereitet. Du verstehst?" Er zog Speichel durch seine Zähne und grinste.

Mai versuchte cool zu bleiben und zog das Geld aus der Klammer. „Hast du ihn ausgeknipst?"

Wladimirs rechtes Auge begann zu zucken. Er trat einen Schritt nach vorn, griff sich Mais Arm, zog ihn an sich und sagte: „Ja, aber der nächste Kandidat ist für dich." Dann stieß er ihn wieder von sich und zog eine kleine Schatulle vom Tisch. „Hier. Nimm das. Ein Geschenk für seine Frau."

Mai verstand, nahm die Scheine und steckte sie in die kleine goldene Schachtel. Im Fahrstuhl war er endlich allein und holte tief Luft. Shit. Er konnte sie jetzt nicht auffliegen lassen. Das wäre nur ein Teilerfolg und den Mord hätte er auch nicht verhindern können. Er überlegte kurz. Nein. Es war bereits alles geschehen, als er gerufen wurde. Nein. Er musste jetzt dranbleiben. So nah war er diesen Schweinen noch nie. Das Spiel musste weitergehen.

Am Hoteltresen hielt er Ausschau nach dem Manager, sah ihn aber nicht.

„Was kann ich für Sie tun?", fragte ihn die blonde Rezeptionistin.

„Den Hotelmanager bitte", antwortete Mai trocken.

„Oh, ist irgendetwas nicht zu Ihrer Zufriedenheit? Kann ich Ihnen weiterhelfen?"

Mai war genervt. „Spreche ich so undeutlich? Den Hotelmanager, bitte."

Sie zog ihre Lippen zusammen und sagte nüchtern: „Natürlich, der Herr."

Mai saß in einem der bequemen Ledersessel im Foyer und las das Hamburger Abendblatt.

„Guten Tag. Mein Name ist Samuel Riefenstein. Ich bin der Hotelmanager. Sie wünschen?"

Mai senkte die Zeitung und stand langsam auf. „Das Geschenk für Ihre Frau, Herr Riefenstein. Mit besten Wünschen von Caruso."

Der Tag war gerade erwacht und sie genoss die Ruhe. Die kleine Bank auf der Aussichtsplattform war kalt und feucht von der Nacht. Trotzdem ließ sie sich langsam nieder und blickte der aufgehenden Sonne entgegen. Früher kam sie oft hierher, sogar mit ihr, aber das war lange her und sie konnte die Zeit nicht zurückdrehen. Zu viel war geschehen, was sie ihr nicht verzeihen konnte.

Sie war aufgestanden und lehnte sich an das schmale Geländer. Der Blick über den Containerhafen war atemberaubend. Sie sog die kühle Morgenluft tief ein und träumte sich noch einmal in die Vergangenheit. Unweit des Altonaer Balkons lag ihre Heimat. Sehnsüchtig drehte sie sich um. Wie gerne würde sie noch einmal ihr Elternhaus betreten, in dem sie zusammen so glücklich waren. Aber nach dem Tod der Mutter hatte sich vieles verändert. Und dann noch dieser schreckliche Unfall. Tränen schossen ihr in die Augen und sie drehte sich wieder zur Elbe. In ihrem Kopf piepte es laut. Sie griff an ihr rechtes Ohr. Waren das immer noch die Auswirkungen der K.-o.-Tropfen? Sie zog das Ohrläppchen lang und schluckte mehrfach den Speichel hinunter. Das Piepen verstummte.

Erleichtert genoss sie die Stille und die aufgehende Sonne. Ihre Strahlen hatte die Elbe in ein orangerotes Licht getaucht und auch wenn die Außentemperatur nur bei neun Grad lag, empfand sie ein Gefühl der Wärme. Sie beugte sich weit über das kleine Geländer und schaute nach links. Von hier oben hatte man einen wundervollen Blick auf die Köhlbrandbrücke. Sie erinnerte sich grinsend an ihren nächtlichen Stopp und den tobenden Lkw-Fahrer. Heute war es bereits sieben Uhr und die Lkws standen dicht an dicht. Das konnte sie selbst aus dieser Entfernung gut sehen. Schmunzelnd drehte sie sich um, und ihr Blick blieb an der großen Bronzeplastik hängen. Schon als Kind hatte sie die drei Fischer bewundert. Ihre weiten Umhänge glichen großen Flügeln und die sechs in den Himmel ragenden Ruder staken in der Erde wie Masten. Einmal hatte sie versucht, an ihnen hinaufzuklettern und fürchterlichen Ärger mit Mutter bekommen. Sie lächelte. Doch dann drängte sich ein anderes Bild in den Vordergrund. Ihre Mutter lag auf dem Sterbebett, schwach und völlig ausgemergelt von der Chemotherapie.

„Ach, Mama. Du fehlst mir. Du warst die Einzige, die mich je geliebt hat. Ich wünschte, ich wäre bei dir."

Ihr Atem wurde ruhiger und ein beseeltes Lächeln breitete sich in ihrem Gesicht aus. Es schien, als hätte das Glück in ihrem Herzen Einzug gehalten. Samanta sog die kühle Morgenluft noch einmal tief in die Lungen und ihre Blicke streiften das kleine Café im Park, in dem sie mal drei Stückchen Erdbeertorte verputzt hatte. Hinterher war ihr so schlecht, dass Mutter sie

auf dem Arm nach Hause tragen musste. Und alles nur wegen dieser Wette. Schon damals konkurrierten sie beide. Nichts konnte sie einfach dem Zufall überlassen, musste immer die Beste sein. Von Anfang an war sie Vaters Liebling. Und heute? Was war aus ihr geworden? Ein Monster. Ein Tier, mit Menschenhaut überzogen. Ja, das war sie. Macht war das Einzige, was sie antrieb. Alles hatte sie an sich gerissen nach Mutters Tod, hauptsächlich Vaters Liebe. Na ja, wenn man das überhaupt Liebe nennen konnte. Vater hatte ihr schon immer den Vorzug gegeben. Clara war eben viel stärker und geschäftstüchtiger, als sie es hätte sein können. Samanta seufzte. Wie gern würde sie noch einmal in Mutters Armen liegen, wie sie es früher immer getan hatte, im Herrenhaus, vor dem großen Kamin. Selbst als Vater sie zum Sterben nach Hause geholt hatte, bestand sie darauf, das Feuer zu entzünden, mitten im Sommer. Nächtelang lagen sie sich in den Armen und Samanta hatte schon damals das Gefühl, dass sich die Familie nicht im Geringsten für die Todkranke interessierte. Sie war ihnen eine Last, und Vater ließ sich immer seltener sehen.
„Ach, Mama, warum bist du nur so früh von mir gegangen? Ich vermisse dich. Ohne dich ist alles so kalt. Alle wollen nur meinen Körper, nicht mich."
Sie wischte sich eine laufende Träne von der Wange und drückte den breiten Kragen ihres Mantels fest um ihren schlanken Hals. Sie fror. Die letzten Worte hallten in ihr nach. Keiner liebt mich. Nein. Das stimmte nicht. Er war anders. Und wie rührend er sich um sie gekümmert hatte, nach dieser grausamen

Nacht. Sie erinnerte sich an das Treffen in Waltershof, die Nacht mit ihm, an sein bestimmendes Wesen, und dennoch war er sanftmütig und zärtlich. Und gerade ihn würde sie jetzt enttäuschen müssen, denn keiner ihrer Kunden hatte Interesse an einer Zusammenarbeit. Sie versuchte, sich abzulenken, und ihre Blicke wanderten zu den unzähligen Lichtern des Containerhafens. Sie beobachtete schmunzelnd die vielen Van Carrier, die sich einen Container nach dem anderen griffen und wie riesige Ameisen hin und her liefen. Doch der Gedanke an ihr Versprechen war so präsent, dass sie sich daran nicht weiter erfreuen konnte. Seufzend lehnte sie sich über das Geländer.

„Samanta, du hast es versprochen", flüsterte sie.

„Was hast du versprochen?"

Sie schreckte hoch und fasste sich ans Herz. „Du?"

„Ja, offensichtlich. Sorry, ich habe einen Sender im Saum deines Mantels versteckt."

Sie wusste nicht, ob sie sich freuen oder besser weglaufen sollte und blickte ihn ernst an.

„Sorry, nach dem, was da vorletzte Nacht passiert ist, hatte ich einfach Angst um dich, Samanta."

„Wirklich?"

Sie ging einen Schritt auf ihn zu und berührte zärtlich seine Hand. Ihr Herz fing an zu pochen, und sie erinnerte sich an seine sanften Berührungen. Axels braune Augen wanderten hinunter, dann wieder hoch zu ihrem schönen Gesicht und blieben an ihren Augen hängen. Er erschrak. War sie es? Nein, das waren andere Augen. Nicht dieses warme Goldgrün. Doch wie sollte es nun weitergehen? Hatte diese zarte

Person noch die Kraft und den Mut, ihm zu helfen? Durfte er sie darum bitten? Nein, das kann ich nicht mit meinem Gewissen vereinbaren.

Sie hatte versucht, in seinem Gesicht zu lesen. Worüber dachte er so angestrengt nach? Seine Mundwinkel zuckten. Seine Augenbrauen schoben sich abwechselnd nach oben und sein Blick schweifte ständig über ihren Kopf hinweg in die Ferne. Was war los? Samanta hob ihre Hände und umfasste zärtlich sein Gesicht. Axel erschrak und als ihre Lippen den Seinen immer näher kamen, ließ er es einfach geschehen. Minutenlang spielten ihre Zungen miteinander, und eine unglaubliche Wärme durchströmte seinen Körper. Gedanken kamen und gingen, doch er war ganz bei ihr und genoss jede Sekunde.

Als sie sich wieder in die Augen sahen, war er verwirrt. Axel, was machst du hier eigentlich? Er dachte an Ella. Nein. Mach das nicht, versuchte er sich einzureden. Doch dann dachte er an das große Glück, sie getroffen zu haben. Konnte sie ihn noch näher an den Clan heranführen?

„Was ist mit dir los? Du bist heute so still und nachdenklich?", fragte sie.

„Du verwirrst mich", sagte er.

„Na, wenn es nur das ist. Aber sag mir warum?"

Ihre grünen Pupillen wanderten suchend über sein gebräuntes Gesicht. Was für markante Gesichtszüge, wie männlich, dachte sie und wartete auf seine Antwort. Axel hatte sehr wohl wahrgenommen, dass sie ihn beobachtete und rang nach Worten. Er war sich nicht einmal sicher, ob er doch echte Gefühle für sie hatte. Aber durfte er ihr das sagen, ihr Hoffnung machen? Bestimmt hatte sie das schon von einigen Freiern gehört und immer wieder gehofft, ausbrechen zu können. Nein. Er musste vorsichtig sein. Behutsam umfasste er ihre schmalen Hüften und zog sie an sich. Wie schön sie doch ist. Und urplötzlich hatte er gar keine Angst mehr vor ihren Augen. Nein. Sie war es auf keinen Fall. Er küsste sie auf die Stirn und sagte: „Lass uns gehen. Du bist ja schon ganz durchgefroren, Engel."

Heißer Regen lief über ihre nackten Körper, und sie schmiegten sich eng aneinander. Als ihre Hände begannen, mit seinem Körper zu spielen, hatten seine Gedanken endlich Pause.
Samanta lag in seinen Armen und kraulte seine behaarte Brust. War sie tatsächlich verliebt? Er hatte ihr zwar Geld in die Handtasche gesteckt, aber doch war das hier keine käufliche Liebe. Nein. Es war viel mehr. Er tat das nur zum Schein, gab vor, ein Freier zu sein, sonst würden sie auffliegen. Sie schmiegte sich dichter an ihn und freute sich über seine Vorsicht. Und wieder kreisten ihre Gedanken um die eine Frage: Sollte sie ihm wirklich helfen, alles auffliegen zu lassen? Bisher wusste er nicht, dass sie dazu in der Lage war. Aber würde sie dann wirklich frei sein? Sie atmete schwer und er spürte ihre Unruhe. Langsam zog er seinen Arm unter ihrem Hals hervor und sah sie lange an. Ihre Augen waren geschlossen, aber er sah, wie sich ihre Augäpfel unter den Lidern unruhig hin und her bewegten.

„Was ist los, Engel?"
Er stieß sie sanft an. Samanta erschrak und öffnete die
Augen. Was sollte sie ihm antworten? Ein Blick in
seine warmen, braunen Pupillen, und sie verlor sich
fast darin. Und plötzlich sah sie alles ganz klar vor
sich. Ja. Sie hatte es versprochen. Sie stemmte ihre
Hände neben den Körper, drückte sich nach oben
und sah ihm tief in die Augen. „Brauchst du immer
noch meine Hilfe?"
Axel erschrak und konnte nur stumm nicken. Sie
streichelte zärtlich sein Gesicht und küsste ihn.
„Okay. Dann lass uns beginnen!"

25

Ella hatte seit zwei Tagen und Nächten in die Kissen geweint und immer noch füllten sich ihre Augen mit Tränen, wenn sie an Susi dachte. Diese Schweine hatten sie erpresst, bedroht, geschlagen und fast zu Tode getreten. Und doch würde sie nie preisgeben, was sie sich in über zehn Jahren hart erarbeitet hatte. Sie begann wieder zu weinen, zog ein weiteres Taschentuch aus der Box. Ihre Nasenflügel waren bereits stark gerötet. Wieder sah sie Susis strahlendes Gesicht und konnte ihre Tränen nicht zurückhalten. Wütend klopfte sie ihre linke Faust auf das Bett und schluchzte: „Du hast sie auf dem Gewissen. Du und dein Stolz, Ella. Dein verdammter Stolz!"

„Hey, was ist denn hier los?", rief ihr Axel entgegen. Ein flüchtiges Lächeln huschte über ihr Gesicht. Er ging zügig auf das Krankenbett zu, küsste sie auf die Stirn und wollte die Gründe für ihren Wutausbruch erfahren. Doch Ella schwieg.

„Hey, ich bin auf deiner Seite. Was ist eigentlich seit dem Überfall mit dir los?"

Ihr Blick wanderte aus dem Fenster. Doch Axel ließ nicht locker und fragte noch einmal: „Setzen die dich mit irgendetwas unter Druck?" Er fasste ihren Kopf mit beiden Händen und zwang sie, ihn anzusehen. Ella schloss die Augen und wimmerte: „Ich kann nicht. Susi ist schon tot, weil mir mein verdammter

Stolz im Wege stand. Wenn ich nicht meinen Mund halte …" Sie zog die linke Hand vor ihre Lippen. „Ich habe schon zu viel gesagt. Verzeih mir." Dann drehte sie ihren Kopf wieder zum Fenster.

Mai stand auf. Er musste sie unbedingt zum Reden bringen. Aber wie? Er hatte eine Idee. „Ella, ist dir eigentlich schon einmal der Gedanke gekommen, dass du jetzt gerade nicht mit Axel, dem Kriminalisten, sondern mit Mai, dem Handlanger der Mafia redest?"

Sie zog die Schultern nach oben und schwieg.

Mai überlegte, noch einige spaßige Sätze hinzuzufügen und sprach gebrochenes Deutsch-Italienisch mit tiefer Stimme. „Aber Ella, wir gehören doch alle zu einer großen Familie, si. Wenn wir uns nicht vertrauen, oh, du arme Welt!" Dazu gestikulierte er mit beiden Armen und sie begann endlich zu lächeln. Wie schön, dachte er, und gab ihr einen langen Kuss auf den Mund. Als sich ihre Lippen wieder trennten, begann sie zu reden.

„Ich weiß nicht, was plötzlich los ist, aber die haben den Druck dermaßen erhöht, dass ich kaum noch Luft bekomme. Sämtliche alkoholische Getränke, außer Wein, muss ich von denen beziehen. Und dann noch diese Fertigcocktails aus Kanistern, aber das weißt du ja. Übrigens habe ich einen gekostet. Ekelhaft dieses Zeug, wahrscheinlich mehr Ester drin als alles andere."

Mai unterbrach sie und fragte: „Welchen Cocktail?"

„*Hurricane*. Der war grausam. Also normalerweise gehören je drei CL guter brauner und weißer Rum hinein, frischer Zitronensaft, Maracuja- und Orangensaft und ein Spritzer Grenadine. Das Zeug hat geschmeckt wie schlechter Multivitaminsaft mit einem Schuss Vodka." Sie atmete schwer.

Mai legte seine Hand auf ihre. „Hey, reg dich nicht so auf. Mach lieber eine Pause, wenn du willst."

„Ich brauche keine Pause. Also, an dem Tag, an dem ihr eigentlich bei mir in der Bar die Verkostung durchziehen wolltet, standen mittags plötzlich vierzig Verpackungseinheiten von diesen Fertigcocktails vor meinem Lager. Eine Stunde habe ich die Tür freigeräumt und den Scheiß draußen an die Wand gestapelt. Soll das Zeug doch vergammeln! Schließlich habe ich die Mixe nicht bestellt." Sie holte tief Luft und sprach weiter: „Ich schloss mein Lager auf, ging durch zur Bar, alles für den Tag vorbereiten, so wie ich es immer mache. Etwa um zwei war ich fertig und bin nach oben in meine Wohnung gegangen. Die Tür war zu. Ich kann mich an keine Einbruchspuren erinnern."

Mai hob die Hand. „Ella, ich bin mit meinem kleinen Multifunktionsmesser in dreißig Sekunden drin gewesen. Ein Kinderspiel. Aber erzähl weiter."

Sie hielt den Atem an. „Okay. Darüber reden wir später. Also, ich kam in den Flur und ging gleich durch ins Schlafzimmer, um mir meine Sachen rauszulegen. Das mache ich immer so. Dann bin ich durch den Flur ins Wohnzimmer, weil ich mich noch eine Stunde hinlegen wollte. Doch als ich am Gäste-WC vorbeikam, legte mir ein Hüne von Kerl blitzschnell seinen

Arm unter die Kehle und stieß mir irgendetwas Spitzes in den Nacken. Mir wurde augenblicklich übel und schwindelig." Sie holte tief Luft und bat Mai um ein Glas Wasser. Schluck für Schluck schien sie sich zu beruhigen und redete weiter. „Na ja, auf jeden Fall schob er mich ins Wohnzimmer, wo ein anderer Kerl saß, wesentlich kleiner, dunkle Haare, Pferdeschwanz. Ein Südländer würde ich sagen. Der hatte einen Schlagring auf der einen und einen Ring mit Schlaufe auf der anderen Hand." Eine dicke Träne rollte über ihre Wange. Schluchzend erzählte sie: „Ich war wie gelähmt. Dann ging alles so schnell, die Schläge in den Bauch, die Tritte auf meine Hände, als ich am Boden lag. Das war dafür, dass ich ihre Fertigcocktails nicht ausschenken würde, schrie der Große. Es war schrecklich." Sie hatte den Kopf gesenkt und schluchzte.

Doch Mai wartete ab. Er spürte, dass es noch einen anderen Grund gab, warum sie so gefoltert worden war. Er kannte diesen Schlingenring. Die Schlinge wurde um den Finger des Opfers gelegt und ruckartig nach hinten gezogen. So brach man demjenigen nicht nur den Finger, sondern verletzte in aller Regel auch die Gelenkkapsel. Ella musste Höllenqualen erlitten haben. Doch wenn sie so brutal vorgingen, steckte mehr dahinter, aber was? Er beugte sich zu ihr. „Ella, was wollten die wirklich von dir?"

„Meine Rezepte, Axel. Alle meine Rezepte. Mein Wissen. Wenn ich ihnen die gebe …" Sie warf sich nach vorn auf die Bettdecke und weinte.

Er streichelte ihren Rücken und wartete ab.

„Axel", begann sie leise. „Habe ich Susi auf dem Gewissen?"

Er überlegte, was er ihr darauf antworten sollte, denn irgendwie hatte sie gar nicht so Unrecht mit ihrer Vermutung. Aber das durfte er ihr natürlich nicht sagen. Er holte tief Luft. „Also, erst einmal warst nicht du es, die sie umgebracht hat, und zweitens, machen die ohnehin weiter, bis sie deine Bar haben."

„Meine Bar?"

Shit, dachte Axel. Ich Idiot. Schnell griff er nach ihrer Hand und versuchte die Situation zu retten. „Also, der Genovese Clan hat sich in den vergangenen zwölf Monaten sechs Bars unter den Nagel gerissen. Wir gehen davon aus, dass sie ein Barimperium aufbauen wollen. Deine Bar liegt ideal in Hafennähe. Aber, Ella." Er streichelte ihre Hand. „Wir sind Ihnen dicht auf den Fersen. Halte durch. Ich habe bereits alles organisiert. Deinen Mädels und der Bar geht es gut." Er zwinkerte ihr zu und Ella richtete sich auf. „Also war es richtig, ihnen die Cocktailrezepte nicht zu geben?"

„Natürlich, du hast alles richtig gemacht. Deine Cocktails sind der Hammer. Die Rezepte darfst du nicht herausgeben."

Ella wischte sich die Tränen aus dem Gesicht und sagte: „Na ja, man kann Cocktailrezepte nicht sichern. Die Inhalte legt man schon auf der Getränkekarte frei, ist Pflicht. Mache ich aber nicht." Sie grinste schelmisch.

„Aha, wusste ich's doch", sagte Axel und gab ihr einen Kuss auf die Nase. Dann hakte er weiter nach.

„Und wegen der Rezepte haben die weiter auf dich eingeschlagen?"

Ella senkte den Kopf und sprach leise weiter: „Ich habe ihnen gesagt, dass ich die Rezepte auch nicht auswendig kann. Doch dann wollten die wissen, wo ich sie notiert habe, aber auch das habe ich ihnen nicht gesagt. Dann hat mir der Südländer einen Tritt verpasst und mir wurde schwarz vor Augen."

Axel beugte sich zu ihr und streichelte zart über die verletzte Rechte. „Und deine Hände? Ich meine speziell die rechte Hand. Wer war das?"

„Das weiß ich nicht? Das müssen die danach gemacht haben. Ich war ohnmächtig. Der Arzt hat gesagt, dass ich K.-o.-Tropfen im Blut hatte." Sie senkte den Kopf und fing wieder an zu weinen. „Die haben doch Susi bestimmt ermordet, um mich zu bestrafen. Wenn ich ihnen gesagt hätte, wo mein Rezeptbuch liegt, wäre sie bestimmt noch am Leben, oder?"

Mai beugte sich zu ihr und streichelte ihr rotes Haar. „Das weiß ich nicht, aber eins ist sicher. Die nehmen sich, was sie wollen. Und das ist deine Bar. Das Netz der Mafia ist so eng gestrickt, dass wir uns freuen, wenn wir mal einen Deal vereiteln können. Die Mafia selbst wird es noch ewig geben."

Ella schluchzte und sah ihn verweint an. Er küsste sie auf die kalte Stirn. „Ella. Wir werden sie stoppen. Deine Bar wird nicht in ihren Klauen landen. Das kann ich dir versprechen. Aber die Mafia selbst zu stoppen wird wohl immer ein Traum bleiben, den wir in einhundert Jahren noch träumen werden. Ihre

Macht ist ungebrochen, weil sie das bewährteste Mittel der Welt einsetzen, die Angst. Sie ist die Waffe und die Quelle ihrer Macht. Das können wir nur mildern, aber auf Dauer verhindern, leider nicht."
Ella zog ihre Augenbrauen zusammen und sah ihn erschrocken an. „Aber das muss ja für dich als Ermittler frustrierend sein", flüsterte sie.
„Ja, ist es, und ich habe mir ganz fest vorgenommen, aus diesem Job auszusteigen." Er beugte sich über sie, küsste ihre trockenen Lippen und schaute ihr tief in die Augen. „Ich wünsche mir nämlich endlich ein Privatleben."
Sie beugte sich nach vorn und küsste ihn auf die Nasenspitze. „Damit können wir morgen schon anfangen. Ich werde entlassen."

Charly stand bereits um Viertel nach zehn in Ellas Bar und mixte einen Cocktail nach dem anderen. Die meisten Rezepturen waren ihr bekannt, aber Ellas Cocktails hatten schon einen gewissen Pfiff, und wenn es nur ein Dash Orange Bitter war, mit dem sie die Cocktails verfeinerte. Ihre Augen wanderten gerade über die Zutatenliste für den Amore. Interessant dachte sie. Den kenne ich nicht. Sie zog die Flaschen aus dem Regal und freute sich stündlich mehr, dass sie Ella vertreten durfte. Seit Jahren hatte sie nicht mehr hinter der Bar gestanden, und der letzte Undercover-Einsatz war auch schon zehn Monate her. Es war höchste Zeit für etwas Aufregung in ihrem Leben, und die hatte sie jetzt. Sie freute sich sehr auf die nächsten Wochen und strahlte. Doch irgendetwas fehlte hier. Ja, Musik, dachte sie, und schaltete das Radio hinter sich ein. Aber das Einzige, was die kleine Quietschkommode von sich gab, war lautes Rauschen. „Mist." Sie startete den Sendersuchlauf. Nichts. Enttäuscht widmete sie sich wieder dem Amore. So, jetzt nur noch die Garnitur. Dann war sie fertig. Charly schaute sich das Glas von allen Seiten an. Der Cocktail war ihrer Meinung nach gelungen. Sie blickte zur Uhr. Oh, gleich elf. Ella sollte bald hier sein. Schnell räumte sie die restlichen Zutaten in die Regale und Schubfächer, reinigte den Tresen und reihte alle Cocktails darauf.

Es klapperte und sie drehte sich um. Eine vollbusige Frau stand hinter ihr und lächelte. Das ist sie, dachte Charly, und bewunderte ihre rote Mähne.

„Na, Deern, kommste klar?"

„Glaube schon, aber koste erst einmal, will ja deine Gäste nicht vergraulen. Ach, ich bin Charly."

Sie reichte ihr die Rechte, doch Ella zuckte nur mit den Schultern und hob die verbundenen Hände. „Ich bin Ella, aber den Rest lassen wir lieber. Mit der Linken kann ich vielleicht noch ein Glas heben, aber das war's auch schon."

„Oh, sorry, stimmt, geht ja nicht."

Ella setzte sich an einen der Tische, warf ihre rote Mähne über die Schulter und lächelte. „So, dann zeig mal, was du gezaubert hast."

Charly stellte ihr einen Cocktail nach dem anderen auf den Tisch und Ella sog immer nur kurz am Trinkhalm. Einige Gläser wanderten nach links, andere nach rechts. Den *Amore* trank sie aus, blickte hoch

und sagte: „Du gehörst eindeutig hinter die Bar, Deern. Hier, aber denen fehlt noch was."
Ella schob ihr zwei Gläser entgegen.
„Das war der *Hot Summer*. Was fehlte dem?"
Ella lachte. „Nix, der Birnenlikör war zu dominant."
„Okay, und der andere?"
„Beim **Al Capone** hast du das Verhältnis nicht eingehalten. Na ja, ich mache ihn sowieso anders als üblich. Aber meine Gäste mögen ihn so."

Charly schaute aufs Rezept und lief hinter den Tresen, um beide Cocktails noch einmal zu produzieren.
„Bitte sehr. Hier, mein zweiter Versuch."
Ella trank und strahlte. „Na bitte, geht doch! Und jetzt noch meinen."
„Wie, deinen?"
„Meinen Cocktail, der steht nicht auf der Karte, musst du aber können, sonst verärgern wir die Stammgäste."
„Okay, wie heißt der?"
Ella grinste. „Eigentlich bisher nur Cocktail. Es wissen nur wenige, dass ich ihn gerade *Ellas Best* getauft habe. Wenn ein Stammgast nur zwei Cocktails bestellt, weißt du Bescheid. Einige werden versuchen, dich zu foppen, vor allen Dingen, wenn sie angetüdelt sind."
Charly lachte. „Gut zu wissen und was ist drin?"
Ella zählte auf: „Malibu, Galliano, weißer Rum, O-Saft, Mangosaft, Sahne und ..." Sie holte tief Luft und sprach weiter: „...Weinbergpfirsichlikör. Das ist die weiße Flasche im Kühler, ohne Etikett."
Charly antwortete lachend: „Aha, geheime Zutat."
Ella lachte. „Das ist nicht irgendein Likör. Der ist von einem winzigen Weingut aus Rheinhessen. Ich kaufe diesem Weinbauern jedes Jahr den gesamten Likör ab. Er selbst behält nur zehn Flaschen. Der alte Herr ist schon einundachtzig und hat keine Nachkommen. Schade, denn sein Roséwein ist auch spitze. Früher hatte er auch einen ausgezeichneten Riesling. Aber das ist ihm mittlerweile alles zu viel. Ich hoffe, ich

kann wenigstens den Weinbergpfirsichlikör noch ein oder zwei Jahre von ihm beziehen."

Charly stand schon hinter dem Tresen, hatte alle Flaschen vor sich platziert und hörte interessiert zu. Dann sagte sie: „Mach du doch weiter."

Ella schmunzelte. Gar keine schlechte Idee. Sie war erst zweiunddreißig. Warum nicht noch einmal etwas Neues anfangen. Schließlich hatte Herr Graf es ihr sogar angeboten.

Charly hatte bereits begonnen, einige Zutaten in den Boston Shaker fließen zu lassen, holte die weiße Flasche aus der Kühlung und gab 2 CL Weinbergpfirsichlikör hinzu. Ella beobachtete sie sehr genau und freute sich auf den ersten Schluck. Sie sog am Trinkhalm und verdrehte die Augen. „Himmlisch. Der ist nicht zu toppen." Dann schob sie Charly das Glas zu und reichte ihr den zweiten Trinkhalm. „Jetzt du. Ich bin gespannt auf dein Urteil."

Charly sog am Halm und hob den Daumen. „Wow! Der macht süchtig."

Ella lehnte sich erleichtert zurück. „Sag' ich doch."

Es donnerte an der Tür. Die Frauen zuckten zusammen und Ella blickte wütend zum Eingang. Hoffentlich nicht Tai. Nein, dachte sie, der ist ja noch außer Kraft gesetzt. „Guck mal, wer das ist, aber nur durch den Spion, Deern! Nich, dass dir auch noch was passiert."

Charly lugte vorsichtig hindurch und erschrak. „Ella, zwei Polizisten. Soll ich öffnen?"

„Tüülich."

Als sie die schwere Eichentür aufgezogen hatte, lächelten die beiden Uniformierten freundlich und baten darum, hereingelassen zu werden. Einer ging gleich auf Ella zu und fragte ernst: „Sie sind Frau Emilia Herrmann?"

Sie nickte, verstand aber nicht, was sich hier gerade abspielte. Er zog ein Foto aus der Innentasche seiner Uniform und fragte: „Dann kennen Sie sicher auch diesen Mann?"

Ella erschrak. Bitte nicht. „Mai? Was ist passiert?"

„Also kennen Sie diesen Mann, Frau Herrmann?"

Ihr Herz klopfte bis zum Hals und sie nickte.

„Wann haben sie ihn das letzte Mal gesehen?"

Ella überlegte. Wen meinte der Polizist eigentlich, den Ganoven Mai oder Axel von Büren? Also zuckte sie vorsichtshalber nur mit den Schultern und sagte: „Er ist ein Gast, wie alle anderen. Keine Ahnung. Aber warum wollen Sie das überhaupt wissen?"

Der Polizist räusperte sich und blickte zu seinem Kollegen. Der nickte, also antwortete er: „Er ist tot."

„Nein!"

Ella zog die linke Hand vor ihren Mund und begann zu weinen. Charly drehte sich um und rieb sich die Augen. Der Polizist schien unberührt, leierte seinen Text herunter und forderte sie auf, mitzukommen. Ella und Charly waren nicht in der Lage zu widersprechen, zogen ihre Jacken an und verließen zusammen mit den Polizisten die Bar. Erst als sie im Auto saßen, wurde Ella stutzig. Wieso kannten die Bullen ihren eigenen Kollegen nicht? Sind das überhaupt Polizisten? „Ich will ihre Ausweise sehen. Sofort!"

„Nun bleiben Sie mal ruhig, Frau Herrmann. Bitte." Der Fahrer hielt ihr seinen Ausweis genau vors Gesicht, und der Kollege war noch dabei, seine Jacke aufzuknöpfen. „Bitte. Wir sind wirklich von der Polizei, aber ich kann Sie verstehen. In Hamburg treiben wieder zwei Ganoven in Uniform gewaltigen Unfug."
Das Polizeikommissariat 21 war nicht weit entfernt, und so bogen sie bereits nach einigen Minuten in die Mörkenstraße. Schon von Weitem sahen sie das große rote Backsteingebäude mit seinen riesigen Türmen. Eigentlich viel zu schön für ein Bullenrevier, dachte Ella. Der Wagen hielt. Der Beifahrer verabschiedete sich von seinem Kollegen und stieg aus. Dann fuhren sie weiter. Ella wurde unruhig und wollte jetzt endlich wissen, wohin sie gebracht werden. Doch der Fahrer sagte nur: „Fragen Sie Charly, Frau Herrmann."
Ella sah ihre Nachbarin mit großen Augen an. „Was ist hier los?"
Charly lächelte, legte vorsichtig ihre Hand auf Ellas Linke und sagte leise: „Bleib ruhig. Axel lebt. Das war eine vorgespielte Aktion. Wir müssen dich, deine Mädels und die Bar erst einmal aus der Schusslinie der Mafia nehmen. Axel natürlich auch."
Ella atmete laut aus, warf sich nach hinten, drückte ihre Schulter an Charlys und sagte erleichtert: „Du bist aber eine verdammt gute Schauspielerin. Du kannst auf Befehl weinen?"
Charly sagte grinsend: „Nein. Ich habe mir mit den Zeigefingern auf die Pupillen gefasst."

„Das habe ich gar nicht mitbekommen.“
„Ich habe mich ja weggedreht, und mir dann die Augen gerieben, als ich dich wieder angesehen habe.“
Ella schüttelte ihr rotes Haar und lachte. "Und wo fahren wir jetzt hin, Charly?“
„Na, zu Axel.“

26

Francesco ging kopfschüttelnd den langen Gang hinunter. Was wollte der Boss jetzt schon wieder? Er blickte flüchtig auf seine Rolex, die er ihm kürzlich geschenkt hatte, für treue Freunde. Freunde? Sein Sklave war er und das seit fast zehn Jahren. Wir sind doch alle eine große Familie, hatte sein Vater gemeint und ihm die Stellung beim Don förmlich aufgezwängt. Er hätte mit seiner Ausbildung ganz andere Aufstiegschancen gehabt, würde jetzt sicher eine gute Position in einem Großunternehmen oder einer Bank bekleiden. Aber nein, er musste sich ja überreden lassen. Wütend öffnete er die Tür, ohne zu klopfen, und erschrak. Der Don, seine Tochter und zwei Herren, die er nicht kannte, saßen am alten Sekretär. Alle starrten ihn an und er entschuldigte sein unangekündigtes Eintreten.

„Aber, Francesco, mein Freund, du musst dich doch nicht entschuldigen. Komm rein." Der Don winkte ihn herein und er trat näher. Doch Francesco traute ihm nicht, denn er kannte diese schmalzige Freundlichkeit. Also hielt er einen gewissen Sicherheitsabstand und wartete ab.

„Komm näher, mein Freund, und sieh dir das an."
Er verstand nicht, ging dichter an den Sekretär heran, auf dem eine große Karte ausgebreitet war und erschrak. Die hatte er vom Katasteramt geholt. Aber

was wollte der Don von ihm? Seine Augen wanderten über die Karte und er bemerkte, wie die anderen ihn musterten. Nur Clara nicht.

„Francesco, mein Freund, was siehst du?"

Er verstand nicht. „Die Karte, die ich vom Katasteramt geholt habe."

„Die Karte, ja. Und was steht da unten auf der Karte, die du geholt hast?" Blitzschnell packte der Don sein Genick. „Vorlesen!"

Francesco erschrak, blickte auf den unteren Rand und las die Gemarkung laut vor. In der nächsten Sekunde schlug sein Gesicht auf die Holzplatte. Er schrie auf, doch der Don hatte ihn immer noch fest im Griff und brüllte: „Du hast mich vor meinen Freunden blamiert! Nein, beschämt! Du dämliche Schwuchtel! Du hast diesen Job hier nur deinem Vater zu verdanken oder glaubst du, ich hätte dich sonst eingestellt, hä?"

Wieder knallte Francescos Kopf auf den Sekretär, und man vernahm ein lautes Knacken. Er schrie und begann zu zittern. Sein Gesicht war bereits blutüberströmt und Clara griff ein: „Vater, wir brauchen ihn noch."

„Du redest erst, wenn ich es dir erlaube!", brüllte er sie an und packte Francesco noch heftiger ins Genick. Wieder schrie er auf. „Ja, schrei. Schrei um dein sinnloses Leben!" Dann stieß er ihn auf den Boden und spuckte hinterher. Clara wusste, dass Francesco Hilfe brauchte, wagte aber nicht einzugreifen. Doch dann bot sich eine Chance. Francesco fing an, sich zu übergeben. Der Don sah angewidert weg und schrie Clara an: „Schaff mir diesen bastardo aus den Augen! Nein, warte! Wir gehen. Du bleibst und machst diesen Scheiß sauber!"

„Geht klar, Vater. Ich bringe ihn danach zum Doc." Francescos Blut floss unaufhörlich aus Platzwunden und Nase. Sie rannte ins Gästebad, zog das Handtuch vom Halter und stand binnen Sekunden wieder im Büro. Francesco drückte das weiche Handtuch ins Gesicht und fing wieder an zu weinen. Sie strich ihm über die Schulter und dachte, diesmal bist du zu weit gegangen, Vater. Aber es passte genau in ihren Plan. Francesco musste hier raus. Nach einem kurzen Telefonat war alles geklärt. Die Damen vom Wirtschaftshof würden das Büro reinigen, und Clara brachte den Verletzten zu ihrem Auto.

Auf der Fahrt nach Jork rief sie den Doc an und gab ihm nähere Anweisungen. Ein Blick auf die Rückbank, und ihr war klar, dass der Arzt genug zu tun haben würde. Die Nase war gebrochen und einige Wunden mussten sicher genäht werden. Francesco hob kurz die Hand. „Danke."

„Schon gut. Wir sind gleich da und der Arzt ist unterwegs. Bleib liegen."

Er gehorchte.

„Francesco. Wir sind da."

Er schreckte auf und versuchte, sich zu erheben. Die Autotür wurde aufgerissen. „Moin, Caruso und danke, dass ich mich um ihn kümmern darf."

Sie winkte ab. Wladimirs Augen wanderten über Francescos Gesicht. Entschlossen hob er ihn aus dem Audi und trug ihn ins Lagerhaus.

Der blutüberströmte Italiener sah seinen Retter mit großen Augen an. Clara ist also Caruso. Wladimir hatte ihm zwar beim letzten Treffen einiges gebeichtet, aber das war ihm neu.

Der Doc wartete bereits vor der Tür, als zwei schwere Motorräder heranrollten. Caruso drehte sich kurz um und begrüßte beide mit einer flüchtigen Handbewegung.

„Die Wunden an der Augenbraue und am Haaransatz muss ich nähen. Diese kann ich tapen." Der Doc zeigte auf die Lippe und öffnete seinen Koffer. Dann bat er darum, dass alle den Raum verlassen, doch Wladimir blieb standhaft.

„Gut, Sie bleiben, aber alle anderen gehen."

Caruso nickte, gab Pablo und Jo ein Zeichen, und sie verließen den Raum.

„So. Jetzt zu der Nutte. Gute Arbeit, Männer. Übrigens, die Maschinen ... " Caruso zeigte zum Fenster. „Gute Wahl." Die Männer grinsten, bedankten sich bei ihr für die großzügige Spende und schlugen vor, die Motorräder näher anzusehen. Doch dann hörten sie den Aufschrei.

„Lass ihn leben!", brüllte Caruso, konnte sich aber ein Lächeln nicht verkneifen. Die Jungs schmunzelten und warteten ab.

Langsam öffnete sich die Tür und Wladimir stand im Rahmen. „Alles gut. Der Doc musste ihm die Nase richten. Wir kommen gleich raus."

Als sich die Tür das zweite Mal öffnete, humpelte Francesco in den Raum, und Wladimir fragte: „Spendierst du uns einen Drink, auf den Schreck, Caruso?"

„Bedient euch. Ich nehme einen Whiskey, Wlad."
Der Doc war längst auf dem Rückweg, als die fünf
noch bei Whiskey und Rum zusammensaßen. Caruso
stand auf und platzierte sich vor dem Verletzten. Ihre
kalten blauen Pupillen taxierten ihn. „So, Francesco,
jetzt Klartext. Beabsichtigst du für den Don weiterzuarbeiten?"
Er bewegte den Kopf vage hin und her.
„Gut. Denn das Problem wird sich bald erledigt haben. Aber wir brauchen deine Hilfe. Bis du dabei?"
Er nickte stumm.
„Gut. Ich brauche von dir folgende Informationen."
Caruso reichte ihm ein Blatt, blickte ihn konzentriert
an und wartete auf seine Reaktion. Doch Francesco
lächelte nur, faltete das Blatt und steckte es in die Hosentasche.
Caruso war überrascht. Auch Wlad wunderte sich
und fragte nach: „Du weißt schon, dass du vorsichtig
sein musst, Francesco."
„Ach, so viel Coolness habt ihr mir wohl nicht zuge-
traut?" Er zeigte auf sein Gesicht. „Das soll er büßen.
Dafür klaue ich ihm alles unter seinem Arsch weg,
was ihr wollt. Seine Ausraster häufen sich. Es ist nur
eine Frage von Zeit, wann er mich umbringen lässt.
Diesmal habe ich die falsche Karte vom Katasteramt
geholt. Was macht er wohl mit mir, wenn ich die zwei
Oliven in seinem Martini vergesse?"
Caruso musste schmunzeln, stand auf und reichte
ihm die Hand. „Willkommen. Alles, was ich von dir
erwarte, Francesco, ist Loyalität. Solltest du je den

Kodex des Schweigens brechen, landest du bei den Fischen."

Sie zog den Reißverschluss des roten Minikleides nach oben, richtete ihre Brüste, streifte die schwarzen Stiefel weit über die Knie und betrachtete sich noch einmal im Spiegel. Dann setzte sie die grünen Kontaktlinsen ein und fluchte. Ihre Augen begannen zu tränen. Sie blickte noch einmal auf ihr Spiegelbild, drehte sich angewidert um, zog den langen schwarzen Mantel von der Garderobe und atmete noch einmal tief durch. Eines war sicher, Aussteigen war keine Option. Sie selbst hatte dieses Spiel begonnen und genauso würde sie es auch beenden. Aber ihr fehlten noch Informationen für den letzten, entscheidenden Schlag. Sie musste dringend telefonieren. Suchend blickte sie sich um. Wo war ihr Handy? Es klingelte, sie folgte dem Geräusch und fand es auf dem kleinen Küchentisch. Zwei Anrufe in Abwesenheit und drei WhatsApp-Nachrichten. Vincent? Zügig öffnete sie die Erste und las.
„Nein!"
Sie fiel auf den kleinen Küchenstuhl, las die anderen Nachrichten und rief zurück. „Vincent, bist du sicher? …Ja, ich traue deinen Abhörkünsten … Mai ist also tot, hm? … Und die Bullen haben beide mitgenommen? … Und die Bar? … versiegelt? … Okay. Du bleibst aber weiter auf Position." Langsam knöpfte sie ihren langen Mantel auf und ließ ihn über ihre nackten Schultern gleiten. Ihre Mandelaugen starrten die gegenüberliegende Wand an und sie fragte sich,

wie man diese Blumentapete ertragen konnte. Bei dem Anblick wurde ihr schon nach einer Minute speiübel. Sie erhob sich. Gelangweilt wanderten ihre Blicke an ihrem Outfit hinunter. „Okay. Das ist Geschichte. Zurück zum Plan." Sie zog das Handy vom Tisch und wählte Pablos Nummer. „Habt ihr alles im Griff? … perfekt … und du löst unser Problem? … gut. Es muss Sonnabend sein … Nein, am Abend, in seinem Haus …Ja, er sitzt immer am Fenster und mein liebes Schwesterlein werde ich gleich neben ihn platzieren …Ja, den Code für die Eingangstür gebe ich euch noch … nein, erst am selben Abend. Er ändert ihn ständig …Ja … und denk dran, Pablo, wenn ich mich nicht mehr bei dir melde, habe ich alle Informationen von ihr, die ich brauche. Dann knips sie gleich mit aus … vermassele es nicht … nur, wenn ich mich nicht melde! Verstanden? … gut. Bis morgen, pünktlich um zehn im Bismarck Denkmal."
Sie blickte an sich hinunter und dachte, das Nutten-Outfit kannst du jetzt wieder in den Schrank hängen. Steht ihr ohnehin besser als mir. Die Bullen hatten Ella in den Krallen, und Mai war tot. Schade eigentlich, dachte sie. Egal. Es war nur noch eine Frage von Zeit, und die Bar würde ihr gehören. Aber zuerst musste der weitaus wichtigere Plan in die Tat umgesetzt werden. Sie lehnte sich zurück und grinste. „Morgen hole ich aus, zum letzten, entscheidenden Schlag. Dann halte ich die Zügel in den Händen. Ja, Vater, zu hoch gepokert."
Clara stand auf, ging über die schmale Treppe hinauf, ins Schlafzimmer, öffnete den langen Reißverschluss

ihres roten Kleides und streifte es ab, wie eine zweite
Haut. Das Spiel war aus. Sie hatte fast alle Informationen, die sie brauchte. Grinsend ließ sie sich aufs Bett
fallen, das sofort zu quietschen begann. „Ach, wie ge-
sprächig werden Nutten doch, wenn sie mit ihres-
gleichen plaudern. Und die süße Susi hat gezwit-
schert, wie ein kleines Vöglein. Na ja, nun ist sie selber eins." Clara klatschte sich vergnügt auf ihre nackten Schenkel, sprang auf, zog den Jogginganzug über
und rannte hinunter in die Parterre. Dann schlüpfte
sie in die schwarzen Boots, öffnete die Seitentür zur
Garage, streichelte im Vorbeigehen den Sitz ihres
Motorrades und öffnete die kleine Tür zum Tunnel.
Die fünfhundert Meter ging sie heute zu Fuß. Manchmal war sie froh, ganz allein zu sein und sich frei in
der Villa bewegen zu können. Sie genoss die Mon-
tage, wenn Gloria abwesend war, und überlegte, ihr
zusätzlich den Dienstag freizugeben. Essen konnte
sie in jedem ihrer Restaurants und was machte sie
schon schmutzig in zwei Tagen. Ja, ihr Entschluss
stand fest. Sicher würde Gloria sich darüber freuen
und diese Perle musste sie unbedingt festhalten.
Clara hatte die Boots im Flur der Villa ausgezogen
und lief barfuß nach oben. Kurz darauf stand sie vor
ihrem großen Schrank und begutachtete die Kleider.
Ein Bügel nach dem anderen wechselte die Seiten
und dennoch hatte sie immer noch nichts Passendes
gefunden. Nein, heute kein Kleid. Sie drückte die
Schiebetür zur anderen Seite und zog sofort einen
schwarzen Armani Hosenanzug heraus, dazu eine

klassische weiße Bluse und ihren goldenen Seidenschal. Dann blickte sie auf die große Wanduhr. Der kleine Zeiger ermahnte sie zur Eile, wenn sie noch rechtzeitig im Restaurant Teufelsbrück ankommen wollte. Sie schmunzelte, denn eigentlich hatte sie diesen Abend ganz anders geplant. Clara drehte sich vor dem bodentiefen Spiegel, strich das schwarze Haar glatt, lächelte ihr Bild an und erschrak. Sie hasste das kalte Grün der Kontaktlinsen. Vorsichtig entfernte sie diese, zog den schwarzen Boss Mantel aus dem Schrank und lief die lange Treppe hinunter ins Foyer. Wie ruhig es war. Sie verweilte einen Moment und genoss die Stille. „So, nun aber los, Clara", spornte sie sich an und verließ das Haus.

Carl war seit letzter Woche im Urlaub und so hatte sie endlich wieder die Möglichkeit, selbst zu fahren, natürlich nicht den Bentley, sondern ihren geliebten Audi. Als das Garagentor auffuhr, war es bereits nach neun, und sie freute sich auf das Essen bei Lasse. Ob er noch das Koberind auf der Karte hatte? Clara kuschelte sich in den Sitz, startete den Wagen und schaltete die Sitzheizung ein. Sie ließ ihre Blicke einen Moment schweifen. Schön siehst du wieder aus. Die Jungs von der Autoreinigung haben ganze Arbeit geleistet. Der Geruch der Lederpolitur hing noch in der Luft, Bienenwachs und Zitrusduft.

Auf der Elbchaussee war es ruhig an diesem Montagabend, erst als sie am Schröders Park vorbeifuhr, kam ihr das erste Auto entgegen. Langsam fuhr sie weiter und sah, dass kurz vor dem Hindenburgpark ein Lkw die Fahrbahn blockierte. Der Fahrer versuchte,

den Container hinter seiner Zugmaschine rückwärts in die Parkstraße zu setzen, was ihm aber nach dreimaliger Wiederholung bisher nicht geglückt war. Clara stöhnte und sah auf die Uhr. Es war bereits Viertel vor zehn. Eigentlich war in fünfzehn Minuten Küchenschluss. Also rief sie vorsichtshalber Lasse an. „Hallo, mein Lieber. Hast du noch das Koberind auf der Karte? … hervorragend … Ich bin gleich da, wenn der Lkw vor mir irgendwann die Kurve kriegt …Ja, bis gleich."
Nach weiteren fünf Minuten hatte er es endlich geschafft. Der Fahrer hob die Hand für eine flüchtige Entschuldigung, und Clara konnte endlich weiterfahren. Ihre Blicke wanderten nach links, als sie ihr hell erleuchtetes Restaurant sah. Wunderschön, dachte sie, und fuhr auf den Parkplatz.
Der Steg hin zum Eingang kam ihr heute besonders lang vor oder war es die Sehnsucht nach Peer? Sie schmunzelte und freute sich jetzt schon auf sein Gesicht, wenn sie gleich das Restaurant betreten würde. Eine Bö schlug ihr nasskalt ins Gesicht und ihre Schritte wurden schneller. Endlich. Die Tür. Peer stand bereits lächelnd vor ihr, begrüßte sie geschäftsmäßig, nahm ihr den Mantel ab und geleitete sie zum Tisch.
„Heute so distanziert, Herr Restaurantleiter?"
„Ich bin dazu angehalten worden, mich so zu verhalten, Frau Collins." Dann beugte er sich leicht zu ihr und flüsterte: „Ich kann Ihnen aber auch gleich hier die Kleider vom Leib reißen, gnädige Frau. Wenn Ihnen das lieber ist?"

Clara flüsterte zurück: „Lieber später." Sie setzte sofort ein ernstes Gesicht auf und sagte: „So, Herr Friedrichsen, dann bringen Sie mir doch bitte das Koberind und den dazu korrespondierenden Rotwein. Ich bin gespannt auf ihre Auswahl."

Der Restaurantleiter verbeugte sich leicht und schritt von dannen. Ihre Blicke verfolgten ihn und ein leichtes Lächeln umspielte ihre rosa geschminkten Lippen. Sie war glücklich. Wenn ihr anderer Plan auch aufging, war sie am Ziel. Nein, nicht ganz, dachte sie. Es fehlte nur noch ein Puzzlestein.

„Clara, Ihr Wein, und ich habe mir erlaubt, eine Flasche Pellegrino mitzubringen. Ist das Recht so?"

„Hervorragend, aber nun bin ich gespannt auf die Weinempfehlung."

„Sehr wohl. Ich empfehle zum Koberind diesen Cuvée, aus Cabernet Sauvignon und Merlot, vom Gardasee, Villa Cordevigo Rosso 2012."

Er zeigte ihr das Etikett der Flasche. Sie las es flüchtig und nickte. Gekonnt drehte er sein Kellnermesser in den Korken, zog ihn kraftvoll heraus, roch daran und platzierte ihn auf einem separaten Teller. Dann goss er einen Probeschluck ein und sprach weiter: „Dieser Wein ist tief dunkelrot und am Rand leicht orange." Der Restaurantleiter schwenkte das Glas, hielt seine Nase darüber und sagte begeistert: „Ein Duft von Kirschen und Pflaumenkonfitüre. Bitte, Frau Collins." Er reichte ihr das Glas und redete weiter: „Er ist am Gaumen kräftig, keine Tannine, erinnert an den Geschmack von Brombeere und Cassis, mit einem Hauch von Vanille und Eichenholz."

Clara hatte bereits abgeschaltet und ließ den Cuvée am Gaumen wirken. Hm, er hatte recht. „Was für ein Cuvée. Ausgezeichnete Wahl, Herr Friedrichsen. Ein wundervoller Wein." Sie zwinkerte ihm zu. Er goss nach und ging.

Sie genoss den Wein, schloss die Augen und dachte über ihre Zukunft nach. Ab sofort wirst du nur noch genießen und wirst nicht mehr von dem Alten gegängelt. Sie öffnete ihre Lippen und nahm einen weiteren Schluck. Ja, dieser Wein ist vorzüglich, doch ihre Gedanken wanderten zurück zu ihrem Plan und sie schmunzelte. Ab morgen bist du Geschichte, Vater.

„Das Koberind, Frau Collins."

Clara strahlte. Sie liebte dieses gut gemaserte Steak. Die feinen Fettadern verbinden sich beim Braten mit dem aromatischen Fleisch. Dadurch bleibt es besonders saftig. Darum sollte man es immer durchbraten und nicht wie üblich Medium oder gar Englisch servieren. Aber Lasse wusste das natürlich.

Behutsam stach sie ihre Gabel ins Fleisch und setzte das Messer an. Bereits beim Schneiden merkte sie, wie zart es war, und freute sich auf den ersten Bissen. Sie schob die Gabel in den Mund, schloss die Augen und genoss. Erst danach verkostete sie den getrüffelten Kartoffelstampf, die Rotweinsauce und das Gemüse. Alles korrespondierte hervorragend miteinander und Clara winkte Peer heran.

„Was kann ich für Sie tun, Clara?" Er zwinkerte.

„Bitte richten Sie dem Küchenchef aus, dass er sich wieder selbst übertroffen hat."

„Sehr gern, Frau Collins." Er verbeugte sich und
ging.

Der Restaurantleiter hatte den Teller schon lange abgeräumt, und die Zeiger der braunen Wanduhr waren bereits auf elf vorgerückt. Die letzten Gäste verließen gerade das Restaurant. Clara blickte immer
noch verträumt über die Wellen und hing ihren Gedanken nach. Ab jetzt wirst du dich nur noch auf diesen wundervollen Mann und dein Imperium kon-
zentrieren und endlich frei sein. Ihr Gesicht spiegelte
sich in der Fensterscheibe. Sie hob ihr Glas und prostete sich zu: „Auf dich."

27

Samanta konnte es nicht fassen. Zitternd hielt sie die Einladung in den Händen. Seit sechs Jahren hatte sie das Elternhaus nicht betreten, und jetzt das? Steckt ein perfider Plan dahinter oder durfte sie sich wirklich freuen? Verwirrt blickte sie aus dem Fenster. Es war schon hell und von Weitem konnte man vage die Masten der Rickmer Rickmers erkennen.
Ihr Zeigefinger wischte langsam über die geschwungenen Buchstaben. Wie schön er immer noch schreibt. Schon als Kind hatte sie seine Schrift bewundert, diese ausladenden Schleifen, die Rundungen, einfach alles daran. Sie lächelte sich in die Vergangenheit und atmete tiefer ein als sonst. Die Fensterscheibe beschlug, als sie ausatmete, und sie malte ein kleines Herz darauf. Doch es verschwand so schnell wie die Erinnerungen an eine verblasste Zeit.
Samanta senkte den Kopf und blickte noch einmal auf die Karte. Nur ein Essen im Kreise der Familie. Welche Familie? Seit Jahren hatte er sie ausgeschlossen, wollte nichts mehr mit ihr zu tun haben. Sie atmete schneller.
„Nein, dieses Monster wird auch erscheinen." Sie, die ihr das Leben zur Hölle gemacht hatte. Sie, deren Rache kein Ende nahm. Sie, die sich immer neue Spielchen ausdachte, um sie zu quälen und zu demütigen.

Ihre Halsschlagader begann heftig zu klopfen, die rechte Hand krampfte sich unwillkürlich zusammen und von der Einladungskarte blieb nur noch eine Papierkugel. Nein. Sie durfte diese Einladung nicht annehmen. Denen traute sie alles zu. Auch Mord. Sie warf die Papierkugel in die Ecke und blickte hinüber zum Hafen. Diese wundervolle Aussicht und diese Junior Suite im Empire-Riverside-Hotel waren das einzig Schöne an diesem verkorksten Leben. Aber selbst das war nur geliehene Freude. Denn wenn sie ihr perfides Spiel nicht mitspielte, würde sie schneller auf der Straße sitzen, als ihr lieb war. Egal, dachte Samanta, dann bleibe ich eben bei Ella.

Sie setzte sich wieder an den kleinen Tisch, trank Schluck für Schluck ihren Tee und spülte die Gedanken einfach weg. Doch sie musste unbedingt mit jemandem reden, sich austauschen. Was, wenn diese Einladung nur ein weiterer Schachzug war? Sie zuckte zusammen. Oder planen die mich loszuwerden? Ihr Herz klopfte schneller und sie versuchte ihre Gedanken auf etwas Schönes zu lenken. Mai. Ihr Atem wurde langsamer und sie holte das Handy aus der Handtasche, dass er ihr zugesteckt hatte. Für Notfälle. Das war einer. Definitiv. Sie wollte gerade die Taste drücken, als sie sich an seine warnenden Worte erinnerte. Nicht in deiner Suite telefonieren. Rasch stand sie auf, zog ihre Wattejacke vom Haken, rannte aus der Tür, hinaus zum Fahrstuhl und war binnen einer Minute im Freien. Sie drückte die Eins und wartete nervös auf seine Stimme.

„Samanta, wo bist du?"

„Draußen, wie du es mir geraten hast."
„Dann können wir reden. Gut, dass du anrufst. Ich muss dir dringend etwas erklären."
„Was erklären?", wiederholte sie schüchtern.
„Offiziell bin ich tot und Ella und Charly, die Neue hinter der Bar, sind von der Polizei abgeholt worden. Hörst du, Liebes?"
Er hat Liebes gesagt, dachte sie und antwortete nicht.
„Samanta. Hast du verstanden?"
„Ja. Ich habe verstanden."
„Und warum wolltest du mich sprechen?"
Sie berichtete von der Einladung und dass sie Angst hat, diese anzunehmen.
„Perfekt! Geh hin, Liebes. Wir sind ganz nah bei dir und statten dich mit einem Sender aus. Außerdem werden Kollegen in deiner Nähe sein. Versprochen."
„Gut. Danke, Mai. Ich hab' dich lieb."
Er erschrak. Sollte er ihr weiterhin Hoffnung machen? Ja. *„Ich dich auch."*
Ihr strahlendes Gesicht konnte er zwar nicht sehen, aber ihm war klar, dass er sie mit seinen Worten sehr glücklich gemacht hatte. *„Wann bist du eingeladen?"*
„Samstagabend. Ich hab' Angst. Die planen etwas."
„Das werden wir vereiteln. Bleib ruhig. Heute ist erst Mittwoch. Wir können alles in Ruhe vorbereiten."
„Okay, ich habe trotzdem Angst. Können wir uns bitte sehen? Bitte."
Er war hin- und hergerissen und wusste nicht, was er ihr antworten sollte. Fragend blickte er zu Ella, die ununterbrochen zugehört hatte. Sie nickte ihm zu.

Er verstand. „*Gut, Liebes. Ich muss mir aber noch überlegen, wann und wo. Ruf mich bitte morgen wieder an, dieselbe Zeit.*"

„Ja, Liebster. Das mache ich. Kuss."

„*Kuss*", *sagte er flüchtig und legte auf.*

„Ach, Ella, ich hätte nicht so weit gehen dürfen. Ich habe mit ihren Gefühlen gespielt." Er senkte den Kopf auf ihren Schoß und Ella kraulte ihm sein dichtes Haar.

„Wieso hätte? Du tust es noch, Axel."

Traurig blickte er auf und antwortete: „Aber ich halte mein Versprechen und hole sie da raus. Es ist schon alles vorbereitet. Das war doch ihr sehnlichster Wunsch, oder?"

Ella nickte stumm, aber beiden war klar, dass Samanta sich mehr erhoffte. Liebe, Wärme und eine Zukunft mit ihm. Axel stöhnte, seine Gedanken überschlugen sich und blieben immer wieder bei der letzten Nacht hängen. Er erinnerte sich an ihre außergewöhnlichen Zärtlichkeiten, ihre samtweiche Haut und die tausend Küsse. Hatte er doch Gefühle für sie oder waren es wirklich nur die Erinnerungen an käufliche Liebe? Er war verwirrt, sah zu Ella und schüttelte seine Zweifel ab. Nein. Das hier war Liebe. Das andere war nur Sex. Er erschrak. Was, wenn Samanta das erwartete? Nein. Das konnte er nicht mehr. Sollte er mit Ella darüber reden? Er hob seinen Kopf von ihrem Schoß und sah sie an. Ella strich seine verwuschelten Haare glatt.

„Was hast du auf dem Herzen, Großer? Ich sehe es dir an der Nasenspitze an, dass dich etwas quält."

Axel stöhnte laut.

„Nu sag schon.“

„Was, wenn Samanta sich darauf freut, mit mir …?“

Ellas Stirn legte sich in Falten.

„Ella. Nun sag was!“

„Scheiß Situation. Egal, hol die Deern aus dem Sumpf, oder …“

„Oder?“ , wiederholte er.

„Du könntest der Sache aus dem Weg gehen.“

„Wie? Sag schon.“

„Treff dich mit ihr draußen und maximal zum Essen in einem Restaurant. Sag ihr, es ist zu eurem gemeinsamen Schutz. Mehr ist nicht drin.“ Sie stieß ihm in die Rippen. „Du bist mir ein Undercover-Cop. Du müsstest doch besser wissen, wie man so etwas einfädelt.“

Axel lachte und küsste sie auf die verbundene Hand. Dann zog er sich an der Lehne hoch und flüsterte: „Ja, aber das ist eine Ausnahmesituation, oder glaubst du, ich habe keine Gefühle?“

Ellas rechte Augenbraue hob sich. „Wie hast du das gerade gemeint mit den Gefühlen?“

Er schwieg. Denn er wusste es selbst nicht.

Es war windig und kalt. Die Quecksilbersäule auf dem verwitterten Holzthermometer hatte es gerade bis zur Neun geschafft und sie kuschelten sich dicht aneinander.

„Warum hier, Axel?“

„Aus Sicherheitsgründen. Bei diesen Menschenmassen fallen die Sicherheitsleute nicht auf, schon gar nicht als Zivilisten. Wir wollen doch überleben, Liebes. Und außerdem esse ich gerne Fisch und liebe Sylt. Schon Hunger?" Er gab ihr einen Kuss auf die Nasenspitze, stand auf und zog sie einfach aus dem Strandkorb.

Samanta klammerte sich fest an seine Hand und lief ihm in Schlängellinien hinterher. Sie umrundeten eine Menschengruppe nach der anderen, bis sie endlich vor einem großen Verkaufstresen standen. Sehnsüchtig schaute er nach oben und las. Samanta verfolgte seinen Blick und die leuchtenden Augen, die munter über die riesige Anzeigetafel flitzten. Sie lehnte ihren Kopf an seine Schulter. Bald war alles vorbei. Dann würde sie ihn ganz für sich haben.

„Hey, Liebes. Magst du keinen Fisch? Sorry, ich habe dich gar nicht gefragt."

Samanta lächelte. „Doch. Empfehle mir etwas."

„Kommt darauf an."

„Worauf?"

„Magst du Fisch gebraten, gedämpft oder geräuchert, und magst du Schalentiere, Scampi zum Beispiel?"

„Am liebsten gebratenen Fisch und auf jeden Fall Scampi."

Er lachte und sagte: „Dann weiß ich, was wir essen. Schau, da rechts steht es."

Die Bestellung war schnell aufgegeben, und der weiß gekleidete Koch begann schon einige Fischfilets auf die heiße Bratenplatte zu legen. Es brutzelte und Axel konnte es kaum abwarten, doch der weiße Mann beugte sich zu ihm und sagte: „Die große Platte für zwei Personen dauert aber. Wollt ihr euch nicht setzen und in der Zwischenzeit etwas trinken?" Er nickte in Richtung der Getränketheke und fügte hinzu: „Da drüben ist gerade ein schöner Platz frei geworden, und hier drin ist es auch gemütlicher als draußen. Das Essen wird euch dann gebracht."

Axel zog Samanta hinüber zum roten Strandkorb und flitzte weiter zur Getränketheke. Sie zog ihren grauen Kurzmantel aus, setzte sich und wartete ab.

„Rosésekt zur Feier des Tages!"

Samanta strahlte die Flasche an, die Axel mit zwei Gläsern gekonnt zum Tisch jongliert hatte, und schenkte ihm einen Luftkuss.

„Auf dich und dein zukünftig besseres Leben. Das habe ich versprochen und dafür werde ich sorgen." Er küsste ihre Nasenspitze und hob sein Glas. Aber sie nahm es ihm aus der Hand, zog ihn an sich und küsste zärtlich seinen Mund. Er ließ es zu. Als sich ihre Lippen wieder trennten, bemerkte er ihre Unruhe. Sie kniff die Augen zusammen und schien ihn zu taxieren.

„Was ist, Samanta? Warum stoßen wir nicht an?"

Sie hatte sich zurückgelehnt und die Arme vor der Brust verschränkt. Ihre grünen Pupillen tanzten. „Wie hast du das gemeint, du wirst dafür sorgen, dass ich ein besseres Leben haben werde?"

Ertappt. Kein Wunder, dass sie so eine gute Menschenkenntnis hat. Sicher hatten ihr schon viele Freier den Himmel versprochen. Doch wie machte er ihr verständlich, dass es keine gemeinsame Zukunft geben würde, ohne sie zu verletzen?

„Ich habe dir versprochen, dass wir dich da herausholen. Das wolltest du doch. Weg von der Straße, weg von allem. Ein klarer Schnitt. Ein neues Leben."
Ihre verkrampften Arme lösten sich, sie griff nach ihrem Glas und lächelte. „Auf mein neues Leben."
Die Gläser klangen und Samanta schüttete den Sekt in sich hinein, stellte ihres ab und forderte mehr. Axel goss nach und sah sie entsetzt an. Sie weiß es, dachte er, sie weiß, dass er nicht Teil ihres Lebens werden würde.
„Vorsicht! Die Fischplatte für zwei. Bitte schön. Brot bringe ich Ihnen gleich."
Sie saßen schweigend nebeneinander und es schien ihm, als aß er mit einer Fremden. Samanta war kühl und distanziert, trank ein Glas nach dem anderen, bestellte eine weitere Flasche und verschlang das Essen, als wenn es ihr Letztes wäre. Vorsichtig versuchte er, ihre Hand zu berühren, und sie ließ es zu.
„Samanta, was ist los?"
Ihre wunderschönen, grünen Augen füllten sich mit Tränen. Axel nahm sie in den Arm und fragte: „Hast du Angst wegen morgen?"
Sie drückte ihn sanft weg und richtete sich auf. „Nein, vor dem Leben danach, allein und ohne dich. Oder glaubst du, ich spüre nicht, dass dieses Treffen hier unser letztes Beisammensein ist?"
Axels Mundwinkel senkten sich und erst jetzt war ihm bewusst, dass sie recht hatte. Eine große Traurigkeit überkam ihn. Sein Herz fing, wie wahnsinnig, an zu pochen und auch er konnte seine Tränen nicht mehr zurückhalten.

Sie erschrak und zog ihn an sich. „Entschuldige, ich bin einfach so verwirrt."

„Ich doch auch, Liebes", sagte er.

Axel holte Tempos aus seiner Jacke, zog eins heraus und reichte ihr die Packung. Sie trockneten ihre Tränen und Axel suchte nach Worten, um ihr die Situation zu erklären.

„Samanta, das ist deine Chance, neu anzufangen. Darum braucht es einen klaren Schnitt. Das ist die einzige Möglichkeit, allerdings auch mit allen Konsequenzen. Anders macht es keinen Sinn."

Doch Samanta schien ihm gar nicht zuzuhören, legte ihre schmale Hand auf seine und sah ihm tief in die braunen Augen.

„Ich werde euch helfen. Alles danach ist mir egal."

28

„Sag mal, bist du wahnsinnig oder lebensmüde? Such dir was aus!" Dann zog er ihn ruckartig in den Flur und knallte die Tür zu.
Der Besucher holte tief Luft. „Na, das nenne ich mal eine Begrüßung nach zwei Jahren. Egal. Wir haben ein Problem."
„Du hast gleich ein Problem!", schrie Paul und stieß ihn an die Wand.
„Hey, Chef! Meine Wohnung sieht aus wie nach einem Bombenangriff und du machst mich fertig?"
„Was heißt das?"
„Bleib ruhig und lass mich bitte ausreden. Also, alles, was die gefunden haben können, sind persönliche Sachen, Rasierschaum und Co. Alle Aktionen, die ich mit Caruso geplant habe, stehen in meinem Notizbuch." Er klopfte auf die rechte Seite seiner Lederjacke und grinste. „Das waren definitiv Dons Leute."
Paul richtete sich entspannt auf und bat seinen Gast ins Wohnzimmer. Vorher bog er in die Küche ab, zog zwei Bier aus dem Kühlschrank und lief weiter Richtung Couchtisch. „Setzt dich. Hier. Trink einen Schluck auf den Schreck. Stopp! Haben die dein Diensthandy?"
„Natürlich nicht."
Paul atmete erleichtert durch, hob die Flasche und trank.

„Also, Chef, ich vermute, dass der alte Genovese von Carusos Plänen Wind bekommen hat und darum filzt der jetzt seine eigenen Leute. Er traut niemandem mehr. Der Alte rastet in letzter Zeit bei jeder Kleinigkeit aus. Ein Zeichen dafür, dass bei ihm die Nerven blank liegen."

Paul stellte seine Bierflasche ab, verschränkte die Arme hinter dem Kopf und starrte an die Decke.

„Chef, kann ich eigentlich den Mercedes behalten, den mir der Don geschenkt hat?"

Paul ließ die Arme fallen und starrte ihn an. Doch bevor er etwas sagen konnte, sah er das grinsende Gesicht seines Gegenübers und tippte den Zeigefinger mehrfach an die Schläfe.

„O.K., Chef, war einen Versuch wert." Er hielt ihm die Bierflasche entgegen und Paul schlug seine zaghaft dagegen.

„Wieso hast du nicht über Code angerufen? Das wäre nicht so riskant gewesen, als hier aufzukreuzen."

Wladimir zog das Handy aus der Jackentasche und legte es auf den Tisch. Dann grinste er. „Das sagt keinen Piep mehr. Liegt aber nicht am Telefon, sondern an der Karte, habe ich schon getestet. Und mit dem Mafiatelefon hätte ich dich ja schlecht anrufen können, oder?"

Paul blieb ernst und sagte: „Du weißt schon, dass das eine faule Ausrede ist. Es gibt tausend andere Möglichkeiten, uns zu kontaktieren."

„Ja, ich weiß. Die Luft ist raus. Verständlich nach über zwei Jahren, oder? Nach diesem Projekt steige ich aus."

Pauls Augen weiteten sich. Das war jetzt schon der Zweite, der darüber nachdachte. Wenn er sie nicht bremsen würde, verlor er sein ganzes Team, bevor er selbst in die Frühpension gehen konnte. Darum würgte er das Thema sofort ab. „Darüber reden wir später."

Wladimir setzte die Bierflasche an den Mund und trank sie aus. Paul holte Nachschub und stellte die Biere auf den Tisch. „So, mein Freund. Wer könnte noch Interesse daran haben, dich hochgehen zu lassen?"

Wladimir lehnte sich an die Sessellehne, fixierte den großen Gummibaum und schien nachzudenken, konnte es aber nicht, denn der Baum erinnerte ihn ständig an das Wohnzimmer seiner Großmutter. Er grinste breit und Paul schaute auf strahlend weiße Zähne. „Was ist?", fragte er.

„Den Gummibaum hat meine Oma auch, nur noch viel größer."

Paul drehte sich ruckartig um. „Was? Noch größer?"

Wladimir nickte nur und Paul war enttäuscht. Dieser dreißigjährige Baum war sein ganzer Pflanzenstolz. Aber es gab jetzt Wichtigeres. „Zurück zum Thema. Wer hat Interesse, dich hochgehen zu lassen? Überlege!"

„Ich bleibe dabei, es kann nur der alte Genovese sein. Mein Notizbuch liegt nachts unter meinem Kopfkissen. Ansonsten habe ich es immer am Mann. Und genau da haben sie gesucht."

Wladimir stellte seine Bierflasche ab und sagte: „Außerdem würde es ihnen nicht helfen. Dazu müssten sie erst einmal meine Verschlüsselung knacken."
Paul klatschte sich auf den Schenkel und sagte lachend: „Niemals. Dann könnten sie gleich versuchen, den Da Vinci Code zu knacken. Ich hatte ganz vergessen, dass du unser Sicherheitsfanatiker bist. Sorry, dass ich dich vorhin so angegiftet habe. So, erzähl, was ist für den alten Genovese so interessant?"
Wladimir lachte. „Alles, angefangen vom Treff mit Caruso, der Unterzeichnung des Vertrages, also dass ich mit meinen Männern die Seiten gewechselt habe, bis hin zu Carusos Auftrag, den alten Genovese auszupusten. Habe ich alles notiert."
Paul hob die Hand. „Moment. Wusste Caruso von deinem Notizbuch?"
Wladimir schüttelte den Kopf.
„Hat es irgendjemand von ihren Leuten mal gesehen? Überlege!"
„Nein, Paul. Was soll die Fragerei?"
„War nur so ein Bauchgefühl. Falls sie es gewusst hätte, wollte sie vielleicht wissen, ob du doch noch für ihren Vater arbeitest. Bei diesem Verein misstraut doch jeder jedem und alle planen ganz oben mitzumischen."
Wladimir wiegte den Kopf, kratzte sich das Kinn und sagte nach langem Überlegen: „Nein. Außerdem habe ich heute schon mit Caruso und meinen Männern gesprochen. Das wäre mir aufgefallen. Ich habe die Bude auch so gelassen, wie ich sie vorgefunden habe, und bin gleich hierher." Dann rutschte er auf

dem Sessel ein Stück nach vorn und sah Paul ernst an. „Bleib ruhig, Chef. Ich habe mittlerweile sechs unterschiedliche Schließfächer und zwei weitere Buden, wo ich Klamotten deponiere, um mich umzuziehen. Glaubst du, ich fahre mit den Sachen, die ich beim Treffen anhatte, weiter zu dir? Kennst du mich oder kennst du mich?"

Paul hob seine Hände, trank einen Schluck aus der Flasche und wollte wissen, was noch in dem Notizbuch steht.

Wladimir stöhnte. „Eigentlich nur Aufträge und die dazugehörigen Abläufe, die aber alle Clanmitglieder kannten. Leider konnte ich Susis Tod nicht verhindern, ohne dass wir nach über zwei Jahren aufgeflogen wären, und der Tod des Lauenburger Unternehmers war eine geplante Aktion, die diese Geschäftsführerin eingefädelt hat, die Busenfreundin von Caruso. Davon wusste ich nichts. Den hat Pablo ausgepustet. Der Typ hat manchmal sein italienisches Temperament nicht im Griff, hat dem armen Kerl erst alle Knochen gebrochen und dann noch mit einem gezielten Schuss in den Mund ein Zeichen gesetzt. Typisch Pablo."

Paul hatte aufmerksam zugehört und dachte gerade daran, dass nicht einmal Axel ihn entlarvt hatte. Das Gesicht möchte ich sehen, wenn er ihm nach der Aktion die Hand gibt und sich vorstellt.

Auch Wladimirs Gedanken waren abgeschweift. Eine Person konnte er nämlich nicht beschützen, Francesco. Seine Angst wuchs, dass er den nächsten Ausraster seines Bosses nicht überleben würde. Aber ihm waren die Hände gebunden. Francesco war eine wichtige Schlüsselfigur in diesem Spiel. Er genoss Carusos Vertrauen und immer noch das vom alten Genovese. Der Boss hatte sich sogar bei ihm erkenntlich gezeigt und ihm Chips im Wert von zehntausend Euro für seine Spielcasinos geschenkt. Nein, ihm würde nichts passieren, redete Wladimir sich ein und hob die Bierflasche zum Mund.

„Junge, du bist ja auf einmal so schweigsam."

Wladimir winkte ab und berichtete weiter: „Als ich den Freier erschießen musste, ging mir schon die Muffe. Samanta hat ja nichts mitbekommen. Die war von den K.-o.-Tropfen komplett ausgeknockt. Aber Caruso stand hinter mir und wartete darauf, dass ich ihn endlich abknalle."

„Und der wievielte Tod mag das für Max gewesen sein?", fragte Paul.

„Keine Ahnung. Als Stuntman ist er sicher schon tausend Tode gestorben. Auf jeden Fall war das im Hotelzimmer sehr realistisch, denn Caruso hat mir hinterher auf die Schulter geklopft."

„Tja, Schießen will gelernt sein. Stell dir mal vor, du hättest ihn vor Aufregung in den Kopf geschossen."

„Oder Caruso hätte von mir verlangt, dass ich ihm einen Genickschuss verpasse."

Paul nickte heftig. Der junge Kollege war zwar für seine Nervenstärke bekannt, aber jeder von ihnen wusste, dass man nichts bis ins letzte Detail planen konnte. Die Realität sah meistens ganz anders aus. Wladimir hatte inzwischen weiter berichtet, Paul aber nur Wortfetzen aufgeschnappt. Denn seine Gedanken waren schon wieder abgeschweift. Erschrocken blickte er auf. „Wie Sauerei? Verstehe ich nicht." Wladimir verdrehte die Augen. „Na, wegen des Blutes. Es war doch alles voller Blut, Paul. Und ich durfte es auch noch im Bett und auf Samanta verteilen. Ekelhaft, und der Geruch erst."

„Die Farbe riecht?", fragte Paul nach.

„Aber die Beutel auf der schusssicheren Weste waren nicht mit Farbe, sondern mit Blut gefüllt. Es sollte realistisch sein, also auch echt riechen."

Paul rümpfte die Nase, trank schnell einen Schluck aus der Flasche und fragte weiter nach: „Seit wann benutzen wir Blut?" Er riss die Hände hoch. „Nein. Sag nichts. Ich werde alt. Erzähl lieber, wie du den Rest geregelt hast."

Wladimir dachte an die Abmachung zwischen ihm und Samuel, schmunzelte und redete weiter: „Caruso hat unseren Plan voll gefressen. Ich sollte den Hotelmanager auf unsere Seite ziehen. Wie die Mafia das macht, ist ja bekannt. In diesem Fall habe ich ihm mit dem Tod seiner Freundin gedroht. Nur, dass Samuel gar keine Freundin hat. Er ist schwul."

Paul hob beide Daumen und hörte weiter zu.

„Also hat Samuel Riefenstein brav weggesehen und die ganze Sauerei, die ich im Zimmer veranstaltet habe, anschließend sauber gemacht. Dafür hat Caruso sogar fünftausend Euro springen lassen. Warum also sollte sie mir nicht vertrauen? Sie hat gestern sogar Pablo vom Auftrag abgezogen. Ich soll den Don jetzt ins Jenseits befördern und nicht er. Weil sie von mir überzeugt ist, weil ich ein eiskalter Killer bin. Sie vertraut mir. Ich bin ihr Liebling." Wladimir streckte seine Brust heraus und legte seine große Hand auf die Herzseite.

Paul grinste. „Du Spinner. Außerdem schießt du doch nur mit Platzpatronen."

„Wäre ja auch schlimm, wenn nicht. Leider bin ich nicht dabei, wenn ihr die Bande hochnehmt. Aber ich sehe es wenigstens durch mein Zielfernrohr. Dieser eiskalten Lady hätte ich sehr gern noch einmal in die Augen gesehen. Wenn die wüsste, wie viele Läuse wir in ihren Pelz gesetzt haben ..." Wladimir lachte laut auf.

„Ja, das Gesicht würde ich auch gern sehen. Schade."

„Tröste dich, Paul. Du darfst danach unsere gesammelten Berichte lesen und deinen Abschlussbericht für den Staatsanwalt verfassen. Das ist doch auch schön."

Paul verdrehte die Augen, stand auf und fragte: „Noch ein Bier?"

„Klar, Chef."

29

Typisch April dachte sie und sah in den grauen Himmel. Feine Regentropfen benetzen ihr Gesicht, aber sie genoss jeden Einzelnen. Eine leichte Bö streifte ihre rosa Wangen. Sie sog die kühle Luft tief in sich hinein und schloss die Lider. Plötzlich fiel ihr das Lied ein, das sie mit Mutter immer gesungen hatte. „Dat du min Leevsten büst, dat du woll weeßt, hm, hm, hm, hm …"
Heiße Tränen liefen über ihre kalten Wangen und der Himmel über der Elbe verschwamm. Sie konnte diese Zeit nie wieder zurückholen. Das wusste sie. Aber ihre Träume konnte man ihr nicht nehmen, und bald würde alles vorbei sein. Dann durfte sie nur noch träumen und niemand würde sie daran hindern. Niemand. Sie wischte sich die Tränen aus dem Gesicht, wickelte den apricotfarbenen Wollschal enger um den Hals und machte sich auf den Weg Richtung Altonaer Rathaus.
An der großen Kreuzung blieb sie abrupt stehen und wagte nicht, die Straße zu überqueren. Ängstlich hob sich ihr Blick hinauf zu dem wunderschönen Halbrelief, das sie als Kind schon bewundert hatte. Sie sah ihre kleine Kinderhand, sanft umschlungen von der ihrer Mutter. Beide wanderten durch das Elternhaus und sie erklärte ihr detailgetreu jedes einzelne Kunstwerk. Die Jugendstilvilla hatten ihre Großeltern 1919

erbauen lassen, und Mutter war immer sehr stolz darauf gewesen. Vater nie. Dass er in diese hanseatische Familie einheiratete, gehörte damals zu seinem Plan. Das hatte Mutter viel zu spät bemerkt. Wenigstens ihren Namen hatte sie behalten, was Vater ihr bis zu ihrem Tode übel nahm.

Die Ampel schaltete das dritte Mal auf Grün. Samanta überquerte endlich die Straße und war angekommen. Die geschnitzten Köpfe auf der großen Eingangstür schauten bedrohlich auf sie herab und sie wagte nicht, die Klinke zu berühren.

„Hallo, Samanta. Auch schon da?"

Erschrocken drehte sie sich um. Ihr Herz begann zu rasen. Doch sie sagte trocken: „Guten Tag, Schwesterherz."

Clara lachte höhnisch, ging an ihr vorbei und betätigte die Klingel. Der Summer ertönte und sie stemmte sich gegen die schwere Tür. Samanta folgte ihr, blickte nach oben und genoss jeden Quadratzentimeter Erinnerung. Es roch wie früher nach süßlichem Holz, und fast schien es ihr, als wenn Mutters Maiglöckchen Parfüm immer noch in der Luft hing. Gedankenverloren lief sie hinter Clara her und hatte nur Augen für die Umgebung. Mal streichelte sie einen Treppenpfeiler, mal eine kleine Statue, an der sie vorbeilief und bemerkte gar nicht, dass ihr Vater sie längst beobachtete.

„Guten Tag, Alma."

Sie zuckte zusammen. Wie lange hatte sie diesen Namen nicht gehört, ihren Namen. Erschrocken blickte sie hoch. Er verzog das Gesicht zu einem Lächeln und die Falten um seine Augen wurden tiefer und tiefer. Alt war er geworden, dachte sie, und erwiderte nüchtern seinen Gruß.

„Darf ich Ihnen den Mantel abnehmen, gnädige Frau?", fragte Francesco und versuchte die erste Schreckenssekunde zu überspielen. Diese Ähnlichkeit war verblüffend. Auch der Alte starrte sie unentwegt an und Francesco erschrak, als sich ihre Blicke kreuzten.

Samanta hatte von alledem nichts mitbekommen und den hellblauen Kurzmantel aufgeknöpft. Sie hatte ihrer edlen Garderobe lange keine Beachtung geschenkt und fühlte sich unwohl. Sie blickte an ihrem zartblauen Boss Kleid hinunter. Vielleicht hätte ich einfach in Jeans und Pulli kommen sollen, dachte sie, und an ihrem linken Mundwinkel zeigte sich eine kleine Lachfalte.

„Lass uns hineingehen, Alma. Clara ist schon vorausgegangen. Komm, Kind."

Sie sah ihren Vater misstrauisch an. Warum war er so freundlich? Was wollte er wirklich von ihr? Sie hoffte, es bald zu erfahren und folgte ihm. Als er jedoch sowohl am Salon als auch an seiner geliebten Bibliothek vorbeiging, wurde sie nachdenklich. Sie sah ihm erschrocken hinterher, als er in Mutters Musikzimmer abbog. Jetzt war es sicher. Er wollte sie weichkochen. Es musste den beiden wirklich wichtig sein, wenn sie diese Karte ausspielten. Sie war gespannt und versuchte, keine Gefühle zu zeigen. Als sie durch den Türrahmen trat, saß Clara bereits auf Mutters Chaiselongue und lächelte ihr entgegen. Carl Genovese zog

einen kleinen Sessel heran. „Bitte, Alma. Nimm Platz. Was möchtet ihr trinken?"
Sie schwieg, in der Hoffnung, dass ihre Schwester ohnehin als Erste antworten würde und das tat sie auch: „Meinen Whiskey, Vater. Danke."
„Und du, Alma?", fragte er lächelnd.
Sie musste bei klarem Verstand bleiben und hatte Angst, dass man ihr Gift einflößen würde. Also lehnte sie dankend ab, mit der Begründung, dass sie in letzter Zeit keinen Alkohol verträgt. „Ich muss mich mal gründlich durchchecken lassen", fügte sie noch bekräftigend hinzu. Er nickte lächelnd, nahm sein Whiskeyglas und setzte sich neben Clara auf die Chaiselongue.
Nach mehreren Schweigeminuten, und nachdem Alma, äußerlich völlig unberührt, auch nichts gesagt hatte, begann Carl endlich zu reden: „Ich werde nicht jünger und dieses Haus ist viel zu groß für eine Person. Ich könnte deine Unterstützung gebrauchen, auch bei meinen Geschäften. Willst du nicht zu mir ziehen, Alma?"
Clara entglitt das Whiskeyglas. „Vater!"
Er reagierte nicht und ließ Alma nicht aus den Augen. „Sag was, Kind."
Doch sie starrte ihn nur an. Ihr Mund hatte sich leicht geöffnet und sie wusste nicht, was sie ihm antworten sollte.
Ihre Schwester schon. Sie sprang auf. „Was soll das denn heißen, Vater? Helfe ich dir nicht? Du bekommst doch jede Unterstützung, die du brauchst!"
„Halt den Mund und setzt dich!", schrie er sie an.

Clara sank aufs Sofa, doch ihre Gedanken überschlugen sich. Ich hoffe, dass Wladimir den Alten gleich beim ersten Schuss ins Jenseits befördert. Sie hob ihr Glas und schüttete den restlichen Whiskey in sich hinein. Dann stand sie auf und goss nach. Carl registrierte sehr wohl, dass Clara verletzt war, aber es interessierte ihn nicht. Er wartete immer noch auf eine Antwort von Alma. Doch er spürte ihre Nervosität und wollte sie nicht bedrängen. „Du musst mir nicht gleich antworten, Kind. Überleg es dir und lass uns essen. Es gibt dein Lieblingsgericht. Du erinnerst dich?"

Alma war verwirrt. War sie im falschen Film? Mutters Hackbraten? Der fährt ja alle Geschütze auf. Wo sollte das hinführen? Am besten wird sein, du sagst erst einmal gar nichts, wartest ab und schenkst ihm nur ein strahlendes Lächeln.

Carl Genovese lächelte zurück und ging vor, in den Salon. Alma folgte ihm. Clara entschuldigte sich kurz und ging eiligen Schrittes hinüber zum Gästebad, schloss die Tür, zog ihr Handy aus der Tasche und schrieb Wladimir, dass er Samanta verschonen sollte. Als sie in den Salon kam, war Alma bereits in Plauderlaune und sie hörte, wie Vater und sie in alten Geschichten aus Kindertagen schwelgten. Ekelhaft, seine Gefühlsduselei, dachte sie, setzte ein Lächeln auf und fragte: „Na, schwelgt ihr in Erinnerungen?" Doch die beiden hatten ihr Hereinkommen gar nicht bemerkt und lachten gerade über einen von Almas Streichen, als Mutter dachte, ihr Flügel sei verstimmt, aber Alma hatte nur ihre Puppe darin versteckt. Clara kochte vor Wut und hatte Mühe, die Contenance zu bewahren. Wenigstens sitzt er auf dem richtigen Platz, dachte sie, und wagte einen Blick aus dem Fenster.

Das Essen wurde aufgetragen. Alma beugte sich über den Tisch, streckte genüsslich ihre Nase Richtung Hackbraten und schrie auf: „Nein!"

Sie war aufgesprungen, schlug wild um sich und schrie immer noch. Dann riss sie ihre weiße Stoffserviette vom Tisch und rieb sie unentwegt über ihr Gesicht. Ihre schrille Stimme ertönte laut in Dauerschleife, bis Francesco ihr den Mund zuhielt und leise auf sie einredete. Er zog sie weg von ihrem toten Vater, dessen blutüberströmter Kopf auf dem Essteller lag.

Clara hielt sich die Hände vors Gesicht und konnte so ihre Freude im Stillen genießen, aber nicht lange. Denn nachdem Francesco Alma auf der Couch gebettet hatte, schritt er durch das Foyer, tippte den aktuellen Tür-Code ein, kehrte in den Salon zurück und zog zitternd die Waffe, die er unter dem Jackett, im Hosenbund versteckt hatte.

Clara schrie ihn an: „Drehst du jetzt völlig durch?"

Doch in diesem Augenblick war sie schon von bewaffneten Polizisten umringt und wurde abgeführt.

30

Sie blickte in einen fast wolkenlosen Himmel. Die Sonne schickte die ersten wärmenden Strahlen auf Hamburg, und die Menschen liefen wie kleine Ameisen emsig hin und her. Alma lächelte und ihre Augen wanderten weiter über die neue Hafen-City, hinüber zu den Wahrzeichen der Stadt. Sie spürte, wie das warme Blut schneller und schneller durch ihre Venen strömte. Doch ihr Atem folgte nicht der Geschwindigkeit, sondern wurde immer ruhiger und flacher. Sehnsuchtsvoll träumte sie sich weiter die Elbe hinauf, über die Landungsbrücken, zur Alten Fischauktionshalle, bis zum Cruise Center, zu den großen Luxusschiffen. Wie gerne wäre sie mit ihnen in die Ferne gereist. Afrika. Indien. Mexiko.

Sie schloss die Augen und summte Mutters Lied. Bilder zogen wieder an ihr vorbei, Bilder einer glücklicheren Zeit. Sie waren fast vergessen, aber der letzte Abend brachte alles wieder in ihr Leben zurück. Der letzte Abend. Sie erschrak. Grausame Bilder rasten durch ihren Kopf, und sie klammerte sich fest an den kalten Stahlträger der Brücke. Noch einmal sah sie den zerschmetterten Kopf ihres toten Vaters. Nein, daran wollte sie jetzt nicht denken.

Schnell öffnete sie ihre Lider und blickte zur Sonne. Die Strahlen schimmerten in ihren grünen Augen, und Almas Gedanken waren noch einmal bei ihm. Sie sah sein Gesicht, sein warmes Lächeln und erinnerte sich an seine zuvorkommende Art. Doch ob er es wirklich ehrlich gemeint hatte, würde sie wohl nie erfahren. Wieder schloss sie die Augen und sah sein Bild vor sich. Nein. Er hatte es nicht ernst gemeint. Sie öffnete die Lider und blickte noch einmal auf ihre Stadt. Hamburg war im Orange der Sonne versunken. So wie ihre Erinnerungen. Nein. Sie konnte nicht mehr weinen. Zu viele Tränen hatte sie in ihrem Leben vergossen, und ihr Herz lag schon lange in kleinen Splittern auf dem Grund der Elbe.

Sie begann noch einmal zu summen und schloss wieder die Augen. Ab morgen sollte ihr neues Leben beginnen, weit weg von allem hier, fern dieser schönen Stadt, die sie so in ihr Herz geschlossen hatte, weg von den Menschen, die sie liebte, und weit weg von ihm. Axel. Doch er hatte sein Glück längst gefunden, auch ohne sie. Heiße Tränen kullerten über ihre Wangen und sie summte noch immer das Lied. Es durchzog ihren ganzen Körper, wie ein warmer Regen nach einem heißen Sommertag. Ja. Sie war frei. Ihre Hände lösten sich von den kalten Brückenstäben, sie breitete ihre Arme aus, blickte ein letztes Mal zur Sonne und ließ sich fallen.

ENDE

Epilog

Wladimir war verzweifelt. Er hatte zum ersten Mal im Dienst einen Menschen erschossen. Aber warum musste Francesco auch die Patrone austauschen? War es ihm nicht Rache genug, dass der Don bis an sein Lebensende hinter Gitter gewandert wäre? Es hätte zwischen ihnen alles so wunderbar werden können,

Axel und Ella wurden kein Paar. Er konnte sich nicht verzeihen, dass er mit Samantas (Almas) Gefühlen gespielt hatte und verließ sofort den Polizeidienst. Ein Freund fing ihn auf und engagierte ihn als Koch. Doch einmal im Jahr fuhr Axel nach Hamburg und warf eine rote Rose in die Elbe. Zu spät hatte er erkannt, dass er sie geliebt hatte.

Ella nahm das Angebot des Winzers an und verliebte sich nicht nur in die Weinberge, sondern auch bald danach in einen Winzer. Das kleine Weingut wurde zu einem Mekka für Cocktail-Kenner und Weinliebhaber gleichermaßen.

Ob und wie viel Blutgeld der Mafia in Claras gastronomischem Imperium steckte, konnte nie bewiesen werden. Ihr Restaurantleiter jedoch brach zusammen, als er von ihren Machenschaften und der doppelten Identität erfuhr. Aber Xenia fing ihn gerne auf und hielt Claras Fäden weiter fest in der Hand. Eine Beteiligung an den Geschäften der Mafia konnte ihr nie nachgewiesen werden, obwohl sie sofort Carusos Position übernahm.

Für Clara (Caruso) hingegen brach eine Welt zusammen. Machtspiele und Intrigen hatten sie dahin gebracht, wo sie sich von Armani und Co für lange Zeit verabschieden musste. Dass ihr Mann Claas sich damals das Leben genommen hatte und ihre Schwester am Unfall völlig unbeteiligt war, würde sie nie erfahren. Dieses Geheimnis lag nun mit Alma (Samanta) auf dem Grund der Elbe.

Paul hatte nach dem erfolgreichen Schlag gegen das organisierte Verbrechen die Möglichkeit in den vorzeitigen Ruhestand zu gehen und nahm das Angebot sofort an. Er blickte auf eine harte Dienstzeit zurück und wusste, dass der Kampf gegen die Mafia nie enden würde.

Samantas Leiche wurde nie gefunden. Das Wasser der Elbe hatte sie davongetragen.

Die Handlung und alle handelnden Personen sind frei erfunden. Jegliche Ähnlichkeit mit lebenden oder realen Personen ist rein zufällig, aber genau so könnte sich alles zugetragen haben.

Begriffserklärungen

Asche…hamburgisch für Geld

angetüdelt …hamburgisch für angetrunken

bannich… hamburgisch für ungewöhnlich, sehr

Bastardo …italienisch für Bastard

Bordsteinschwalbe…hamburgisch für Prostituierte

Boston Shaker …ist ein offener Mixbecher aus Metall und braucht immer ein Gegenstück, das Mixingglas.

Buddl…hamburgisch für Flasche

bummelig…hamburgisch für ungefähr

Büx…hamburgisch für Hose

Capisci? …italienisch für Verstehst du?

Collinsglas …hat eine zylindrische Form, ist schmal und hoch. Es wird typischerweise für Mischgetränke von 300 bis 410 ml genutzt.

Cocktailschale ...gewölbte Schale mit Stiel, ähnlich einer Sektschale.

Cohiba Siglo... eine der Top 10 Havanna Zigarren

Da nich füa...hamburgisch für, nicht dafür!

Digga...hamburgisch für Alter

duhn...hamburgisch für angetrunken

Ester ...chemischer Aromastoff. So kann beispielsweise Apfel oder Banane simuliert werden.

Fisimatenten...hamburgisch für Unsinn

Fleischfresser ...Begriff der Mafia für eine korrupten Polizisten.

Humidor ...Behälter für Zigarren, die mit einem Befeuchtungssystem ausgestattet sind. In der Regel halten sie eine Luftfeuchte von 68 bis 75%.

Hurricaneglas ...ist ein bauchiges Glas, auf langem Stiel, mit großem Fassungsvermögen für auffällige Cocktails.

isso...hamburgisch für: Das ist so!

Knallköm ...hamburgisch für Sekt

Köm…hamburgisch klarer Schnaps, Kümmel

Konnossement…Anerkennung, Ladeschein im See- und Binnenschifftransport.

Longfiller…Zigarre, bei der die aus gefalteten Tabakblätter bestehende Einlage, mit langen Blättern umwickelt wird.

Lütt un Lütt …hamburgisch für ein kleines Bier und einen „Kurzen", auch Herrengedeck genannt

malochen…schwer arbeiten

Mietschwalben…Ellas Begriff für Prostituierte

Mudder…hamburgisch für Mutter

Nomad…schottischer Whisky, endgelagert in Sherryfässern in Jerez, Spanien, 41,3 % Alk./Vol.

Sabbel…hamburgisch für Mund

schmöken…hamburgisch für rauchen

Schute…breites Boot ohne Kiel, Mast und Motor mit bis 250 Tonnen Tragfähigkeit. Ideal zur Beförderung von Ladungen auf Flüssen und Kanälen. Sie werden von Schubschiffen fortbewegt (geschoben).

Spacken...hamburgisch für widerlicher Kerl

Strainer ...ist ein Barsieb aus Metall zum Abseihen von gemixten Flüssigkeiten in ein Cocktailglas, um Eiswürfel oder andere Bestandteile zurückzuhalten.

Stronzo ...italienisch für Arschloch

Terz ...Krach oder Theater machen

tüülich ...hamburgisch für natürlich

Tumbler / Old Fashioned Glas ...oder auch Whiskey-glas, ist ein kurzes Trinkglas mit einem sehr stabilen Boden.

Van Carrier... deutsch: Portalhubwagen, ist ein Transportfahrzeug für Container.

verkasematuckeln ...hamburgisch für erklären

wech...hamburgisch für weg

zappenduster...hamburgisch für stockdunkel

Cocktail-Rezepte

Ellas Bar ist natürlich nur der regen Fantasie der Autorin entsprungen. Aber ihre Cocktails sind pure Realität. Darum gebe ich einige Rezepte preis, die ihr gern ausprobieren dürft. Mein Lieblingscocktail ist **Ellas Best**, weil er leicht, fruchtig und sahnig zugleich ist.

Ein Cocktail ohne Eis ist wie ein Kuchen ohne Mehl. Es fehlt etwas. Ob mit Crash Ice oder in vorgekühlten Gläsern mit Eiswürfeln serviert, ein Cocktail muss kalt sein.

Gebt 1 Schippe Crash Ice zusammen mit den Zutaten des Cocktails in einen Shaker. Jetzt kräftig shaken, in ein Glas von mindestens 300 ml füllen und dem Cocktail 1-2 Minuten Zeit geben. Das Tauwasser des Eises gehört zum Rezept und gibt ihm den besonderen Kick.

Al Capone

Al Capone, einer der bekanntesten Mafiabosse, kontrollierte die Unterwelt von Chicago und bot die Vor-
lage für diesen besonders starken Cocktail.

40 ml   Kirschsaft

30 ml   Grapefruitsaft

80 ml   Whiskey

50 ml   weißer Wermut

20 ml   Aperol

Mafias Kiss

Ein Kuss der Mafia. Woher dieser Cocktail stammt, ist leider nicht belegt. Er ist in den 70er-Jahren entstanden und soll einer der Lieblingsdrinks der Familie La Cosa Nostra gewesen sein. Sie war einer der bedeutendsten Ableger der italienischen Mafia in Amerika.
Ursprünglich soll dieser starke Drink nur aus purem Alkohol, wie Whiskey, Gin, Wermut und Amaretto bestanden haben.
Wir haben ihn für Cocktail-Liebhaber trinkbar kreiert. Ein Drink für Kenner. Umfangreiche Aromen sorgen für eine Geschmacksexplosion.

120 ml Apfelsaft

10 ml Limettensaft

10 ml Karamellsirup

40 ml Amarettolikör

40 ml Whiskey

<u>*Ellas Best*</u>

Ellas Cocktail ist ein Muss für alle, die es fruchtig, sahnig und trotzdem leicht mögen. Kommt mit ins Taff und geniest mit Ella ihren Hauscocktail.

Diesen Drink serviert man in einem **Hurricaneglas**.

70 ml   Orangensaft

70 ml   Mangosaft

20 ml   Galliano

20 ml   süße Sahne

20 ml   Malibu

20 ml   Pfirsichlikör

Sex on the beach

Jeder kennt ihn, aber wer hat ihn erfunden? Es kursieren viele Geschichten, aber diese ist wohl am wahrscheinlichsten:
1987 bewarb ein Unternehmen seinen neuen Pfirsichlikör mit einer außergewöhnlichen Marketing-Idee. Sie rief unter den Bars am Strand von Florida einen Wettbewerb aus. Welche Bar generiert den höchsten Umsatz mit diesem Pfirsichlikör?
Ein Barkeeper wusste, dass während der Semesterferien unzählige Studenten den Strand bevölkern. Und das nur aus drei Gründen: Alkohol, Baden und Sex. Also nannte er seinen Cocktail „Sex on the beach". Allein des Namens wegen bestellten alle an diesem Tag diesen neuen Cocktail. Der Umsatz des Pfirsichlikörs stieg ins Unermessliche und die Bar gewann das Preisgeld. Heute gibt es unzählige Rezepturen.

140 ml Orangensaft

20 ml   Grenadine Sirup

40 ml   Vodka

20 ml   Pfirsichlikör

Golden Colada

Die Pina Colada hat ihren Ursprung in Puerto Rico. 1954 hat der Barkeeper des Cariba Hilton seinen Piraten Cocktail verfeinert. Das Rezept ging um die ganze Welt und wird in vielen deutschen Bars mit Sahne gemixt. Eine Colada braucht Sahne? Auf keinen Fall! Ihr müsst die Zutaten nur kräftig mit Crash Ice shaken. Am besten zweimal. Dann wird diese Colada, die wegen des Anteils an Vanillelikör, Golden Colada genannt wird, wunderbar sahnig. Probiert es aus.

140 ml Ananassaft

30 ml   Galliano

20 ml   Kokossirup

30 ml   weißer Rum

<u>Tipp</u>: Mit Kokoscreme (Dose) wird der Cocktail noch viel cremiger.

Lisas Tipp

Die bequemste Art, einen Cocktail zu genießen:

Cocktail-Gläser von *Shake Dir Einen*.

Deckel aufdrehen - mit Eis auffüllen.

Deckel zudrehen – shaken

Deckel aufdrehen – trinken

Hier findet ihr eine große Auswahl an schmackhaften Cocktails mit und ohne Alkohol:

shake-dir-einen.de

Danke

Ein liebevolles Dankeschön sende ich an meinen Mann, Klaus-Peter, der nicht nur, mit viel Geduld, den ständig ändernden Ideenschwall der Autorin ertrug, sondern sich auch durch viele missglückte Cocktailkreationen kosten musste. Danke, Schatz. Ab jetzt darfst du wieder Bier trinken. 😊

Bis ich mit Bernd Lindemann über den Containerhafen gewandert bin, wusste ich nicht, was ein Van Carrier ist. Jetzt wissen es auch die Leser. Alle meine bohrenden Fragen ertrug er mit einer Engelsgeduld und wurde nie müde, mir zu antworten. Danke, Bernd.

Danke auch an meinen Freund Andreas Gustke für die anregenden Gespräche und insbesondere für den Schreiburlaub in seinem Ostseedomizil, in dem ein Großteil des Buches entstanden ist. Danke, lieber Andi. Ich werde dich nie vergessen.